Los enamoramientos

Javier Marías

迷情

〔西班牙〕哈维尔·马里亚斯 著

蔡学娣 译

人民文学出版社
PEOPLE'S LITERATURE PUBLISHING HOUSE

著作权合同登记号　图字 01-2016-2286

图书在版编目(CIP)数据

迷情 /(西)马里亚斯著;蔡学娣译．—北京：
人民文学出版社,2016
(哈维尔·马里亚斯作品系列)
ISBN 978-7-02-011530-3

Ⅰ．①迷…　Ⅱ．①马…　②蔡…　Ⅲ．①长篇小说-西班牙-现代　Ⅳ．①I551.45

中国版本图书馆 CIP 数据核字(2016)第 069226 号

责任编辑　朱卫净　彭　伦
封面设计　汪佳诗

出版发行　人民文学出版社
社　　址　北京市朝内大街 166 号
邮政编码　100705
网　　址　http://www.rw-cn.com

印　　制　山东德州新华印务有限责任公司
经　　销　全国新华书店等

开　　本　890 毫米×1240 毫米　1/32
印　　张　9
字　　数　211 千字
版　　次　2016 年 9 月北京第 1 版
印　　次　2016 年 9 月第 1 次印刷

书　　号　978-7-02-011530-3
定　　价　36.00 元

献给梅塞德斯·洛佩斯·巴列斯特罗斯
感谢她来看我，给我讲故事

献给卡尔梅·洛佩斯·梅卡德尔
感谢她依然在我耳畔浅笑，感谢她的倾听

第　一　部

那一次是我最后一次见到米盖尔·德思文或者德文内，也是他的妻子路易莎最后一次见到他。这不免有些奇怪，或许有失公平，因为毕竟她是那种身份，是他的妻子，而我只是个陌生女人，从未与他交谈过一句话。我甚至都不知道他的名字，或者说我知道时已经太迟，当时他的照片刊登在报纸上，身中数刀，衣衫凌乱，即使在他自己残缺的意识里他还没有死，却也是生命垂危了，而他的意识再也没有恢复：他最后想到的应该是对方捅错了人，并且毫无缘由，也就是说，这事蠢透了，而且他被扎了一刀又一刀，刀刀要害，目的是让他从世界上消失，一刻也不耽搁地把他逐出尘世，就在彼时彼地。为什么说太迟呢？我问自己。说真的，我并不知道。只是每当有人去世，我们便会认为做什么都晚了，一切都晚了——更不用说等他了——我们只能将他除名。对于我们的亲友也是这样，尽管我们更难接受。我们哀悼他们，无论是走在大街上还是待在家里，他们的形象总是在我们的脑海里萦绕，我们在很长一段时间里都会以为我们不会习惯。但是从一开始——从他们离我们而去的那一刻起——我们就知道，不应该再指望他们了，连最琐碎的小事都指望不上了，哪怕是一个普通的电话或者一句傻傻的问话（“我把车钥匙落这儿了吗？”“今天孩子们几点出门的？”），什么都指望不上了。指望不上就是指望不上。事实上这很难理解，因为这意味着肯定，而这种肯定却违反我们的本性：肯定某人不再来，不再说话，不再走哪怕一步——为了靠近或者远离——不再凝视我们，不再转移目光。我不知道我们如何承受，如何从中恢复。我不知道当时光逝去，让我们远离了他们——因为他们已经静止了——我们如何能暂时地忘却。

但我曾在很多个早晨见过他，听到他的言谈笑语，几年来几乎每个早晨都是这样，是清早，但也不是特别早，事实上我那会儿上班经常迟到一会儿，为的就是有机会和那对夫妇共处片刻，不是和他——不要误会我——而是和他们两人，是他们两人在我开始一天的工作之前给我带来宁静和快乐。他们几乎成了一种必需。不，这个词并不适合给我们带来愉悦和安宁者。或许他们成了一种迷信，尽管也不合适：不是说我相信如果不和他们共进早餐——我的意思是相隔一定距离——我的一天就会过得很糟；只不过哪天如果见不到他们，我的一天就会在情绪低落、缺乏乐观的状态下开始。他们让我看到的是一个有序的，如果你愿意也可以说是和谐的世界。或者说，极少有人看到的世界的一个微小的碎片，就像一切碎片或者生活，甚至是那种最公开的或者最无遮掩的生活。我不喜欢在没有事先见到他们、注视过他们的情况下把自己关在办公室里数个小时，我不是偷窥，但却极其小心，我最不希望的就是让他们觉得不自在或者打扰到他们。把他们吓跑不仅对我不利，也是不可原谅的。许多个日子，我很欣慰在清晨和他们呼吸同样的空气，或者成为其风景的一部分——一个不被察觉的部分——直到他们分开，可能要等到下一餐，也许是晚餐时，他们才会再见。我和他的妻子最后一次见到他的那天，他们没能共进晚餐。甚至连午餐也没有一起吃。她坐在餐馆的一张桌子前等了他二十分钟，虽然有点奇怪，但是并没有担心什么，直到电话响起，她的世界走到了尽头，从此她没有再等过他。

第一天我就看出他们是夫妻，他将近五十岁，她则要小几岁，应该还不到四十岁。最美的事情莫过于看到他们在一起时多么开心。在一个几乎谁都了无兴致，更没有心情玩闹嬉笑的时刻，他俩却在说个不停，乐在其中，兴奋不已，好像是刚刚遇见甚至初相识似的，而不像是一同出家门，把孩子们送到学校，不像是在同一时间梳洗——也许就在同一个卫生间里——在同一张床上醒来，各自首先看到的是另一半大打折扣的形象，并且如此日复一日地过去了许多年，因为有几次他们的孩子曾出现在他们身边，女孩应该有八岁了，男孩大概四岁，极像他的父亲。

他衣着优雅，略有老式的风范，但是绝不给人以滑稽或者过时之感。我的意思是他总是衣着讲究，搭配得当，定制的衬衫，昂贵但不张扬的领带，西装上衣口袋里露出的方巾，袖扣，光亮的系带皮鞋——颜色为黑色或者驼色，驼色只在春末配浅色西装穿——精心护理过的双手。尽管如此，他并不给人以自负的行政主管或者地道的公子哥的印象。而更像是他的教养不允许他穿成其他的样子出门，至少在工作日是不允许的：这类服饰穿在他身上显得非常自然，好像是他的父亲教育过他从某个年龄开始就该那样穿着了，不要被那些刚一诞生便已过时的时尚潮流以及衣着邋遢的时下风气所左右，它们没有理由影响他。他是如此传统，我在他身上竟然连一个怪异的细节都不曾发现。他无意彰显自己，但是，在我经常看见他的那个咖啡馆里，甚至在我们这个粗枝大叶的城市里，他终究还是显得有些与众不同。他那毋庸置疑的热情欢快的性格凸显了他的率真，但不是不拘礼节（比如他对那些服务生都是彬彬有礼，以“您”相称，带着老式的亲切，却又不显得造作）：他时常爆发的几乎无所顾忌的笑声确实有些引人注目，但绝不令人生厌。他很爱笑，纵情大笑中却透着真诚和亲切，但从不像在谄媚或者表示认可，而像是对那些真正让他觉得有趣的事情做出的回应，而令他觉得有趣的事情似乎很多。他是一位慷慨的男士，愿意感受各种情况的可笑之处，为玩笑至少是言辞类玩笑拍手叫好。主要可能是他的妻子令他发笑，有的人会在无意之中让我们笑起来，之所以如此主要是因为有她们在场就会给我们带来快乐，于是我们很容易展露笑容，只要看到她们，有她们做伴，听她们说话就足矣，即使她们讲的不是什么了不起的事情，甚至是不停地故意说些蠢话和平淡之辞，也都让我们觉得有趣。他俩之间似乎就是这样；虽然他们明显是夫妻，但是我从未发现他们有刻意的或者虚假的缠绵之举，就像是某些共同生活了多年的夫妇洋洋得意地炫耀他们依然多么恩爱，将此当作一项提升他们价值的功绩或者美化他们的装饰。他们更像是在可能建立恋爱关系之前想要让对方产生好感，取悦对方；或者仿佛他们在结婚以前甚至在成为情侣之前就已经非常欣赏、喜欢对方，无论在任何情形下都会自然而然地选择对方——不是出于夫妻义务，或者方便，习惯甚至忠诚——作为伴侣或者同伴，朋友，交谈者或同谋，坚信无论发生什么或者出现什么状况，无论说什么或者听到什么，如果是和别人一起，就会少了很多兴趣或者乐趣。就像他离开她或者她离开他。他们之间有友情，更有信念。

米盖尔·德思文或者德文内五官迷人，温柔且不失阳刚之气，让人远远地就感受到他的魅力，我不由地猜想他在人际交往中令人无法抗拒。很有可能我是先注意到他然后才注意到路易莎的，或者说是他让我不得不也注意到她，因为尽管我经常看到妻子身边没有丈夫的话——都是他先离开咖啡馆，而她几乎总是再待上几分钟，有时一个人吸烟，有时和两个女同事或者孩子同学的母亲或者女友在一起，她们隔三差五地在早上他俩相聚的最后一刻，在他快要告别的时候加入进去——却从未见过丈夫身边没有妻子。我脑中没有他独自一人的形象，只有他和她在一起的形象（这也正是最初我在报纸上没有认出他来的原因之一，因为那上面没有路易莎）。但是很快他们两人就引起了我的兴趣，如果用“兴趣”一词恰当的话。

德思文有着一头浓密的深色短发，只有两鬓有些许白发，此处头发也比其他部分更为鬈曲（如果任由鬓角生长，谁知道是不是会长出一些不和谐的刘海儿）。他的眼神明亮、平和、欢快，在他听别人讲话的时候闪烁着天真或者说稚气，是那种平凡的生活中也能使之快乐的人才有的眼神，或者对他们来说，经历生活就是享受生活中的种种乐趣，甚至在身处困境和不幸时亦然。当然，与人类最普遍的命运相比，他经历过的困难和不幸可能微乎其微，或许是这个原因帮他保留了一双充满信任、笑容可掬的眼睛。那是一双灰色的眼睛，似乎在记录着一切，仿佛一切都很新奇，甚至是每日重复的琐事，位于贝尔加拉王子大街高处的那家咖啡馆和里面的服务生，还有我沉默的身影。他的下颌上有凹痕。这让我想起在某段电影对白中，一位女演员一边用食指触摸罗伯特·米彻姆或者加里·格兰特又或是柯克·道格拉斯下颌的凹痕，我记不清是谁了，一边问他是用什么方法刮那里的胡子的。我也想每天早上从我的餐桌前起身，一直走到德文内的餐桌旁，问他相同的问题，同时也用我的拇指或食指轻轻地触摸他的凹痕。他的胡须总是刮得很干净，连凹痕处也不例外。

他们对我的关注则少多了，远远少于我对他们的关注。他们在吧台点早餐，拿到之后便端到临街的落地窗前的餐桌上，而我总是在更靠里的一张餐桌边就座。春夏时节我们都坐在外面，服务生通过一扇和吧台同高的打开的窗户把东西递给我们，于是大家需要来回走动，相互之间也就有了更多的目光接触，因为没有其他方式。无论是德思文还是路易莎都和我有过目光的交流，但纯粹是出于好奇，没有任何目的，而且时间从来都很短暂。

他看我的目光从来没有暗示、调情或者自负的意味，那样的话会令人失望的；而她也从未对我流露出猜忌、高高在上或者冷漠的态度，那样的话会令我不愉快的。是他们两个，他们两个一起给我留下了好感。我注视他们的时候毫无嫉妒，绝对不是嫉妒，而是带着一种宽慰，证实了在现实生活中可能出现我所认为的那种完美夫妇。并且我的这种感觉由于路易莎与德文内在着装风格和服饰等外表方面的格格不入而更加强烈。在一位像他这样衣着讲究的男士身边，人们会期待看到一位和他有着同样特点的古典而优雅的女人，虽然不见得可以预见，但是大多数场合下应该穿着裙装和高跟鞋，比如塞林牌的服装，佩戴醒目但却极有品位的耳环和手镯。然而她的衣着不是运动风格就是另外一种我不知道应该称之为自然还是随便的风格，反正都是不加修饰。她身高与他相仿，麦色皮肤，深栗色接近黑色的披肩中发，略施粉黛。穿裤装时——常常是牛仔裤——配一件普通的外套、靴子或者平底鞋；穿裙装时，配一双普通的中跟鞋，几乎和五十年代许多妇女穿的那种鞋子一模一样；夏季穿秀气的凉鞋，露出一双相对于她的身高而言有些娇小的纤足。我从未见她戴过任何首饰，包都是肩挎式的。她看起来和他一样亲切开朗，不过她的笑声没有他的响亮；但是她一样爱笑，笑容也许更热情，她那雪亮的牙齿，又或者是她那因笑而变圆的双颊，给她的神情增添了些孩子气——也许她从四岁开始就情不自禁地那样笑了——他们似乎已经养成了习惯，在结束了有小孩子的家庭那种清晨的忙碌之后，一起轻松一下，然后各自上班去。这是专属于他们的短暂时光，为了不在繁忙中告别，为了饶有兴致地聊一会儿，我思忖他们在谈论什么或者彼此讲些什么——既然他们同睡同起，对对方的心思和行踪都一清二楚，怎么还有这么多话可讲——他们的谈话我只听到些片段，或者是零星的单词。有一次我听见他称呼她“公主”。

可以这么说，我希望他们拥有世上所有的美好，就像对待一部小说或者电影里你从一开始就支持的人物那样，虽然明明知道他们将会发生不测，事情会在某个时刻发生改变，否则就不会成为小说或者电影了。然而在现实生活中却不一定非要如此，我期待每天早晨仍然见到他们像往常一样，而不会在某一天发现他们一方疏远一方或者互相疏远，不知道该说些什么，迫不及待地想要跟对方断绝来往，互相露出发怒或者冷漠的表情。他们是简短且朴实无华的表演，在我进入出版社和我那妄自尊大的上司以及他那些令人生厌的作者斗智斗勇之前给我带来好心情。如果路易莎和德思文几天不出现，我就会想念他们，就会在面对一天的工作时备感沉重。在某种程度上我觉得欠他们人情，因为在不知情和无意之中，他们每天都在帮我，任由我想象在我看来毫无瑕疵的他们的生活，我很高兴我无法对此确认或者调查，这样我就不会脱离我对他们一时的着迷（我的生活可是劣迹斑斑，事实上我直到第二天早晨在公共汽车上因为早起而抱怨的时候才会重新想起他们，这一点我很憎恶）。我也曾希望给予他们类似的帮助，但是情况并不允许。他们并不需要我，甚至可能不需要任何人，我几乎是看不见的，被他们的快乐抹去了一般。只有那么两三次，他在离开的时候，在习惯性地吻了一下路易莎的嘴唇之后——她从不坐着等待那个吻，而是站起身来回吻他——朝我微微地点了点头，几乎是欠了欠身，在他抬头挥手和服务生们告别之后，好像我是他们中间的一员，是个女服务生罢了。就在丈夫向我屈尊行礼的那两次，他那善于观察的妻子，在我离开的时候——我总是在他之后、在她之前离开——也做出了类似的举动。但是当我想用更轻微的点头来向他们回礼时，无论是他还是她都已经转移了目光，不再看我了。他们动作好快，或者说好有分寸。

在我常见他们的那段时间，我并不知道他们是谁，从事什么工作，不过他们肯定是有钱人。也许不是非常富有，但肯定是小康之家。我的意思是如果非常富有的话，他们就不会亲自送孩子去学校了，我敢肯定他们是先送完孩子之后才去咖啡馆小憩的，可能是艾斯第洛小学，就在附近，不过这个街区有好几所学校，由艾尔毕索区的别墅——以前叫做公馆——翻修而成。我小时候就在位于奥艮多大街的其中一所学校上学，离那儿不远；他们也不会几乎每天都在那个小区咖啡馆吃早餐，不会在九点左右奔向各自的工作，他在九点之前一点儿，她则在九点过后一点儿，我向服务生们打听他们的时候，他们是这么告诉我的，出版社的一位女同事也是这么说的，我后来和她议论过那件恐怖的谋杀案，而她，虽然对他们的了解并不比我多，竟然想方设法知道了一些情况，我想那些爱搬弄是非，凡事爱往坏处想的人总能找到办法来弄清他们想要知道的事情，尤其是负面的或者其中夹杂着不幸的事情，即使与他们毫无干系。

六月末的一个早上，他们没有出现，这没什么奇怪的，这种情形时有发生，我猜他们可能去外地了，也可能是太忙了，没时间去放松一下，尽管他们应该很享受这种时光。之后我几乎有一个星期没去，因为我被上司派去国外参加一个愚蠢的书展去了，其实就是代表他跑公关干蠢事去了。我回来后他们仍然没有出现，一次也没有，这令我不安起来，与其说是为了他们，不如说是为了我自己，因为突然之间我失去了早晨的强心剂。“人怎么这么容易销声匿迹啊，”我想，“只要换份工作或者搬个家，这辈子你就再也没有他的消息，再也见不着他了。甚至只是因为他的作息时间改变了。这种只是面熟的关系真是脆弱啊！”这让我问自己赋予他们快乐的意义这么久了，是否应该在某个时机同他们说几句话。不是为了打扰他们或者破坏他们相互陪伴的短暂时光，当然也不是为了开始在咖啡馆之外的交往，我丝毫没有这种想法；而仅仅是为了向他们表示我的好感和欣赏，为了从此以后每天和他们说早安，这样如果某一天我要离开出版社，不再去那片地区，我就会觉得自己有义务和他们告别，同时也有一点强迫他们也这么做的意思，如果他们要搬家或者改变习惯，就像我们街区的某个商户通常会提醒我们即将停业或者转让商铺，或者当我们要搬家的时候我们会通知几乎所有的人。至少意识到我们将不再见到那些每天见到的人，即使我们只是远远地或者出于功利目的见过他们，几乎没有注意过他们的脸。是的，人们一般都会这么做。

因此我最终还是问了那些服务生。他们回答说，他们认为那对夫妇度假去了。这听起来更像是推测，而不是确凿的消息。度假为时尚早，不过也有人七月份不喜欢待在马德里，因为比火还热。或者也许路易莎和德文内有条件离开两个月，他们似乎有钱又有闲（也许他们给自己发薪水）。虽然我很遗憾直到九月之前每天早晨那小小的激励都没有了，但是得知他们到时会回来，并没有从我的地平面上永远消失，我却也心安了。

记得那段时间我无意间在报纸上看到了一则马德里一位企业家被刺死的大标题，我快速地翻了过去，没有阅读全文，原因正是这则新闻的配图：一张一个男人躺在马路中间的照片，他躺在机动车道上，没穿外套，没系领带，没穿衬衫，也可能是衬衫扣子解开了，下摆出来了，急救人员正在努力让他恢复知觉，抢救他，他四周一片血泊，白色的衬衫浸透了血渍和污渍，或者这是我看到那模糊的形象时想象出来的。由于拍摄角度的原因，他的脸部看不清楚，但无论如何，我的目光没有停留，我很憎恶当下媒体的这种癖好：不吝将最残忍的图片呈现给读者或者观众——或许这正是读者和观众所要求的，他们总体而言都精神失常；而他们所要求的只不过是自己已经了解、已经被告知的东西——好像光有那些文字的描述还不够似的，对遭受暴行的人连最起码的尊重也没有，他已经无法自我保护，无法抵御那些在他意识清醒的时候绝对不会屈从的目光，正如他绝不会穿着浴袍或者睡衣出现在陌生人或者熟人面前，觉得这样不成体统。我认为给一位已死或者将死之人拍照非常过分，特别是在其遭受暴力的情况下，是对刚刚成为一名受害者或一具尸体的人最大的不尊重——如果还能看到他，似乎他还没有完全死去或者没有被认定为完全死亡，那么就应该不妨碍他真正死去，让他在没有不受欢迎的目击者也没有公众围观的情况下离去——我不打算苟同强加给我们的这种习惯，不想看硬要我们看或者几乎是强迫我们看的东西，不想让我这双好奇又惊恐的眼睛和那千万双眼睛同流合污，它们的脑袋带着对这类事情克制的迷恋或者十足的宽慰一边看一边可能在想："我眼前的这个人不是我，而是别人。不是我，因为我看见了他的脸，那不是我的脸。我在报纸上看到了他的名字，也不是我的，不一样，我不叫这个名字。这事落到了别人身上，不知他做了什么事，卷入了什么纠纷，欠了什么债务或者造成了什么严重的伤害以至于被人用折刀捅死了。我从不介入任何是非，也不树敌，不干预任何事情。又或者我确实介入了，做了坏事，但是没被抓住。幸好，我们眼前这位被人们谈论的死者是别人而不是我，我比昨天更安全了，昨天我逃脱了。而这个可怜鬼却被逮住了。”我从未想到把那则我一掠而过的消息同那个令人愉快、笑容可掬、我曾经每天看他吃早餐的男人联系起来，他曾和他的妻子在全然不觉中给予我很大的精神鼓励。

出差回来后的几天里，我很想念那对夫妇，尽管知道他们不会来的。现在我每天准时去出版社（吃完早餐就走了，没有理由偷懒了），但是有点灰心丧气，无精打采，我们的日常生活接受变化哪怕是好变化的能力之差真是令人惊讶，况且这次并非好变化。我对工作更加懈怠，看着我的上司骄傲自大，接待作者们令人厌烦至极的来电或者来访，莫名其妙地，这种事儿最终竟演变成了我的职责之一，也许是因为我往往比我的同事们更在意他们一些，同事们都是直接回避他们，尤其是那些极其自以为是还特爱挑剔的作家，还有那些令人讨厌透顶的、迷茫无措的作家，那些独居的作家，那些灾难性的作家，那些以匪夷所思的方式卖弄风情的作家，那些把拨打我们的电话作为一天工作的开始，利用各种借口告诉某位编辑他们还活着的作家。他们大多数都很古怪。怎样躺下就怎样起床，思考着他们那些想象中的但却占用他们太多时间的事情。那些以文学及其相关东西为生因而没有职业的人——渐渐地已经有这样的人了，与大家公认的相反，这个行当有钱可赚，主要是对出版商和经销商而言——足不出户，唯一要做的就是回到电脑或者打字机旁——至今还有个别疯子仍在使用打字机，之后他们交稿的时候还得为他们扫描文本——他们的自律性令人难以理解：一定是有点变态的人才会在没人要求的情况下去工作。因此，对于几乎每天都要帮助一位名叫科尔特索的小说家搭配服装，我感觉心情和耐心都大不如前，他总是以某个荒唐的借口给我打电话，接下来便来一句“趁你在这儿”，问我觉得他向我描述的他已经穿上或者打算穿上的那些可笑的或者过时的服装是否搭配得当。

“你觉得菱形花纹袜子搭配这条细条纹裤子和带流苏装饰的棕色莫卡辛鞋合适吗？”

我没敢告诉他菱形花纹袜子、细条纹裤子和带流苏的棕色莫卡辛鞋让我觉得恐怖至极，因为这样说会令他过于担忧，谈话就会没完没了了。

“什么颜色的菱形花纹？”我问他。

“棕色和橙色。不过我也有红色和蓝色的，绿色和米色的，你觉得怎么样？”

“棕色和蓝色的最好，就是你刚才告诉我你穿的那种。”我回答道。

“我没有这种颜色组合。你认为我应该出去买吗？”

我觉得有点遗憾，尽管我非常恼火他竟然向我咨询这类事情，好像我是他将来的遗孀或母亲似的，并且这个家伙对于自己的作品很自负，虽然评论界对其赞赏有加，我却觉得愚蠢至极。但是我不想打发他满城去找更多丢脸的而且也不会解决他任何问题的袜子。

“不必了，科尔特索。为什么不从一双袜子上剪下蓝色的菱形，从另一双袜子上剪下棕色的菱形，然后把它们拼起来呢？做个 **patchwork**①，现在西班牙语中都这么说。一件补丁艺术品。”

他过了许久才意识到我在开玩笑。

“可是我不会做，玛丽亚，我连扣子都不会缝，而且我的约会就在一个半小时之后。噢，我知道了。你是在耍我。”

“我？绝对没有。不过，你最好还是穿纯色的吧。海蓝色，如果你有的话，并且我建议你搭配黑色皮鞋。”最终我给了他一点帮助，在可能的

---

① 英文，意思是由各种颜色或形状的许多小块拼缝而成的拼缝物。

范围之内。

现在我的心情更差了，总是立马打发掉他，带着厌恶，以及有点居心险恶的欺骗：如果他告诉我要穿一套深灰色西装去法国大使馆参加一个鸡尾酒会，我就毫不犹豫地给他推荐水绿色袜子，并且让他相信那是最新流行的大胆尝试，所有的人都会惊艳的，这倒不完全是假话。

对待另一位小说家我也不客气，他的笔名是卡拉伊·丰蒂纳——就是这样，只有两个姓而没有教名，他大概认为这样很独特，很神秘，但是听起来像足球裁判——他觉得出版社应该为他解决任何困难或者意外，即使和他的书没有一丁点儿关系。他要我们去他家取一件大衣替他送到洗衣店，要我们给他派一个计算机技术员或者几个粉刷工，或者要求我们给他在斯里兰卡的亭可马里或者拜蒂克洛找住宿的地方，为他和妻子到那里进行私人度假旅行做好准备工作，他那专横的妻子隔三差五地给我们打电话或者亲自出面，不是提出请求，而是发号施令。我的上司很看重卡拉伊·丰蒂纳，通过我们来满足他，不是因为他的书销量高，而是因为他让我们上司相信他经常受邀去斯德哥尔摩——我在一个偶然的机会得知，他去那里都是自掏腰包，为了画饼充饥、呼吸那里的空气而已——将要被授予诺贝尔奖，虽然无论是在西班牙还是其他任何地方从未有人为他公开推荐提名。甚至没有像很多作家那样在其家乡城市被提名。然而，他却在我的上司以及他的下属面前认定了此事，我们一听到他说“我在北欧的密探告诉我说就在今年或者明年”之类的话时就感到脸红，或者“我已经用瑞典语背下了我将在典礼上对卡洛斯·古斯塔夫说的话。我会让他目瞪口呆的，他大概从未听过这么生猛的话，而且是用没人能学会的他们的语言说的”。“是什么，是什么?”我的上司问他，透着提前到来的兴奋。“你会在第二天全世界的报刊上看到的。”卡拉伊·丰蒂纳洋洋自得地答道，“没有报纸不会刊登的，所有的报纸都要把它从瑞典语翻译过来，包括这里的报纸，不是很有趣吗?”(我觉得在生活中如此坚信一个目标真是令人嫉妒，即使目标和坚信这二者都是子虚乌有。）我原来对他尽量以礼相待，我可不想拿我的职位开玩笑，但是现在当他一大早给我打电话提出他那些无礼要求时，我感到了难以名状的为难。

“玛丽亚，”一天早上他打电话对我说，“我需要你们给我弄几克可卡因来，这是新书的一个情节所需。找个人尽快给我送到家里来，无论如何要在天黑前送到。我想看它在日光下的颜色，以免弄错了。”

“但是，卡拉伊先生……”

“卡拉伊·丰蒂纳，亲爱的，你看我都告诉过你了；作为单姓的卡拉伊随处可见，巴斯克地区、墨西哥、阿根廷都有。甚至可能是个足球运动员。”他对此如此坚持，因而我推断他的第二个姓是编造的（一天我在马德里指南上找了找，没有一个姓丰蒂纳的，只有一个叫劳伦斯·封迪诺伊的，这个名字更不真实，像是出自《呼啸山庄》)，或者可能整个姓氏组合都是编造的，他实际上叫戈麦斯·戈麦斯或者加西亚·加西亚，或者其他某个他不喜欢的重复姓氏。如果这是一个笔名，那么当他选择它的时候肯定不知道丰蒂纳是一种意大利奶酪，我不知道是牛奶酪还是羊奶酪，好像是产自奥斯塔河谷，人们多把它熔化食用。不过算了，毕竟也有些花生叫博尔赫斯，我不认为这给博尔赫斯本人造成了烦恼。

“对，卡拉伊·丰蒂纳先生，请原谅，我是为了简单点。但是您看，”我不得不告诉他，尽管这不是主要的，连次要的也算不上，“颜色的问题您不用担心。我现在就可以向您肯定是白色的，无论是在日光下还是在灯光下，这个几乎全世界都知道。电影里出现得很多，您没看过塔伦蒂诺的电影？或者另外一部阿尔·帕西诺主演的、里面毒品成堆的电影？”

“那个我是知道的，亲爱的玛丽亚，”他气恼地答道，“我生活在这个肮脏的星球上，尽管在我创作的时候可能不显得肮脏。但是请不要低估你自己，你不像你的同事贝阿特里丝以及其他许多人那样仅仅生产书籍，你还阅读它们，并且颇有眼力。”他时不时地跟我说这种话，我猜是为了讨我欢心：我从未对他的任何一部小说发表过任何看法，我拿薪水不是做这个的。“我担心的是形容词用得不准确。咱们来说说看，你能明确告诉我是乳白色还是石灰白吗？还有质地。更像粉笔末还是白糖？像食盐、面粉还是滑石粉？来，告诉我。”

由于这位准诺贝尔奖得主的敏感多疑，我眼看着自己卷入了一场荒谬又危险的争论之中。我真是自投罗网。

“就像可卡因，卡拉伊·丰蒂纳先生。现在这时代已经没有必要描述它了，因为没尝过它的人也都见过它了。老年人也许例外，但是无论如何也在电视上见过多次了。”

“你在告诉我应该怎样写作吗，玛丽亚？告诉我是否要用形容词？应该描写什么，什么是多余的吗？你在给卡拉伊·丰蒂纳上课吗？”

“不是的，丰蒂纳先生……”我无法每次都用两个姓来称呼他，那样要花上很长时间，而且那个姓氏组合既不好听，我也不喜欢。省去卡拉伊似乎不会让他太不愉快。

“既然我让你们今天弄两克可卡因来，肯定是有原因的。很可能是因为今天晚上那本书需要它，你们关心的是出新书并且书里没有瑕疵，不是吗？你们唯一应该做的就是给我弄到送来，不是和我争论。或者要我亲自和欧赫尼说吗？”

话说到这里我冒着一定的风险没有妥协，一句加泰罗尼亚语脱口而出。是我的上司传染给我的，他是加泰罗尼亚人，虽然在马德里生活了一辈子，但却保留了大量的加泰罗尼亚语。如果卡拉伊的苛求传到他的耳朵里，他能把我们全部赶到大街上去找毒品（去出租车拒绝入内的糟糕的街区和市镇）来满足他。他过于看重他这位自命不凡的作者了，不可思议的是这种人怎么就让众人相信了自己的价值，这是一个普遍存在的令人费解的现象。

“要是把我们当成毒品贩子怎么办，丰蒂纳先生?”我说，“不知道您意识到没有，您在要求我们触犯法律。烟草店里是买不到可卡因的，这个您肯定知道，街角的咖啡馆里也不可能。而且是两克，您要两克做什么？您知道两克是什么概念吗？是多少剂量？要是您服用过量，我们就损失大了。对于您的妻子、对于文学来说都是损失。可能会让您猝发症状。或者会让您上瘾，从此不再想别的事情，不再写作，什么都干不了了，成为一具无法旅行的躯壳，因为不能携带毒品过境。瑞典的典礼以及您对卡洛斯·古斯塔夫的傲慢将告吹，您觉得呢?”

卡拉伊·丰蒂纳沉默了一会儿，似乎在思量自己的要求是不是太过分了。但是我认为最终不能踏上斯德哥尔摩的红毯这一威胁对他产生了更大的压力。

“哎，毒品贩子，不会的，”他最终说道，“你们只是买，不是卖。”

我趁着他在犹豫顺便说明了他试图运作的事情的一个重要细节：

“哦，但是之后当我们给您的时候呢？我们会把那两克可卡因交给您，您会给我们钱，不是吗？那么那又算什么？不是贩毒吗？对于警察来说就是，毫无疑问。”这可不是一件小事，因为卡拉伊·丰蒂纳并不是每次都归还我们洗衣费、粉刷工的报酬或者在拜蒂克洛预订房间的开销，情况最好时也是拖延很久才付，每当必须催还时，我的上司就惴惴不安，紧张不已。我们只差为他尚未完成因而还未签约的新小说里的恶习买单了。

我注意到他更加犹豫了。也许他从未认真考虑过浪费的问题，他一向有此恶习。和许多其他作家一样，他爱贪便宜，吝啬，毫不自重。他去世界各地或者更确切地说是各省做讲座时总会在酒店欠下巨资。他要求住套间，并且为他支付所有的额外费用。据传他在旅行时带着整套床上用品和脏衣服，不是因为行为怪诞或者特殊癖好，而是为了趁机在宾馆里清洗，甚至还带着那些没有向我征求意见的袜子。这应该不是真的——带着这么多的负重出行，其麻烦真是难以想象——但如果不是这样，就没人解释得清为什么有一次讲座的主办方不得不为一张巨额洗衣账单埋单了（据传是一千二百欧元左右）。

“你知道现在可卡因多少钱一克吗，玛丽亚?”

我不太清楚价格，估计是六十欧元左右，但是我把价格抬得很高，想吓唬吓唬他，让他放弃。我开始觉得我的目的有可能实现，或者至少可以摆脱去给他找毒品、去打探哪个声名狼藉或者犄角旮旯的地方有售的麻烦。

“我听说每克八十欧元左右。”

“好家伙。”然后他陷入了沉思。我猜他正在狡猾地计算着。“算了。也许你说的对。可能我只要一克就够了，或者 0.5 克。可以买 0.5 克吗?”

“我不知道，卡拉伊·丰蒂纳先生。我不吸毒。不过可能不行。”最好他看不到任何省钱的可能。“就像不可以买半瓶香水一样，我想。也不可以买半个梨。”这些话一出口我便意识到这种比较太荒唐了。“或者半管牙膏。”这个我觉得更恰当些。但是还是要彻底打消他的念头，或者让他自己去买毒品，不要让我们犯罪或者替他垫付。对于他，并不排除我们再也见不到他的可能性，而且出版社也不愿意浪费。“但是请允许我问一下您，您要毒品是为了兴奋情绪还是只为了看一看、摸一摸?”

“我还不知道。这取决于那本书今晚对我的要求。”

一本书会在夜间或者白天提出要求让我觉得很滑稽，更何况是一本没有写完的书对写作者提出要求。我将此理解为一种诗意的表达，没有费心加以评论。

“因为您看，如果只是第二种情况，您只是想对它加以描述，我不知道该怎么向您解释。您渴望享誉全球，您已经达到了，作为作家您拥有各个年龄段的读者。如果您去描述毒品及其作用的话，年轻读者们会认为那种毒品对于您来说是一种新鲜事物，您现在才知道。他们会因此而嘲笑您的。您不想这样吧？如今描写可卡因就像描写红绿灯一样。您想象得出那些形容词吧？绿的，黄的，红的？静止，直立，冷静，金属似的？那会是很可笑的事情。”

“你是说红绿灯，大街上的那种?”他不安地问我。

“正是。”我不知道“红绿灯”还能有什么含义，至少在口语中是这样。

他沉默了一阵子。

“嘲笑，是吗？现在才知道。”他重复道。我发现这些字眼的使用正中要害，对他产生了作用。

“不过，只是在那一部分，丰蒂纳先生，这是肯定的。”

一想到哪怕只有一行文字可能会让一些年轻人嘲笑，他大概都难以忍受。

“好吧，让我想想。推迟一天没关系的。明天我就告诉你我的决定。”

我知道他什么都不会对我说了，他会放弃那些愚蠢的试验和证实，再也不会提起那次通话。他自以为打破了常规，超越了时代，但是骨子里他就像左拉和其他某位作家一样：他竭尽所能地体验想象的事物，因此他们书中的一切都显得矫揉造作。

挂了电话之后，我惊讶于自己竟然拒绝了卡拉伊·丰蒂纳的一个要求，而且并没有征求上司的意见，是我自己的主意。这要归功于我的心情坏到了极点，沮丧到了极点，归功于没有完美夫妇陪伴的早餐让我食之无味，因为没有他们向我传递乐观情绪了。不过至少我在这种损失中发现了一个好处：让我愈加不能容忍缺点、自负和愚蠢。

那是唯一的好处，当然并不值得。服务生们弄错了，他们弄清楚了之后也没有告诉我。德思文永远不会回来了，因此那对快乐的人儿也永远不会回来了，他们这对快乐的人儿也从世界上消失了。是我的同事贝阿特里丝一天早上向我提起了所发生的事，她偶尔在那个咖啡馆用早餐，我曾让她注意到了那对夫妇的特别之处，她无疑以为我已知情，认为我早就通过自己的渠道，也就是说，通过报纸或者那家咖啡馆的员工知道了此事，而且还以为我俩已经议论过此事，但她却忘了那些天，就是事件发生后的那几天，我出差了。我们正在露天茶座匆匆地喝着咖啡时，她陷入了沉思，用小匙漫无目的地搅着咖啡，然后看着其他的桌子——所有的桌子都坐满了——低声说道：

“发生那样的事情太恐怖了，真的，我指的是发生在你喜欢的那对夫妇身上的那种事情。某一天和其他任何一天一样开始，你丝毫意识不到有人将会结束你的生命，而且是以粗暴的方式。因为我想可能也从另一种意义上结束了她的生命。这种状态至少会持续很长一段时间，好几年。我甚至怀疑她永远都恢复不过来了。如此愚蠢的死亡，倒霉的死亡，对于这类死亡你可能一辈子都在想：‘这个城市里有几百万人，为什么偏偏落在他头上，落在我头上？我不知道。说实在的，我已经不怎么爱萨维里奥了，但是如果他发生这样的事，我想我没法继续生活下去。不仅仅是因为失去，而是因为我会觉得自己被人指定了，好像有人针对我，并且不打算停手，你明白我的意思吗？’——她嫁给了一个意大利无赖、寄生虫，她几乎无法忍受他，她容忍他一方面是因为孩子，另一方面是因为她有一个情人给她打肉麻的电话，可能偶尔见上一面，以此打发日子，他们见面机会不多，因为他们都有自己的配偶和孩子。出版社的一个作家则让她的夜间想象充满了乐趣，那个人当然不是科尔特索那个胖子，也不是那个外表和人格都很讨厌的卡拉伊·丰蒂纳。”

“可是你在说什么呀？”

于是她告诉了我，更确切地说是开始告诉我那件事情，她很惊讶我毫不知情，惊呼连连，心慌意乱，因为时间已经不早了，而她在出版社的地位比我更不稳固，她不想冒险，丰蒂纳对她怀有怨恨，常常在欧赫尼面前抱怨她就已经够糟的了。

“怎么，难道你连报纸都没看吗？报上甚至还有那个可怜男人的照片，血糊糊的躺在地上。我记不得确切的日期了，不过你去网上找找，肯定找得到。他叫德文内，是那个电影发行公司的人，你知道的，‘德文内电影公司出品’，我们在电影院里看到过很多次了。你会查到一切的。一件恐怖的事情。足以让人对厄运感到义愤填膺。如果我是他的妻子，我不会走出来的。我会疯掉的。”那时我才知道了他的名字，或者可以说，他那富有艺术气息的名字。

那天晚上我在电脑上敲入了“死亡 德文内”，果然出现了那条新闻，登在马德里两三家日报的本地新闻部分。他真正的姓氏是德思文，我突然想到他的家族可能在某个时候在对外业务中修改了姓氏，以方便那些讲卡斯蒂利亚语者发音，可能也为了避免讲加泰罗尼亚语者将之与圣胡斯特·德思文镇联系起来，我对这个小镇很熟悉，因为巴塞罗那不止一家出版社在那里有仓库。又或许是为了让公司看起来像是法国公司：毫无疑问，在其成立之时——六十年代或者更早——所有的人都还知道儒勒·凡尔纳，法国的一切都享有盛望，不像现在，那种长得像是蓄了头发的路易·德·菲奈斯的人当总统。我还查到德文内家族还坐拥市中心好几家首映电影院，并且或许是由于这些影院逐渐消失，变为大型商业用地，公司也多元化了，现在主要从事房地产，不仅在首都，而且在各地都有业务。因此，米盖尔·德思文应该比我之前想象的还要富有。这就让我更难理解为什么他几乎每天早晨都在一家在我消费能力之内的咖啡馆吃早餐。事情就发生在我最后一次在那里见到他的那天，因此我知道他的妻子和我是在同一时间跟他告别，她是用双唇，而我仅仅是用目光。具有残酷讽刺意味的是那天是他的生日，因此他死的时候比前一天大一岁，五十岁。

各种报纸版本虽然在一些细节上有所出入（很可能取决于各路记者采访的是哪位邻居或者路人），但是大致内容却是相同的。似乎跟往常一样，德文内在中午两点左右把车停在了卡斯特亚那大街的一个街口——一定是和路易莎碰面一起在餐馆吃午饭——那儿离他们的家很近，附近是一个露天停车场，很小，属于工业工程师高等技校。他刚从车里出来，一个在那片地方代人停车换取开车人小费的乞丐——被称为停车收费员 ——就已经走到了他跟前，开始语无伦次地骂他，指责的理由很荒唐。几位证人——虽然都没听懂多少——说，那个人指责他把他的女儿们弄进了一个外国卖淫网站。另几位证人说，那个人对他喊了一大串难懂的话，他们只听清了其中两句：“你想让我得不到遗产！”以及“你在夺走我孩子的口粮！”有那么几秒钟，德思文试图摆脱他，跟他讲理，告诉他自己和他的女儿们没有任何关系，甚至都不认识她们，他认错了人。但是那个乞丐，——新闻上说叫路易斯·菲利佩·巴斯克斯·卡内亚，三十九岁，胡须浓密，个子很高——却更加怒气冲冲，继续语无伦次地辱骂他、诅咒他。一栋房子的门房听到他歇斯底里地大喊："但愿你今天就死掉，你老婆明天就忘了你！"另一家日报给出的说法更伤人："但愿你今天就死掉，你老婆明天就跟了别的男人！"德文内放弃了让他镇静下来的所有尝试，做了一个无可奈何的手势，准备向卡斯特亚那大街走去，但是这时那个收费员似乎已经决定不再等待他的诅咒成真，而是要自己动手实现它，他掏出一把刀刃长七厘米的蝴蝶刀，从后面扑向他，反复地捅他，一家报纸说捅在了胸部和体侧，一家报纸说捅在了背部和腹部，另外一家报纸说捅在了背部、胸部和胸侧。对于企业家所中的刀数说法也不一：九刀，十刀，十六刀，给出最后这个数字的报纸——也许是最可信的，因为撰稿者提到了"尸检表明"——还说"每一刀都伤及重要器官"，"根据法医的推断，其中有五刀是致命的"。

一开始德思文试图摆脱他逃走，但是折刀如此狂怒、凶残、接连不断地——看来也很准确——砍下，以至于他没有机会逃脱，很快便全身瘫软，晕倒在地上。直到此时凶犯才住手。附近一家公司的保安"发现了此事，拦住了他直到当地警察赶到"，对他说："在警察到来之前不许离开这里！"无法解释他如何单凭一句命令就让一个手拿凶器、失去理智并且刚刚让别人流了许多血的家伙乖乖地待在那里——也许是用枪口指着他，但是任何说法都没有提及保安的枪，也没有提到他从枪套中拔出枪或者用枪瞄准他——因为根据好几家报纸的说法，那个帮人停车的家伙在警察们赶到的时候手里还拿着他的折刀，是警察们勒令他放下的。于是那个乞丐把刀扔到了地上，被扣上手铐移送到了区警察局。"根据马德里最高警察局的说法"，所有的报纸上都出现了这句话或者类似的说法，"杀人嫌疑犯已经交由司法处置，但是他拒绝招供。"

路易斯·菲利佩·巴斯克斯·卡内亚已经在当地一辆废弃的汽车

里住了很长时间了，而邻居们的证词再次产生了分歧，只要是要求或者拜托一个以上的人讲述一件事都会这样。一些人认为他是一个非常安静规矩的人，从来不惹麻烦：他的工作是帮汽车找空车位然后给带过去以赚点小费，言行中带着这一行惯有的盛气凌人或者殷勤讨好的虚张声势——有时是没有必要的并且也不受欢迎，但是所有的停车收费员都是这样工作的。他一般中午左右到，将他的两个蓝色背包放到一棵树下，然后就开始了他断断续续的工作。然而，另外一些居民却说他们已经烦透了“他的暴力冲动和精神失常”，他们曾多次试图将他赶出他那个固定不动的车房，让他远离那个街区，但是一直没成功。巴斯克斯·卡内亚没有犯罪前科。与人发生的争执之一恰恰就是德文内的司机在一个月前所经历的那次。那个叫花子对他恶语相加，并趁车窗没关，往他脸上打了一拳。警察闻讯而来，以人身侵犯为由将他暂时拘留，但是最终那位司机，虽然“受了伤”，却不想伤害他或者告发他。在企业家死亡的前一天，受害者和凶手发生了首次冲突。那个帮人停车的家伙对他乱骂一通。“他提到他的女儿们和他的钱，说她们想夺走他的钱。”案发地卡斯特亚那街口的一个门房说，他大概是最健谈的了。“死者跟他解释说他认错人了，自己跟他的事情没有丝毫关系。”一种说法是这么说的。“那个偏执的乞丐喃喃自语着走开了。”又以对当事人相当随便的态度添油加醋地说道：“米盖尔绝对没有想到路易斯·菲利佩的精神失常会在二十四小时之后要了他的命。为他所写的剧本在一个月以前就已经间接策划好了。”最后这句指的是他与司机发生的争执，有的邻居认为司机才是真正的报复对象：“谁知道呢，没准儿他所耿耿于怀的人是司机，”其中一人如是说，“他把司机和他的老板搞混了。”据说那个停车收费员近一个月来情绪大概极差，因为这个地区安装了停车计时收费器，他无法靠他那点零星的工作赚钱了。一家报纸附带提到了一条其他报纸没有刊登的令人愕然的信息："由于杀人嫌疑犯拒绝招供，所以无法证实他和受害者是否像坊间流传的那样是姻亲。"

急救中心的一辆重症监护车全速赶到了事发地点。医护人员对德思文实施了"急救"，但是鉴于其情况极其危急，在"稳定他的状况"之后，把他紧急送到了拉鲁斯医院——但是有两三家报纸说是拉普林塞萨医院，连这个都不一致——然后立即进入了手术室，当时呼吸已经停止，处于病危状态。他在生死线上挣扎了五个小时，意识一直未曾恢复，最终"在傍晚时分生命走到了终点，医生们已经回天乏术"。

所有这些信息都是在案发之后的两天内发出的。之后这条新闻就完全从报纸上消失了，就像现在所有的新闻一样：人们不想知道事情为什么发生，只需知道它发生了，知道这个世界充斥着鲁莽、危险、威胁和厄运，它们与我们擦肩而过，但却触及并杀害了我们毫无防备的同类，或者也许他们不是上帝的选民。我们和无数未解的谜团和睦共处，它们只是在早上占用我们十分钟的时间，之后就被淡忘，不会给我们留下任何痛苦或者痕迹。我们无需深入探究任何事情，也无需在任何事实或者故事上逗留很长时间，我们需要把注意力从一件事情转移到另一件事情上，需要别人的不幸重复上演，似乎在每一次不幸之后我们都会想："唉，太恐怖了。又能怎么样呢。我们曾经摆脱了怎样的恐怖？我们需要每天都觉得相比之下自己是幸存者，是永生的，所以给我们讲讲其他暴行吧，因为昨天的那些已经不新鲜了。"

奇怪的是，那两天关于死者说得很少，只提到他是著名电影发行公司的一位创始人之子，在家族企业工作。经过几十年的持续发展，加上拥有甚至包括廉价航空公司在内的多家分支机构，其家族企业几乎已经变成了商业帝国。在之后的日子里似乎没有任何地方刊登德文内的讣闻，或者任何朋友、同学或者同事写的任何表达纪念或者回忆的文字，也没有任何有关其性情及个人成就的生平简介，这颇为奇怪。任何一位富有的企业家，特别是和电影有关的企业家，即使名气不大，也在新闻界有些关系，或者有些有这种关系的朋友，所以不乏会有某位朋友真心诚意地在某日报上发表感情深切、饱含敬意和溢美之词的讣文，似乎这样可以稍稍弥补一下已故的人，或者没有讣文是一种额外的侮辱（往往只有当一个人已经不在了，并且正是因为他已经不在了我们才察觉到他的存在）。

因此可以见到的唯一一张照片就是某个行动迅速的记者在他躺在地上还没被送走之前接受露天抢救的时候拍的那张。幸好这张照片在网上看不清楚，翻印质量很差，而且尺寸很小，因为我觉得那张照片对于一个像他这样生前性格开朗、堪称完美的人来说非常卑鄙。我几乎没有看它，我不想那么做，我早已把当初我瞥见照片的那张报纸给扔了，那张照片比网上的更大，我并没有注意照片上是谁，也不想在上面多加停留。如果我那时知道那不是一个完全陌生的人，而是一个我每天带着喜悦和某种感激看到的人，那么仔细看看的诱惑肯定会强烈到让我无法抵制，但是接着我会移开视线，我会比我没有认出他的时候更加愤怒和恐惧。不仅因为有人在大街上以最恶劣的手段出其不意地甚至是肆无忌惮地杀死了一个人，而且正是因为发生在大街上——“在一个公共场合”，正如这种崇敬而愚蠢的用词所言——围绕他形成的无耻的喧哗才得以展现在世人面前。现在，在网上这张尺寸很小的照片上很难辨认出他来，或者说我认出他来仅仅是因为文字部分明确告诉我死者或者说将死之人是德思文。不管怎样，看到或者知道自己这个样子暴露于人肯定令他感到惊恐：没穿外套也没系领带，连衬衫都没穿，或者是没扣扣子（看不清楚，如果衬衫被脱掉的话，袖扣落在哪里了呢?）身上插满了管子，四周是对他进行各种操作的医护人员，伤口暴露在外面，躺在大街中央的血泊之中，吸引着行人和开车者的注意，昏迷不醒，虚弱无力。那种样子也会把他的妻子吓坏的，如果她看到的话。但是她应该没有时间也没有心情去看第二天的报纸，这是最可能的情况。一个人在悲痛、守灵、埋葬死者、感到不解，并且还必须向孩子解释时，是没有心思考虑别的事情的，其他的一切都不存在。但是或许后来她看到了，可能一个星期后她和我有了同样的好奇心，也曾上网了解其他人当时知道些什么，不仅仅是亲朋好友，还有像我这样的陌生人。他的死可能对他们产生了怎样的影响。他的普通朋友大概已经知道了，通过报上那则马德里本地新闻或者应该在某家日报上刊登的一则或者多则讣告，有钱人去世时往往有这样的惯例。无论如何，是因为那张照片，主要是因为那张照片——还有那种卑劣且荒谬，或者怎么说呢？还带有神秘色彩的死亡方式——贝阿特里丝才在提到他时称他为“可怜的人”。他在世的时候，甚至在他下车前一分钟谁都不会想到这么称呼他。他下车的地方是一个安静怡人的街区，紧挨着工业工程师学校的小花园，那里树木葱茏，有一家饮料店，店里有几张桌椅，我曾不止一次地和我的小外甥们在那里坐过。甚至在巴斯克斯·卡内亚打开他的蝴蝶刀之前的一秒钟都不会这么想。只有老手才能打开那类双把折刀，据我所知，这种刀具任何地方都不出售或者说属于管制刀具。而现在他将永远保持这个状态，别无选择了：可怜的不幸的米盖尔·德文内。可怜的人。

“是的，那天是他的生日，你能相信吗？这个世界在让世人进入和离开方面过于混乱，以至于有的人在同一天出生和死亡，中间隔了五十年，正好五十年。没有丝毫意义，原因恰恰是因为看似有意义。也可以不这样的，不发生这样的事情很容易。也可以是任何其他日子，或者任何日子都不发生。最好是不发生。完全不发生。不要发生。”

好几个月之后我才再次见到她，路易莎·阿尔黛，又过了一个月我才知道她的名字，那个名字，她告诉我的，还说了许多别的话。当时我不知道她这么做是因为她经常向任何一个愿意倾听的人谈起她的经历，还是因为觉得我是一个可以轻松倾诉的对象，因为我是一个陌生人，不会把听到的事情告诉她身边的任何人，而且与之刚刚开始的这种交往可以随时不加解释、没有后果地中断，同时这位陌生人富有同情心、忠实又好奇，其面孔对于她既新鲜又依稀熟悉，让她联想到那些没有阴霾的时光，尽管许多个早晨我都一度认为她几乎从未注意过我，比她的丈夫对我的注意还要少。

夏天过后，进入九月后的一天，路易莎又在往常的时间出现了，由两个女友或是女同事陪着，露天茶座还在，我从我的桌子那儿看着她走过去坐下，或者更确切地说是跌落在一张椅子上，其中一位女友在下意识的关心下抓住了她的小臂，像是担心她会失去平衡，似乎早已料到她很虚弱。她极其消瘦，状态很差，透出一种由内而外的、生命的苍白，以至于模糊了她的容貌，似乎失去颜色和光泽的不仅仅是皮肤，还有头发、眉毛、睫毛、眼睛，牙齿和嘴唇，一切都黯淡无光，模糊不清了。她在那里像是借来的，我的意思是借来这里生活的。她讲话时已经没有和她丈夫讲话时的那种活力，而是带着一种伪装的自然，流露出义务感和不情愿。我想也许她在服药。她们坐得离我很近，中间只隔着一张空桌子，因此我听到了她们的部分谈话，主要是她朋友的谈话，而不是她的，因为她的嗓音很低。她们在向她征求或者说询问祭奠的细节，肯定是祭奠德思文，我不知道是要举行一次祭奠来纪念他去世三个月（我算了一下，马上就满三个月了）还是这是当初没有举行的第一次祭奠，因为按照有些地方的习俗，在去世一两周后举行第一次祭奠，至少在马德里是这样。也许她那时力不从心，或者是可怕的环境让此举显得不太明智——人们从来不会阻止自己去打听那类社交活动，也不会阻止自己传播谣言——所以这件事就搁置起来，假如他们是一个传统的家庭的话。也许是某位保护她的人——比如兄长，父母，或者某位女性朋友——在葬礼之后立即将她带离了马德里，为了让她远离此地慢慢适应没有他的日子，以免那些夫妻共同生活的环境令她触景伤情，实际上这是徒劳地推迟等待着她的恐惧。我听到她说得最多的就是“好的，我觉得这样可以”，或者“照你们说的办吧，你们头脑更清醒”，或者“让神父简短点，米盖尔不太喜欢他们，他们让他有点紧张”，或者“不，不要舒伯特，他过于迷恋死神了，我们这里的死神已经够多了”。

我看到咖啡馆的服务生们在柜台处商量了一会儿之后一起走到她的桌前，他们的脚步与其说是庄重不如说是僵硬，虽然他们小心翼翼地跟她说话，声音很轻，但是我听出他们在向她略表哀悼：“我们想对您说我们对您先生的事情深表难过，他总是那么和善。”其中一位说道。另外一位又说了句老式的、空泛的套话：“我们与您同哀。真是不幸。”她用黯淡的微笑向他们表示了谢意，仅此而已，我非常理解她不愿再谈及细节、发表评论或者延长对话。我起身的时候产生了像他们那样做的冲动，但是我没敢再次打断她同女友们的死气沉沉的谈话。而且，时间已经晚了，我不想上班迟到太多，我现在已经改过自新了，一般会准时出现在我的岗位上。

又过了一个月后我再次见到了她，虽然秋叶已落，天气渐凉，但仍有人喜欢露天吃早餐——匆匆忙忙的早餐，专属于那些将把自己关在办公室里数小时的赶时间的人，他们来不及感到冷就要上班去了；大多数人默不出声，昏昏欲睡，就像我自己这样——所以人行道上的餐桌还没有撤走。路易莎·阿尔黛这次是和她的两个孩子一起去的，给他们每人点了一份冰激凌。我猜——对我自己童年的遥远的回忆——她带他们空腹验血去了，然后小小地满足他们一下来补偿他们经受的饥饿和针扎，并且允许他们跷掉第一个小时的课。女孩很照顾比自己小四岁左右的弟弟，并且我感觉她也在以自己的方式照顾着路易莎，好像她们不时地交换角色，或者即使不是这样，两人也偶尔会在为数不多的可能的领域争当母亲的角色。我想说的是，女孩一边以孩童特有的小心谨慎拿着小勺吃杯子里的冰激凌，一边盯着路易莎的咖啡不让放凉了，催她快喝。她还偷偷地观察她，似乎在暗中查看她的动作和表情，如果看到她的目光过于失神，陷入沉思，她就马上跟她说话，来点评论，或者问个问题，或者给她讲点事情，似乎是想防止她失魂落魄，她的神思恍惚似乎令她难过。就在这时一辆汽车出现了，与路边的车并排停下，然后极轻地摁了下喇叭，孩子们站起身来，拿上背包，飞快地亲了下母亲，然后手牵着手向汽车走去，知道汽车是来接他们的。我感觉女孩离开时对母亲的担心要多于母亲对她的担心（因为女孩飞快地抚摸了一下母亲的脸，好像是要她好好的，别惹麻烦，或者是想给她留下某种触觉的安慰直到她们再次相见）。那辆车肯定是来接他们送他们去学校的。我去看开车的是谁，我的脉搏不由地瞬间加速，因为虽然我不懂车，觉得所有的车都一样，但是那辆车我第一眼就认出来了：正是德文内把妻子单独或者和某个女友一起留在咖啡馆里再待一会儿自己去上班时常坐的那辆车。很可能也是生日那天他亲自驾驶并停在工业工程师学校旁边，在一个极其倒霉的时刻从中走出的那辆车。驾驶座上有一个人，我想可能是那个和他交替开车的司机，他原本可能在那个不幸的日子替代他的，本可能替他死的，也许那个人真正想杀的人是他，或者说杀害行为是针对他的，因此他是死里逃生——因为偶然因素，谁知道呢，也许他那天需要看医生——如果是司机的话，他没穿制服。我看不清他，因为被第一排的其他汽车挡住了一部分：不过，我感觉那是一个很有魅力的男人。他长得并不像米盖尔·德思文，但是他们有共同之处，至少不是相反类型的人，把他俩看错是可以理解的，特别是对于一个精神失常的人来说。路易莎从她所坐的餐桌那里向他挥手告别，或者说把问候和告别连在了一起，从他到来到他离开。没错，在汽车停留期间，她的手起起落落了三四次，有点荒唐。她重复这个动作的时候眼睛呆呆的，或许只能看见鬼魂。可能她是在跟孩子们告别。我没看到司机是否向她回了礼。

我就是在那时决定走近她的。孩子们已经坐着父亲原来的汽车消失了，只剩下她一个人，身边没有任何同事、孩子同学的母亲或者朋友。她正在用那把长长的、黏黏的小勺搅着小儿子杯子里剩下的冰激凌，似乎心不在焉地想马上把它变为液体，至少要加快它不可避免的命运。“她会有多少漫长的时刻不知道怎样才能帮助时间前行啊，”我想，“如果能够那样的话，但是我不相信。”在另一半——丈夫，情人——暂时或者无限期缺席的时候人们都期待时间快点流逝，在非决定性缺席时也是一样，尽管看起来像是决定性的，尽管我们的直觉不停地向我们低声耳语，我们却对它说：“住嘴，住嘴，小声点，我现在还不想听你讲话，我还缺乏力量，还没做好准备。”当一个人被抛弃后，会幻想再回去，幻想抛弃者某一天会幡然醒悟，回到我们的枕边，即使我们知道我们已被替代，他正沉迷于别的女人，别的恋情，他只有在新恋情突然出现问题时才会想起我们，或者是我们坚持不懈，违背他的意愿出现，努力引起他的关注，打动他，让他怜悯，或者报复他，让他感到他永远无法彻底摆脱我们，我们不想成为一段褪色的回忆，而是要成为一个挥之不去的影子一直萦绕着他，窥探着他；让他的生活无法进行，实际上是让他恨我们。而对于一个死者是不能幻想的，除非我们失去了理智，有人选择这样做，虽然只是暂时性的，他们一边同意这么做，一边却又让自己相信发生的确实已经发生了，那些难以置信的，甚至完全不可能的，那些甚至在概率计算中不存在的确实已经发生了，——我们遵照概率计算生活，这样我们每天起床后不会因为一片不祥的乌云而重新闭上眼睛——他们想："算了，反正我们所有人的命运都已经注定。实际上根本就不值得。无论我们做什么，我们都将只是等待；像是休假的死人，有人曾经这么说过。"然而，我不认为路易莎失去了理智，这只是一种直觉，我并不了解她。如果她没有失去理智的话，那么她在等待什么，如何度过每一小时，每一天，每一个星期，每一个月，她催促时间前进或者逃离、躲避时间的目的是什么，现在，此时此刻，她在以何种方式把时间推离自己呢？她不知道我马上要走过去跟她说话，就像上次我在这个地方——我从未在其他地方见到过她——看到她时那些服务生们所做的那样。她不知道我将向她伸出援手，说几句客套话帮她抹去两分钟，可能至多三四分钟，如果她除了"谢谢"还说点别的的话。还要等几百分钟睡眠才会来救她，搅乱她计数的意识，意识总是在计数：1，2，3，4；5，6，7，8，就这样无休无止直至失去意识。

"请原谅我的冒昧。"我站在那儿对她说道。她没有马上站起来。"我叫玛丽亚·多兹，您不认识我。但是有好几年了，早餐时我常在这儿遇见您和您先生。我只想告诉您我对所发生的一切，对他的遭遇，以及您事后可能经受的一切深表难过。我是后来才从报上看到的，之前还想念了你们好多个早晨。虽然我跟你们只是面熟，但是看得出来你们关系很好，你们让我觉得很亲切。我真的对此很难过。"

我注意到我的倒数第二句话也刺痛了她，因为不仅是在提到死者时，提到他们两人时我也用了过去时。我想设法弥补，但是没有哪种方式不是徒然添乱或者笨拙得要命。我猜她已经听懂了我的意思：他们作为一对夫妻曾经让我如沐春风，但是这对夫妻已经不存在了。于是我想也许我向她强调了她每时每刻都在尽力不去想或者想放逐到某种净界的东西，因为她不可能忘掉或者加以否定：在任何情况下不再是两个人了，她不再是某对夫妻的一部分了。我刚想加上一句："没别的事了，不耽误您了，我只想告诉您这些。"然后转身离开，路易莎·阿尔黛却微笑着站了起来——那是一个情不自禁的大大的笑容，那个女人既不伪善，也没有恶意，甚至有些天真——亲切地搂住我的肩膀对我说：

"是呀，我们对你也很面熟。"她对我毫不犹豫地称呼"你"，尽管我一开始称呼她"您"，我们年纪相仿，可能她长我几岁；她说话时用的是复数和陈述式一般现在时，好像她还没有习惯一个人的生活，也可能她认为自己已经在另一个世界，和她丈夫一样死去了，因此和他处于同一时空；就好像在任何情况下她都还没有和他分开，因此，她没有理由拒绝那个"我们"，在将近十年的时间里她对此肯定已经习以为常，不会仅仅三个月就把它舍弃。不过接下来她改用了过去未完成时，也许是因为动词的要求。"我们那会儿称呼你'谨慎的年轻女子'。你看，你对我们来说甚至是有名字的。谢谢你对我说的那些话，你不想坐下吗？"她给我指了指她的孩子们坐过的其中一张椅子，同时她的手仍然放在我的肩上，现在我感觉我对她而言是一个支撑或者扶手。我敢肯定如果我再稍微靠近点的话，她可能已经自然而然地拥抱我了。她看上去很虚弱，像一个摇摇晃晃的还不相信自己是鬼魂的新生鬼魂。

我看了下表，时间已经不早了。我想问她我的那个绰号从何而来，我对此既惊讶，又有点沾沾自喜。他们注意到了我，谈论过我，认得出我。我不由笑了，我们两个人都笑了，有一种淡淡的喜悦，那种两个人在极度悲痛的环境中认出对方的喜悦。

"谨慎的年轻女子？"我说。

"是的，这就是你给我们的感觉。"她又回到了现在时，仿佛德文内正在家里，仍然活着，又好像她只能在有限的几句话里不提他。“但愿，我希望，没有让你不高兴吧？你坐呀。”

“没，我怎么会不高兴呢，我也在心里给您俩取了称呼呢。”不是我不想对她以“你”相称，而是在那句话里我又提到了她的丈夫，我不敢这样称呼他。我们也不能对一位素不相识的死者直呼其名。或者说不应该这样做，现在已经没有人在意这些细节了，大家都不拘礼节。“我不能再待下去了，真是抱歉，我得上班去了。”我又下意识地看了看表，或者说是为了证实我赶时间，因为我很清楚几点了。

“当然。如果你愿意，我们晚点儿再约，你来我家吧，你几点下班？你做什么工作？你那时怎么称呼我们？”她的手仍放在我的肩上，我感觉她不是威胁，而更像是请求。一时的表面请求，这倒是真的。如果我对她说不，可能她到下午就会忘记我们的这次会面。

我没有回答她的倒数第二个问题——没有时间了——更没有回答最后一个问题：告诉她我觉得他们是“完美夫妇”可能会增加她的伤心难过，毕竟等我走后她又要一个人了。但是我对她说好的，如果她方便我下了班会过去的，下午六点半或者七点。我问起她的地址，她告诉了我，挺近的。告别时我将手放在她放在我肩上的那只手上片刻，趁机握了握然后把它从我的肩膀上拿下来，这两个动作都很轻，她似乎很感激这样的动作，这种肢体接触。我正准备过马路时又意识到了什么，只好又折回去。

“我真笨，竟然给忘了。”我对她说，“我还不知道你的名字。”

直到那时我才发现她的名字不曾出现在任何报纸上，我也没看那些讣告。

“路易莎·阿尔黛。”她答道。“路易莎·德思文。”她又纠正了一下。

在西班牙，女性在结婚后并不去掉单身时的姓氏，我心想此刻她决定这么自称是否是为了表示忠诚或者敬意。“哦，不，路易莎·阿尔黛。”她再次更正重复道。她肯定一直都是这么想的。“幸好你想起来问了，因为大门上没有米盖尔的名字，只有我的名字。”她陷入了沉思，又说道：“这是他的预防措施，他的姓氏会和商号联系起来。你看起到了什么作用。”

“最奇怪的是它改变了我的思维。”同天下午或者说夜幕降临后，路易莎在她家的客厅里对我说。她坐在沙发上，我坐在旁边的一把扶手椅上，接受了她给我的一杯波尔多葡萄酒，是她决定喝这个的；她小口但频繁地饮着，不断地给自己加酒，如果我没弄错，她已经喝了三杯了；她非常自然地翘着腿——那双腿永远保持着优雅——不时地交换双腿的位置，一会儿右腿在上，一会儿左腿在上，那天她穿着裙子，脚穿黑色漆皮低跟船鞋，鞋跟很细，看上去像是美国知识女性，但是鞋底的颜色很浅，几乎是白色的，好像从未穿过似的，与鞋面形成鲜明的对比；两个孩子或者其中一个孩子时不时地进屋说点什么、问点什么或者调解争端，他们在隔壁房间看电视，那个房间没有门，像是客厅的延伸。路易莎跟我解释过女孩的卧室还有一台电视，但是她希望他们不要离得太远，她能够听见他们，以防发生什么情况或者打架什么的，也能互相陪伴，也就是说，是她强迫他们待在旁边的，即使看不见也听得到他们的动静，毕竟他们不会影响她的注意力，因为她根本就无法将注意力集中于任何事情，她对此已经永远放弃了，我以为会永远放弃，无论是完整地读一本书，看一部电影，还是认真备课，她只能是胡乱地或者在去系里的出租车上备课，只能偶尔听点音乐，并且只能是短曲目或者歌曲，或者奏鸣曲的一个乐章，任何漫长的事情都令她疲倦，让她失去耐心。她也看电视剧，因为每集时间不长，现在她都买电视剧 DVD 以便跟不上情节的时候可以回看，她很难保持注意力，她的思绪总是飘向其他地方，或者说总是飘向同一个地方，飘向米盖尔，飘向他生前她最后一次见到他的时候，也是我最后一次见到他的时候，飘向卡斯特亚那工程师学校那个平静的小公园，他就是在那个小公园的旁边被一把看似管制刀具的那种蝴蝶刀一刀又一刀地捅伤。“我不知道，就好像我换了个脑袋，不停地想一些以前从未想过的事情。”她说，她真的很惊讶，眼睛睁得大大的，一边用指尖摩挲着一个膝盖，好像有点痒，很可能只是因为情绪不安。“从那以后我好像变成了另外一个人，或者另外一种人，大脑的构造变得陌生、格格不入，爱联想，然后又对这些想法感到恐惧。一听到救护车、警车或者消防车的警报声我就会想谁要死了，谁在被火烧或者感到窒息，马上就会痛苦地想到所有人在听到赶往那里抓捕那个收停车费的家伙的警笛声或者赶去接躺在大街上的米盖尔去医院的急救中心重症监护车的鸣笛声时都是心不在焉的，甚至对此很反感，嫌鸣笛声太刺耳，你知道的，就是我们大家常说的那种话，太夸张了，太吵了，肯定没这么严重。我们几乎从未想过其背后有怎样具体的不幸，它们只是城市中司空见惯的一种声音，没有特定的含义，只会给人造成空洞的或者抽象的不快。以前警报声不多并且声音也没这么大，大家也不怀疑司机毫无缘由地鸣笛，为了开得更快，让别人给他们让道，人们从阳台上张望看看发生了什么事，甚至相信第二天的报纸会告诉他们。现在已经没人张望了，我们都期待它们离开，把病人、事故受害者、伤者、垂死者带离我们的听觉范围，不再打扰我们，不再让我们神经紧张。现在我又像以前一样不去张望了，不过在米盖尔死后的最初几个星期里，我总是情不自禁地冲向阳台或者窗户，试图看见警车或者救护车，目光一路追随它们直至它们消失，不过大多数情况下我从家里看不到它们，只能听到它们的声音，因此很快我就不管它们了，但是每当有警报声响起，我还是会停下手头的事情，伸长脖子一直听，直到声音消失，那些声音在我听来像是叹息和哀求，似乎每一个声音都在说：‘求求你们了，我是一个伤势严重的人，正挣扎在生死线上，而且我没有过错，我没做过任何会让别人对我动刀子的事情，我和往常一样从我的车上下来，突然发现背上被刺了一刀，接着身体其他部位又挨了一刀又一刀，我甚至不知道一共挨了多少刀，我发现我浑身都在流血，发现自己还没有接受也没有自己找死却要死了。请让我过去，求求你们了，你们远不如我着急，如果能及时赶到医院，还有救活我的一线希望。今天是我的生日，我妻子什么都不知道，她可能正坐在一家餐馆等我，准备为我庆祝生日，她应该给我准备了礼物，一个惊喜，不能让她看到我死了。’”

路易莎停顿下来，又喝了一口她杯里的酒，这只是一个无意识的动作，因为事实上杯子里只剩下一滴酒了。她的眼睛没有走神，而是很炽烈，似乎那些想象不仅没有让她分神，反而让她专注起来，给予她瞬间的力量，加强了她处于现实世界的感觉，尽管那个现实世界已经成为过去。我几乎不认识她了，但是我渐渐感觉到她的现在让她太过迷茫，她身处其中要比刚刚那样置身于过去，包括过去那个最痛苦的最后时刻，更脆弱、更消沉。她那双栗色的杏眼熠熠生辉，虽然一只眼睛明显比另一只大，但是却丝毫无损其美丽，在她设身处地地想象临终前的德思文时，她的眼睛充满了热切和神采。毫无疑问，她几乎可以说是一个漂亮的女人，即使身处悲痛之中亦然；她开心的时候更美，就像我之前无数个早晨所见到的那样。

“但是他不可能想到这些，如果我没有理解错报纸上的内容的话。”我大胆地指出。我不知道该说什么，或者什么都不必说，但是我觉得保持沉默也不合适。

“是的，当然不可能。”她马上回答道，带着一丝反驳的味道，“在送往医院的途中他不可能想这些，因为那时他已经失去意识，并且再也没有恢复。但是在那之前，当他被刀捅的时候，可能有类似的想法。我不停地想象那个时刻，那几秒钟，袭击持续的那几秒钟，直到他停止自卫，失去意识，失去知觉，什么都感觉不到，连绝望和疼痛都感觉不到的时候……”她寻思了一会儿他在倒下昏死之前还可能有什么感受。“也没有告别。我以前从未考虑过别人的想法，从未考虑别人会想什么，甚至连他想什么都没想过，那不是我的风格，我缺乏想象力，我的脑袋做不了这个。但是现在，我几乎每时每刻都在想。我已经告诉你了，我的大脑变了，好像我都不认识自己了；或者说，我还产生了这样的念头，或许在我整个前半生我好像都不了解我自己，米盖尔那时好像也不了解我：实际上他大概无法了解我，这可能在他的能力范围之外，不奇怪吗？如果真正的我是现在这个浮想联翩的我，联想的是几个月前我觉得完全不同、毫无关联的事情。如果说他去世后的我是我本来的样子，在他眼里我一直是另外的样子，要是他还继续活着，我就会永远做那个和现在不同的我。不知道你是否听懂了。”意识到她说的话很晦涩，她最后又加上了一句。

我觉得那些话简直像是绕口令，但是我大致听懂了。我想：“这个女人的状态很差，真的很差。她的悲伤一定无边无际，她一定日日夜夜都在反复想所发生的一切，想象她的丈夫意识清醒的最后瞬间，想他想到了什么，当时他除了努力躲避最初的几刀试图逃脱以外肯定没有时间做别的了，我觉得他不大可能分一点心思想她，半点儿都不可能，他的精力应该全都集中于几乎可以看到的死亡，尽最大的努力避免它，如果还有别的事情闪过他的头脑，也应该是极大的惊讶、不信和不解，发生了什么事？怎么可能？这个人在做什么？为什么会拿刀子捅我？为什么在成千上万的人中独独选中了我？他把我错当成了哪个混账？他没发现不是我造成了他的不幸？这样死真是太滑稽了，太痛苦了，太愚蠢了，因为别人的错误或者糊涂，以这样暴力的方式死在一个陌生人的手里，或者说是一个在我生活中无关紧要的人，我以前几乎从未注意过他，现在注意到他只是因为他的要求，因为他的干扰和恶劣行为，因为他找我们麻烦，有一天袭击了巴勃罗，一个比街角的药剂师或者我用早餐的那个咖啡馆的服务生更不起眼的家伙，一个毫不重要、无足轻重的人，就像那个每天早上也在那个咖啡馆用餐但我从未和她说过一句话的‘谨慎的年轻女子’突然杀我一样，他们只是一些面容模糊的无名角色或者社会边缘人，位于画面的角落或者灰暗的背景中，一旦消失，我们不会想念甚至不会察觉，这种事情不可能正在发生，因为太荒谬了，是一种难以置信的噩运，而且我将无法告诉任何人，这是我们在大难中得到的唯一的、微不足道的补偿，你永远不知道什么或者谁会披上你唯一一次死亡的外衣或者以其样子出现，死亡永远都是唯一的，即使你和其他许多人一起在一场大灾难中死去，但是会有一些预兆，比如家族遗传病，时疫，车祸，空难，器官衰竭，恐怖袭击，建筑坍塌，火车出轨，心肌梗塞，火灾，一群在密谋之后深夜闯入家中的强盗，甚至是你刚到一个尚未开发的城市时不经意地进入一个危险的街区后偶然碰到的一个人，这种地方我在旅行中见过，特别是在我年轻时，那时我经常旅行、冒险，我发现因为冒失和无知我可能会在加拉加斯、布宜诺斯艾利斯、墨西哥城、纽约、莫斯科、汉堡出事，甚至就在马德里，但是不会在这里，而是在其他打架斗殴多发的街道或者是贫民街道、阴暗的街道，不是在这个安静明亮的富人区，因为这里差不多是我的地盘，我了如指掌，也不是在我像往常一样下车的时候，为什么是今天，而不是昨天或者明天，为什么是今天，为什么是我，原本很容易落在任何其他人甚至是巴勃罗身上的，他曾和他有过更为严重的冲突，要是他在这个畜生打了他一拳后告发他就好了，是我劝他别这么做的，我真是太蠢了，我当时同情这个我连名字都不知道的人，那样的话我们早就摆脱他了。我现在一想，这件事昨天就已经有了苗头，昨天他骂了我，我没当回事，很快就忘了，我本该担心，本该更小心的，几天之内或者在我不再是他的目标之前我不该在他的地盘上出现的，今天我不该出现在这个怒气冲冲的疯子面前，他竟突然用他的折刀一次次地扎我，而且那把折刀应该脏极了，不过这已经是次要的了，我就算不感染也会死的，刀尖和刀刃在我身体里的搅动和翻转让我死得更快，这个人浑身都发出难闻的气味，他离我这么近，肯定很久没洗澡了，可能没地方洗，总是窝在他那辆废弃的汽车里，我不想闻着这种味道死去，可我选择不了，为什么在我辞世之前最后围绕我的东西竟然是它，还有扑面袭来的血腥味，那是来自童年的铁的味道，童年是流血最多的时候，是我的血，不可能是别人的，不可能是他的，我没有伤到这个疯子，他很壮，又很激动，我对付不了他，我没有东西砍他，而他已经让我皮开肉绽，我的生命、我的血正从这些伤口流走，流走了好多，什么都不必做了，流走了好多，都流光了。”接着我又想：“可是他不可能想到这些。或者可能想到了，都集中在一起想到了。”

“我不太会劝人，”在漫长的沉默之后我对路易莎说，“但是我觉得你脑子里不应该老想着那会儿发生的事。毕竟那段时间很短，在他一生中几乎可忽略不计，可能他什么都来不及想。而你这几个月甚至更长时间一直想这些是没有意义的，对你有什么好处呢？对他也没什么好处。你想得再多，你也无法做到在那会儿陪着他，和他一起死，代替他，或者救他。你当时不在，不知道，这是你再努力也改变不了的。”我发现倒是我沉浸在那些假想中的时间更长，不过我是受到了她的影响或者感染，假想自己进入别人的大脑是非常危险的，之后有时很难出来，我想因此很少有人这么做，几乎所有的人都会避免它，宁愿想：“在那儿的人不是我，我不必经历这个人所发生的事，我干吗要把他的痛苦加在自己身上？”那种不幸不属于我，各人有各人的命运。“而且，不管怎样，事情已经过去了，已经时过境迁，不重要了。她已经不想它了，事情也没有在发生。”

路易莎再次把酒杯斟满，酒杯很小，她用双手托住脸颊，这是一个半沉思半害怕的动作。她的手修长有力，除了婚戒没有其他饰品。她的双肘靠在腿上，整个人像是收缩了或者变小了。她自言自语了一会儿，像是在大声地思考。

“是的，人们常常有这种想法。已经停止的事情没有正在发生的事情严重，停止应该让我们感到宽慰。已经发生的事情应该比正在发生的事情给我们带来的痛苦小，或者说事情在结束以后更容易忍受，不管它们曾经多么可怕。但是这就等于相信已经死的人没有正在死的人重要，这没有多大意义，你不觉得吗？无可奈何又最痛苦的是人已经死了；临终时刻已经结束并不意味着那个人没有经历这一过程。谁能不去想那个临终时刻呢？那可是他和我们这些继续活着的人最后分享的东西。那个时刻之后的事情就不在我们的感知范围之内了，但是事情发生时，我们还都在这里，他和我们还在同一个时空里，呼吸着同样的空气。我们仍处于同一个时间，同一个世界。我不知道，我不知道怎么解释。”她停顿了一下，点了一支烟，这是第一支；那些烟从一开始就放在她手边，但是直到那时她才点着一支，好像她已经改掉了吸烟的习惯，也许她戒了一阵子，现在又吸了，或者没有完全戒掉：她买烟，但是尽量不吸。“而且，没有什么事情能完全成为过去，梦在那里，死了的人在梦里活着，而活着的人有时却在梦里死去。许多个夜晚我都会梦见那个时刻，于是我就真的在场了，真的在那里，我真的知道他的感受，我和他一起在车里，我们两人一起下车，我提醒他注意，因为我知道要发生什么事，即使这样他仍无法逃脱。好吧，你知道的，梦是既混乱又清晰的。我一醒来就把它们甩掉，没几分钟它们就烟消云散了，那些细节我也就忘了；但是马上我就意识到事实还在那里，那是真的，已经发生了，米盖尔死了，他被杀的方式和我梦到的相似，即使梦中的情景已经立刻淡化了。”她停了一下，熄灭了吸了一半的烟，好像很奇怪看到自己手里拿着一支烟。“你知道最糟糕的事情是什么吗？是我没法生气，也不能怪罪任何人。我无法怨恨任何人，尽管米盖尔死得那么惨，被害地点就在大街上。哪怕杀他有个理由也好，比如就是冲他而来的，知道他是谁，比如有人觉得他碍事或者想要报复他，我怎会知道，至少是想抢劫他。倘若他是埃塔的受害者，我还可以和其他受害者亲属联合起来一起仇恨恐怖主义者甚至所有的巴斯克人，同仇敌忾的人越多越好，是不是？仇恨的范围越广越好。记得我年轻时，我的男朋友为了一个加那利女孩抛弃了我，结果我不仅讨厌她，而且决定讨厌所有的加那利人。真是荒唐，真是偏执。如果电视上有特内里菲队或者帕尔玛队参加的足球比赛，无论对手是谁我都希望他们输，尽管我不怎么关心足球，也没在看球赛，而是我的弟弟或者父亲在看。如果有那种愚蠢的选美比赛，我就希望加那利的代表不要获胜，我很愤怒她们常常获胜，因为她们往往非常漂亮。”她不禁愉快地嘲笑起自己来。那些令她发笑的事情让她即使在悲痛之中也觉得好笑。“我甚至许下诺言不再读加尔多斯：无论他变得多像马德里人，他都是在加那利出生的，在很长一段时间我断然拒绝了他的作品。”她又笑了，这次她笑得那么开怀，以至于产生了感染力，我也被这种宗教法庭式的想法逗笑了。“那些反应很荒谬，很幼稚，但却在当时发挥了作用，给我的情绪带来一些变化。现在我已经不年轻了，我甚至不能再用那种方法义愤填膺地度过一天中的哪怕一小段时间，而不是一直伤心。”

“那个停车收费员呢？”我说，“你无法恨他？或者说你无法恨所有的流浪汉？”

“是的。”她不假思索地回答，也就是说，她似乎已经思考过这个了。“我不想再知道那个人的消息，我认为他不肯招供，他从一开始就保持沉默，并且一直这样，但是很明显他弄错了，他的脑子有问题。他好像有两个女儿是妓女，都很年轻，他想当然地认为米盖尔和司机巴勃罗与这事有关系。真是胡说。他杀了米盖尔就像他可能杀害巴勃罗或者他厌恶的任何一个街坊邻居那样。我猜他也需要敌人，好将自己的不幸归罪于对方。另一方面，所有的人都这样做，无论是社会下层、中产阶级还是上层社会、无阶层人士：没有人承认有时事情的发生并不是谁的过错，或者是因为厄运，或者是人们自己走上了邪路，变得堕落，自寻不幸或者毁灭。”“你的命运是你自己打造的。”我想起了塞万提斯的话，他的话实际上已经没人理会了。“是的，我无法跟一个莫名其妙地杀了他的人生气，或者可以说跟一个也许是偶然选定他的人生气，这一点很讨厌；我无法跟一个疯子，一个神经病生气，实际上他并非对米盖尔本人怀有恶意，他甚至连米盖尔的名字都不知道，而是把米盖尔看成了其不幸的化身或者其痛苦处境的诱因。算了，我怎么知道他把他看成了什么，我不关心这个，我不在他的脑子里，我也不想在那里。有时我弟弟、律师或者米盖尔的好朋友哈维尔有意和我说起这事，但是我都拦住了他们，告诉他们我不想听那些多少基于假设的解释或者并不靠谱的调查结果，发生的事情那么严重，原因对于我来说已经无所谓了，特别是如果原因让人费解，只有那种精神恍惚或者大脑有病的人才可能产生那种想法的话，而我没必要去深入他们的内心。”路易莎说话很有水平，用词很广，还使用了一般讲话中不常用的一些动词，如“怀有恶意”、“深入”；毕竟她是大学老师，英语语言文学专业，她是教语言的，她跟我说过；她必须读很多书，翻译很多东西。“夸张点说，对于我而言，那个人的价值无异于掉下来的一块檐片，恰好在你从下面经过的时候掉在你的头上，你也可能不是在那一刻经过：而是在一分钟之前，那么你根本就不会知道它的存在了。或者是打猎时一个生手或者笨蛋射出的流弹，你也可能那天没有去野外。或者是你在某次旅行中碰上的地震，你也可能没去那个地方。不，恨他是没有用的，既不会减轻痛苦也不会增加力量，等待他被判决或者希望他把牢底坐穿都不能令我感到安慰。也不是因为我可怜他，当然了，我不可能可怜他。他怎么样我不感兴趣，没有什么也没有任何人能把米盖尔还给我。我猜他会被送去精神病院，如果还有这种机构的话，我不知道怎么处理那些暴力犯罪的精神失常者。我想，因为他是危险分子，他们会让他从社会上消失以避免他再次犯罪。不过我不会想方设法让他受到惩罚，那就像是和古代军队一样愚蠢，他们会关押甚至处死把军官摔到地上致死的战马，那时的世界更天真。我也不能跟所有的乞丐和无家可归的人过不去。他们现在让我感到害怕，这是真的。每每看到一个我都尽量走开或者到人行道另一边去，这是一种理所当然的本能动作，将会一直延续下去。不过那是另外一回事。我无法做到主动仇恨他们，就像我会仇恨雇凶杀他的企业家竞争对手那样。不知你知不知道这种事情现在越来越多了，在西班牙也有，有人从国外找来杀手——哥伦比亚人、塞尔维亚人、墨西哥人等——除掉竞争力过强、妨碍他们扩张或者只是影响他们一桩生意的人。他们弄来一个家伙，干完就付钱给他走人，只要一两天的时间，警察永远都找不到他们，他们谨慎、专业、冷静，不留痕迹，等到尸体发现他们已经在机场或者在回去的航班上了。几乎永远无法找到证据，更找不到是谁雇的他，谁唆使或者下令的。如果事情是这样的，我甚至无法太恨那个抽象的杀手，是他不走运，就像不走运的也可能是别人，任何一个有空闲的人一样；他大概并不认识米盖尔，自己也不曾和他结怨。但是我恨那些唆使者，我可能会怀疑这个怀疑那个，怀疑任何一个竞争对手、怀恨在心的人或受过伤害的人，所有企业家都会有意或无意地伤害别人；甚至是同行的朋友，就像某天我在科瓦鲁维亚斯那本书里再次读到的一样。”路易莎看到我的脸上一片茫然。“你不知道那本书？《卡斯蒂利亚语 / 西班牙语辞典》，是第一本西班牙语词典，一六一一年出版，塞巴斯蒂安·科瓦鲁维亚斯写的。”她站起身，把旁边一本厚厚的绿皮书拿过来，开始翻找。“那次我需要查‘嫉妒’一词好跟英文定义作比较，你看它最后是怎么说的。”她大声地读给我听，“‘最糟糕的是这种恶毒的情感往往在我们最好的朋友心中滋生，而我们却把他们当作最好的朋友信任他们；他们比公开的敌人危害更大。’而这一认知来源已久，因为你看后面又说：‘这个问题是老生常谈，很多人都涉及过；我无意借花献佛。就到这里吧。’”她合上书，重新坐下，书放在腿上，露出书页里面夹的不少纸片。“我的脑子最好填充点其他东西，而不仅仅是悲痛和想念。我不停地想他，你知道吗？我醒来时想他，入睡前想他，做梦时想他，整个白天都在想他，就好像我一直随身带着他似的，好像他成了我身体的一部分。”她看着自己的手臂，好像她丈夫的头正枕在上面。“有人对我说：‘留下那些美好的回忆，最后那段就别想了，想想你们曾经多么相爱，想想那么多其他人甚至都不曾经历的美好时光吧。’他们都是好心人，但是无法理解所有的回忆现在都被这个结局染上了悲伤的、血淋淋的色彩。每次我一回想起美好的事情，眼前马上就会浮现他最后的形象，他无缘无故惨死的形象，那种轻易就可以避免的、如此愚蠢的死亡。是的，这是我最难以忍受的：没有罪人，如此愚蠢。回忆因而变得混浊不堪。实际上我已经不剩下任何美好的回忆了。所有的回忆都成了幻想。都被玷污了。”

她沉默下来，向孩子们所在的隔壁房间望去。有电视的背景声音传出来，一切应该都很正常。据我所见，孩子们很有教养，比时下一般的孩子好得多。奇怪的是路易莎这么随意地和我聊天，仿佛我是她的朋友似的，并没有让我感到惊讶或者尴尬。或许她不可能说别的，在德文内去世后的这几个月里，她所受的打击和悲伤已经让所有的亲友精疲力竭，或者她不好意思老跟他们谈同一个话题，于是借着刚认识我宣泄一下。或许我是谁无关紧要，对她而言有个新的交谈者可以与之从头说起就足够了。这是遭遇不幸后的又一个问题：那些影响在遭受不幸者身上持续的时间远远长于那些愿意倾听和陪伴的人的耐心所持续的时间，一切一旦变得单调，无条件的付出永远不会长久。因此，悲伤的人迟早会落得孤单，那时他的悲痛还没有消失，或者已经不允许他再谈仍然占据他全部世界的那点事了，因为那个痛苦的世界让人难以忍受，无法靠近。他发现对于他人来说任何不幸都有社会有效期，没有人习惯于凝视痛苦，那种场景仅在短暂的时间内是可以容忍的，也就是在震惊和心碎尚存，那些旁观、前来的人有可能是主角，觉得自己不可或缺，是拯救者，能帮上忙的那段时间。但是一旦证实什么都没改变，伤心的人既没好转也没有走出痛苦，他们就感觉自己被贬低了，是多余的，他们几乎将此视为一种侮辱，于是就离开了：“难道有我还不够吗？有我在身边她怎么会走不出痛苦的深渊呢？既然已经过去一段时间了，我分散她的注意力，给她安慰，为什么她还是陷在自己的痛苦中呢？如果她无法走出来，就让她陷进去或者消失吧。”于是那个沮丧的人就选择了后者，隐退，消失，隐藏起来。也许那个下午路易莎抓住我是因为和我在一起她可以做自己，不需要掩饰：俗话说，伤心欲绝的寡妇。执迷，厌倦，痛苦。

我向孩子们的房间看去，用头指了指那个方向。

“在这种情况下，他们应该帮了你的忙。”我说，“我想，你必须照顾他们会强迫你每天早上打起精神起床，强迫你坚强、冷静。要知道他们现在完全依赖你了，比以前更依赖。他们可能是负担，但也是你必不可少的救生圈，是你开始每一天的理由。是吗？或者不是？”我又加了一句，因为看到她的脸色更加阴沉了，那只大眼睛眯到和那只小的一样大了。

“不，完全相反。”她回答道，深吸了一口气，似乎她必须卯足冷静来说下面的内容。“要是能让他们现在不存在，能让我没有他们，我愿付出任何代价。你要理解我：不是我突然后悔生了他们，他们的存在对我来说非常重要，他们是我的至爱，可能超过了我对米盖尔的爱，或者至少我知道，失去他们之中的任何一个都会更糟，那会要了我的命。但是现在我无法应付他们，他们对我来说太沉重了。但愿我能把他们隐藏起来，或者让他们冬眠，我不知道，让他们长睡不醒直到有新的消息。我希望他们让我安安静静的，不要问我问题，不要提任何要求，不要像现在这样拖着我，缠着我，可怜的孩子。我需要一个人待着，不用负责任，也不用力不从心地做我做不了的事，不用想他们吃饭了没有，穿得暖不暖和，是不是感冒了，发不发烧。我希望可以整天躺在床上，自由自在，不用操心任何事情或者只操心自己，这样慢慢调整自己，没人打扰，没有责任。倘若我能调整好的话，希望如此，尽管我不知道如何做到。但我现在这么虚弱，最不需要的就是两个比我更弱小的人在我身边，他们生活不能自理，比我更不理解所发生的事情。而且他们让我感到难过，一种超越环境的、挥之不去的恒久的难过。这种难过一直都存在，环境不过是加重了它的程度。”

“为什么说是恒久的？为什么说是超越环境的？为什么说是一直存在的？”

“你没有孩子吗？”她问我。我摇了摇头。“人们都说孩子带来很多欢乐什么的，但是他们也总是带来痛苦，我认为即使他们长大了也不会改变，人们却很少提起这个。你看到他们在事物面前的困惑会难过。看到他们好心地想要帮助别人、想要出力却做不到时也会难过。他们的严肃让你难过，他们那些初级的笑话和透明的谎言让你难过，他们的幻想和幻想的破灭让你难过，他们的期待和小小的失望，他们的天真无邪，不谙世事，他们那些包含逻辑的问题，甚至偶尔冒出来的坏主意都会让你难过。想到他们有那么多东西要学，有漫长的路要走，却没有人能替他们走，也会让人难过，尽管数个世纪以来我们都是这么做的，尽管我们觉得没有必要所有的新生儿都得从头开始。每个人都无休止地经历大致同样的不快和发现有什么意义呢？当然，他们还赶上了原本可以避免的不寻常的事情，一场意料之外的巨大不幸。在我们这个社会一个人的父亲被杀并非常事，他们所感到的悲伤对我而言是雪上加霜。不是只有我一个人丧失了亲人，要是这样倒好了。我得跟他们解释，可我还不知道怎么解释。这一切都超出了我的能力。我不能告诉他们那个人恨他们的父亲，也不能说他是父亲的敌人，如果我告诉他们他疯了才杀了他，他们很难理解。卡罗丽娜稍微能了解一点，但是尼古拉斯什么都不懂。”

“没错。那么你跟他们怎么说的？他们什么反应？”

“我把大致事实改编了一下。我曾犹豫是否告诉儿子，他还很小，但是他们说如果学校里的同学说出这件事那会更糟。因为报纸上登了，所有认识我们的人马上就知道了，你想象一下四岁的小孩会怎么说，他们的说法可能比实际情况更可怕，更离谱。因此我对他俩说那个人特别生气，因为他的女儿被人抢走了，他弄错了人，攻击了爸爸，而不是那个抢走了他女儿的人。他们问我那么是谁抢走了她们，我回答说我不知道，那个人肯定也不知道，因此他才这样，到处找人发火。他分辨不清，就怀疑所有的人，所以有一天他打了巴勃罗，认为是他干的。奇怪的是这些他们倒是马上就听懂了，某人生气是因为别人抢走了他的女儿，甚至现在他们有时还问我有没有他女儿的消息或者找到她们没有，就好像这是一个悬疑故事，我猜他们认为她们是小孩子。我告诉他们这一切都是厄运所致。就像一起事故，就像一辆汽车撞了一个行人或者一个在楼上干活的泥瓦工摔了下来。他们的父亲没有任何过错，也没有对任何人做过什么。儿子问我爸爸是不是不会回来了。我回答说是，现在他在很远的地方，就像他出差那么远或者更远，太远了，所以不可能回来了，但是他仍然在那里看着他们，关心着他们。为了不让一切结束得那么彻底、突然，我还突发奇想告诉他们我偶尔可以和他通话，如果他们对他有什么请求，重要的请求，就告诉我，我会转告他的。我感觉女儿不相信这个，因为她从不要我传递任何信息，但是儿子相信，所以现在他有时要我告诉他父亲某某事情，不过是他在学校里发生的鸡毛蒜皮的小事，他却当作大事，第二天他会问我是否已经告诉了父亲，他是怎么回答的，或者知道他已经会踢足球以后他是不是很高兴。我回答说我还没有讲，还得等等，建立联系不容易，我等时间过去几天后，如果他还记得并且又问起来的话，我就编点什么。我让他等待的时间一次比一次长，直到他不再问我，忘了此事，最终他就几乎不记得了。更重要的是他会认为自己记住了我和他姐姐告诉他的事。卡罗丽娜更让人担心。她几乎不提此事，人更严肃了，话更少了，比如当我告诉她弟弟父亲听了他的事情后笑了，或者父亲托我告诉他不要踢其他小朋友而只能踢球时，她看我的眼神里就会带着一种难过，类似于他们让我产生的那种难过，似乎我的谎言令她难过，所以有的时候我们都在令对方难过，他们令我难过，我也令他们难过，至少是令女儿难过。他们看到我很伤心，看到我处于一种他们从未见过的状态，尽管我和他们在一起时已经努力不让自己哭，不让他们看出来，真的。但是我敢肯定他们一定已经看出来了。我只当着他们的面哭过一次。”我想起当天早上我在露天茶座观察他们三个的时候那个女孩留给我的印象：她如何注意着母亲，几乎是尽其所能地关心着她；还有告别时她飞快地抚摸了一下母亲的脸。“而且他们还为我担心。”路易莎补充道，她叹了口气又倒了一杯酒。她已经有一会儿没喝了，她控制住了，也许她就是那种懂得及时停止的人或者说会饮酒过量到接近危险的地步但永远不会真的陷进去，即使是在他们觉得已经没有什么可失去，一切都无所谓的时候。毫无疑问，她极其绝望，但是我想象不出来她会完全自暴自弃，任何方式都不可能：既不会喝得烂醉，也不会不管孩子，或者吸毒，不上班，接二连三地找男人（这个要再过些日子）来忘记那个她在乎的人；就好像是她还有最后一丝理智，或者是责任感，或者是冷静，或者是自我保护，或者是现实性，我不清楚到底是什么。所以我当时看得很清楚：“她会走出来的。”我想，她会比自己认为的恢复得更快，她会觉得这几个月她所经历的一切都不真实，她甚至会再婚，也许是和某个和德思文一样完美的男人，或者至少是一个能与之重新组成类似的一对也就是接近完美的一对的男人。“他们已经发现人都会死的，发现父母——他们曾经觉得最坚不可摧的人——也会死。这不是噩梦，卡罗丽娜已经开始做噩梦了，她到了这个年龄：在事情发生之前，她有天晚上梦见我死了或者是她的父亲死了。她半夜从她的房间喊我们，她非常难过，我们说服她相信那是不可能的。现在她看到我们错了或者我们可能在对她撒谎；她有理由害怕，因为她梦到的事情真的发生了。她没有直接责备我，但是在米盖尔下葬的第二天，当一切已经无可挽回，我们只能在没有他的情况下继续生活时，她像是怀着充足的理由对我说了两次：'你看到了吧？你看到了吧？'我不解地问她：'我该看到什么呢，宝贝？'我当时脑子很乱，没有听懂她的话。然后她就把自己封闭起来，从那以后一直这样：'没什么，没什么。家里再也没有爸爸了，你没看到吗？'她回答我说。我一下子失去了力量坐在床沿上，我俩当时正在我的房间。'我当然看到了，亲爱的。'我对她说，然后眼泪就涌了出来。她从没见过我哭，所以为我难过，从那以后她一直为我难过。她走到我身边，开始用她的裙子为我擦眼泪。而对于尼古拉斯来说，这一切来得太快，他甚至都没有事先梦到、感到害怕，他还没有意识到死亡，我认为他现在还不太明白死亡是什么，但是他慢慢会知道死亡意味着人不在了，再也见不到他们了。既然他们的父亲在一夕之间突然去世、消失了；甚至更坏，既然他们的父亲毫无征兆地突然被杀、离开了人世，既然他是那么脆弱，被那个可恶的家伙一下子给杀死了，他们怎能不去想看上去比他更脆弱的我哪天可能也会发生同样的事情？是的，他们为我担心，担心我发生什么坏事，彻底丢下孤独无助的他们，他们担心地看着我，好像是我身处危险，无人保护，而不是他们。男孩是出于本能，女孩却是真的意识到了。我注意到我们在外面时她总是看我的周围，警惕任何陌生人，或者更确切地说是任何陌生的男性。如果我有朋友或者女性陪着她会安心。现在这么半天她都不担心，因为我在家里，和你在一起，你看到了，她没找借口进来看看情况或者来烦我。尽管我刚刚认识你，你却给她信任感，你是女人，她不觉得你危险。相反，她把你视为盾牌，视为保护。这让我有点担忧，她害怕男人，在他们面前，在那些她不认识的男人面前她很警觉，很紧张。我希望这种情况很快过去，因为总不能生活在对一半人的害怕中吧。”

“他们知道他们的父亲具体是怎么死的吗？我的意思是，”我犹豫了一下，不知道是否应该重提此事，“折刀。”

“不知道，我从没说过细节，只告诉他们那个家伙袭击了他，从未对他们说过袭击的方式。但是卡罗丽娜应该是知道的，我敢肯定她看过一些报纸，并且她的同学们肯定也非常震惊地议论过此事。这肯定让她非常恐惧，以至于她从没问过我，也从没有提过此事。我们俩像是相互默契地不谈它，不想它，把那一部分（导致他死亡的关键部分）从米盖尔的死亡中抹去，让他的去世成为一个独立的、冷漠的事实。另外，所有的人对自己亡故的亲友都是这样。我们都努力忘记他们是怎么去世的，仅仅记住他们在世时的样子，最多还有去世后的样子，但是避免去想生死之交，过渡阶段，弥留之际，去世的原因。某人现在活着，将来死去，中间什么都没有，就好像没有过渡、没有缘由地从一个状态到另一个状态。但是我还是无法避免去想它，正是它让我无法继续生活，无法开始恢复，假如可以从这种事情恢复的话。”“会恢复的，会恢复的。”我又一次想，“比你认为的时间还要快。我希望你这样，可怜的路易莎，真心希望。”“和卡罗丽娜在一起时我确实能做到，这样对她好，这个理由对我就足够了。但是当我一个人的时候，我就无法做到了，特别是在这个时间，白天已经过去，黑夜还没到来的时候。我想着那把折刀在往身体里扎，想着米盖尔应有的感觉，想着他是否有时间想什么，是否想到他要死了。于是我就绝望起来，就病了。这不是夸张：我是真的病了。我全身都痛。”

门铃突然响了，我想不出会是谁，但是我知道这次谈话以及我的探访结束了。路易莎没有打听关于我的任何事情，甚至没有再问早上在露天茶座问我的问题，我做什么工作，在和他们一起吃早餐期间，我在观察他们时在心里给她和德文内起了什么名字。她还没有心情好奇，没有心情对别人感兴趣或者打探别人的生活，她自己的生活已经拖垮了她，夺走了她全部的力量和注意力，可能也夺走了她的想象力。我只不过是她对之倾诉不幸和固执想法的一只耳朵，一只全新的但是可以替换的耳朵，或许不完全是可以替换的：和让那个女孩产生的感觉一样，我大概也让她感到信任和亲密，或许她不会随便和谁都这样倾诉衷肠，不会随便倾诉。毕竟我见过她的丈夫很多次，因此我对她失去亲人感同身受，我理解他的缺席令她伤心，明白他的身影已经从她的视野里消失了，一天一天又一天，就这样单调、无可补救地直到生命的尽头。从某种意义上说，我是“故人”，所以也会以我自己的方式怀念已故者，尽管他俩不曾在意过我，德思文永远都只能这样了，对他来说我来得太迟了，我将永远只能是那个他很少注意、只是一瞥而过的“谨慎的年轻女子”了。“然而正是由于他的去世我才会在这里，”我突然又想，“如果他没有去世，我现在也不会在他家里，因为这是他的家，他曾经在这里生活，这是他的客厅，也许我现在所在的位置就是他坐过的地方，我看见他的最后那个早上，也就是他妻子看见他的最后那个早上，他就是从这里离开的。”她对我的印象肯定很好，感觉我是为她着想的，同情她，替她难过；她依稀觉得若是在其他环境下我们可能已经成了朋友。但是现在她像是在一个球的里面，虽然说话很多，但在内心深处却是与世隔绝的，对外面的一切漠不关心，这个球要过很长时间才会被刺破。只有到那时她才会真正看清我，只有到那时我才会不再是咖啡馆里那个“谨慎的年轻女子”。如果那时我问她我叫什么，她可能已经不记得了，或者可能只记得名字而不记得姓了。我也不知道我们是否还会见面，是否还有机会见面：一旦走出那里，我就会消失得无影无踪。

她没等佣人回答，家里至少有一个佣人，我来的时候就是那个佣人回答的。而是站起来走到门口，拿起了对讲机。我听见她说“喂？”然后是“嗨。我给你开门。”那人是她非常熟悉的人，她正在等他，或者他每天那个时间都会去她家，因为她的声音里没有丝毫惊喜或者激动，甚至可能是来送货的食品店伙计。她打开门等着来访者穿过大门和房子之间的花园地段，她住的是别墅或者说独栋别墅，在马德里市中心有好几个这样的小区，不仅在埃尔比索有，在卡斯特亚那后面，富恩特·德·佩罗和其他地方都有，它们都奇迹般地避开了可恶的交通和长年不断的、无处不在的喧嚣。那时我突然发现实际上她并没有和我谈起过德文内。她没有回忆他，没有描述他的性格或者为人，没有说她多么想念他的某个特点或者某个共同的习惯，或者他离开人世让她多么受折磨，一个如此享受生活的人，这是我对他的印象。我发现我对那个男人的了解并不比进门之前多。从某种程度上来说好像他的异常死亡让其余的一切黯然失色，这种事情时有发生：一个人生命的结束如此出人意料或者令人痛苦，如此惹人注目，如此提前到来或者如此悲惨——有时是如此奇怪，荒唐或者不幸——以至于人们一提到他，那个结局就会立即吞噬或者玷污他的形象，他那惹人注目的死亡方式会抹黑他先前全部的存在，甚至在一定程度上剥夺他先前的存在，这是最不公平的。这种刺人耳目的死亡在受难者的整体形象中占据了主导地位，因此回忆起他的时候，最后那个抹杀一切的细节难免会马上萦绕于记忆之上，或者说人们在漫长的时光里再想起他时，没有人会想到如此粗暴、沉重的一幕会落在他的身上。一切都比照那个结局，或者更确切地说，那个结局的光芒是如此强烈、耀眼，因而阻止了人们找回从前，阻止了人们在回忆或幻想中微笑，可以说，这样死去的人死得更完全、更彻底，或许是既在现实中又在他人记忆里的双重死亡，因为这一记忆因那个结束一切的愚蠢的事实而永远迷惑、痛苦、被扭曲并且可能中毒。

同样，路易莎可能仍处于极度自我的阶段，也就是说，她只能看到自己的不幸，却没有看到德思文的不幸，尽管她表达了对他最后时刻的关心，那个他肯定理解为永别的时刻。这个世界属于活着的人，与死了的人的确关系不大——尽管他们都在地球上，并且无疑比活着的人多得多——所以活着的人往往认为某个亲友的死亡与其说是发生在死者身上不如说是发生在他们身上，虽然真正死去的人是死者。是他不得不说再见，虽然几乎永远都不情愿，是他失去了未来的一切（已经看不到儿女的成长和变化，比如德文内），不得不放弃知晓一切的努力或者好奇心，丢弃未完成的计划和未说出的话，他一直以为以后会有时间的，但他已经不能出场了；如果他是作者，他已无法完成一本书、一部电影、一幅画或者一首乐曲，如果他是欣赏者，他已无法读完第一部分、看完第二部分或者听完第四部分。只需看一眼已故者的房间就可以发现有多少事情被中断，被搁置，有多少东西顷刻之间没了用处，失去了作用：是的，他做了标记的小说将不再往下翻页，药物也突然变成最多余的东西，很快就得扔掉，还有专用的枕头和床垫，他的头和身体不会再在上面休息了；那个水杯他不会再用它喝一口水，烟盒里被禁的香烟只剩下三支，为他买的夹心糖没人敢去吃完，似乎这样做就如同抢劫或者带有亵渎的意味；那副眼镜再也用不上了，那些充满期待的衣服将日复一日甚至年复一年地留在衣柜里，直到有人鼓足勇气把它们取下；已故者生前精心照顾和浇灌的那些植物，可能没人愿意去管了，盛晚霜的玻璃瓶里仍会看见她那柔软的手指所留下的痕迹；那只她曾用来观察在远处高塔上筑巢的白鹳以打发时间的望远镜，倒是肯定有人愿意继承拿走，不过谁知道会用来做什么；那扇在工作间歇透过它眺望远方的窗户将不再有欣赏风景的人，或者说风景将不再；那本记录约会和事务的备忘录一页也不会往下翻了，最后一天将不再出现通常表示“今天的事我已做完”的尾注。所有那些曾经表情达意的物品现在都沉默了，失去了意义，就像有一条毯子落下，令它们安静不语，让它们相信夜晚已至，或者它们似乎也在为失去主人而悲痛不已，似乎在奇妙地意识到自己失业了或者无用了之后瞬间引退了，然后一致在想：“现在我们在这里做什么？我们该撤了。我们已经没有主人了。等待我们的是流亡或者垃圾堆。我们的使命结束了。”也许德思文所有的东西在几个月前都有过这样的感觉。路易莎不是一件东西。因此，路易莎没有。

来了两个人，虽然她之前说的是“我给你开门”，用的是单数。我听到了第一个人的声音——她已经和他打过招呼了——他告诉她还有一个人来，显然是预料之外的人：“嗨，我把里克教授带你这儿来了，省得他在大街上束手无策。他需要打发晚饭之前的时间。他在这附近约了人，没时间回他住的宾馆然后再回来了。你不介意吧？”接着他为他们做介绍：“弗朗西斯科·里克教授，路易莎·阿尔黛。”“当然不会，很荣幸。”我听到路易莎的声音，“我有客人，请进，请进。你们想喝点什么？”

里克教授的脸我很熟悉，他经常出现在电视和报纸上，他的嘴巴很有肉感，秃顶干净整洁，戴着一副略大的眼镜，透着随意的优雅——略有英式和意式风范——他的语气目空一切，态度半懒散半尖刻，也许这是掩饰他目光中所流露的内心深处的忧郁的一种方式，似乎他感觉自己属于过去的时代，很遗憾不得不和大多都是无知平庸之辈的同代人打交道，同时他也对某一天当他的感觉最终和现实一致时他将不得不停止和他们打交道——和他们打交道可能也是一种休息——而提前感到遗憾。他首先对同伴的说法进行反驳：

“喂，迪亚斯·巴雷拉，我从来不会在大街上束手无策，虽然我在大街上确实不知该干些什么，而且，这种事情还常有发生。在我生活的圣古伽市我经常出门，”这个解释他是对着我和路易莎说的，目光分别斜觑着我俩，那时路易莎还没有介绍我，“然后我突然意识到我不知道自己为什么出门。或者说，我到了巴塞罗那，一到那里我却想不起来我去那里的目的。于是我一动不动地待了好长时间，既没有到处闲逛也没有在原地踱步，而是直到我突然想起我的目的。即使在那种情况下我也没有在大街上感到尴尬，实际上我属于那种知道自己正在大街上无所事事、茫然无措，却不会给别人造成这种感觉的极少数人。我非常清楚我给别人的印象完全相反，是全神贯注：就好像是随时都会有重大发现或者正在脑子里完成一首高水平的十四行诗。如果有哪个熟人在那种情况下远远地看见我，都不敢给我打招呼，哪怕是看见我一个人静静地站在人行道上（我从不倚靠墙，这种姿势会让人觉得我被放了鸽子），因为害怕打断了我的深思或者冥想。我也从来不会受到欺负，因为我严肃专心的样子会让那些坏人止步。他们感觉我是一个心智保持警惕、全力运转的人（用俗话说就是达到了极限），所以不敢找我麻烦。他们发现我对于他们可能很危险，我可能会快速做出异常暴力的反应。我说完了。”

路易莎不由地笑了，我相信我也一样。她这么快地走出之前向我诉说的苦闷，被一个刚刚认识的人逗笑，这让我重新认为她很会享受生活，怎么说呢？很容易在日常生活中或者说顷刻之间找到快乐。虽然为数不多，但是有这样的人，他们在不幸中失去耐心，感到厌倦，不幸在他们那里不会持续太久。虽然客观地说他们确实有一段时间明显沉浸在不幸中。据我已有的观察，德思文应该也是这样，于是我突然想到假如是路易莎死了，他还继续活着，他很可能会有和他妻子现在一样的反应。（“假如他还活着，成了鳏夫，我就不会在这里了。”我想。）是的，有的人承受不了不幸。不是因为轻浮或者没有头脑。不幸来临的时候，他们当然也深受其苦，和任何人一样。但是他们注定会很快摆脱，而且不太费力，因为他们和不幸互不相容。和大多数乏味的人不同，他们天性轻松、快乐，不觉得受苦是高尚，我们的天性总是会影响到我们，因为几乎没有什么能扭曲或者折断它。也许路易莎是一个非常简单的人：该哭的时候就哭，该笑的时候就笑，两者可以毫不间断地接替发生，她受到什么刺激就会有什么反应。而且，简单和聪慧并不矛盾。我毫不怀疑她很聪慧。她没有心机，爱笑丝毫无损于她的智慧，这些并不取决于智慧，而是取决于性格，属于另外一个类别和层面。

里克教授穿着一件漂亮的军绿色上衣，乳白色的衬衫上松松垮垮地随便系着一条领带，颜色比上衣更鲜艳、更亮丽——可能是西瓜绿色——他的衣着很协调，得体的搭配中并无做作之感，尽管他胸前口袋中露出的三叶草色手帕或许是一抹多余的绿色。

“但是你在这儿，在马德里被抢过一次，教授，”那个被称作迪亚斯·巴雷拉的人反驳道，“很多年以前，但是我记得很清楚。就在格朗维亚大街，你刚从一台自动提款机取了钱，是这样吧？”

这个提醒让教授不太高兴。他掏出一支烟点上，好像如今不征求别人意见就吸烟和四十年前一样正常。路易莎马上递给他一个烟灰缸，他用另一只手接了。两只手都拿着东西，他把两只胳膊摊开成十字状，像一个被欺骗或愚蠢压垮的演说家似的说道：

“那完全不一样。没有丝毫关系。”

“为什么？那时你就在大街上，而那个坏蛋并没有尊重你。”

教授用拿着香烟的那只手做了个迁就的手势，做手势的时候烟掉了。他不悦而又好奇地看着地上的香烟，好像那是一只不在他的责任范围内爬行的蟑螂，他在等着有人把它捡起来或者一脚踩死然后一脚踢走。没人弯腰，他便伸手去拿他的烟盒，又取出一支烟。好像他并不在乎掉下的烟头可能会烧了木地板，他应该是那种觉得什么事情都不严重的人，总是认定其他人会让一切就位，处理所有的不足之处。他们等待别人去做并不是因为有少爷派头或者考虑不周，只是因为他们的头脑里没有这些现实的事情或者周围的世界。路易莎的孩子们听到门铃声早已探出头来了，现在他们已经溜进客厅观察客人。那个男孩跑过去要捡地上的烟头，但他的母亲在他碰到之前抢先一步捡了起来，在她之前用过的烟灰缸里把烟熄灭了，她的烟也没吸完。里克点着第二支烟然后回答。无论是他还是迪亚斯·巴雷拉都没打算中断他们的讨论，看着他们俩就像看一场戏剧演出，好像两位演员一边说着一边走进了舞台，丝毫没有理会大厅里的观众，从另一方面来说，好像这是他们的职责一样。

“首先，我当时背对着大街，也就是说，取款机迫使我不得不采取那种不雅的姿势，就是脸朝墙壁的姿势，所以那个抢劫者看不到我威慑的目光。第二，我在忙着按各种键回答那些无用的问题。第三，对于我想用什么语言进行人机交流这个问题，我回答的是意大利语（这是我经常去意大利养成的习惯，我半生的时间是在那里度过的），我当时正出神地记屏幕上出现的严重的书写和语法错误，那个程序肯定是某个骗子模仿意大利语编的。第四，我一整天都在忙着和人打交道，每隔一段时间就得换个地方喝上几杯，很无奈；疲劳再加上有一点点醉，在那种情况下我的警惕性下降了，谁不是这样呢？第五，我在赴一个本来就很晚的约会，我迟到了，所以做什么精神都不集中，有些慌乱，担心正在焦急地等我的人失去耐心，离开我们约好见面的地方，我之前费了很大周折才说服她延长夜晚的安排和我单独见面；注意，只是聊聊天。第六，鉴于以上种种原因，当我感到一把折刀的刀尖抵在我的腰部时，我才刚刚发觉有人要抢劫我，当时我手里已经拿着钱但是还没装进口袋，持刀的人用了下力，刀子真的扎进去了一点：晚上临睡前我在宾馆脱了衣服后，发现这里有个血点。这里。”然后他撩开外套的下摆，迅速摸了下腰上方的某个部位，他的动作太快了，在场的人肯定没有谁能看清那个地方到底在哪儿。“没有经历过那种轻微的刺痛——在这里或者任何其他重要部位——意识到只需推一下那个刀尖就会毫无阻挡地深入肉体的人，就不可能知道此时唯一能做的就是把别人要的东西交出来，不管是什么，那个家伙只说了句：‘把你的钱拿来。’你就会感到腹股沟那里有一种难以忍受的蚁走感，很奇怪，从那里一直蔓延到全身。但是源头并不在受威胁的部位，而是这里。这里。”他用两个中指同时指了指两个腹股沟。幸好他没有去摸它们。“注意：不是在蛋那里，是在腹股沟，没有任何关系的地方，不过人们会弄混，所以才会指着脖子说‘他们指着我这儿’。”他用食指和拇指摸了摸脖子，“因为蚁走感一直蔓延到头部。好了，正如自从人类社会虚弱的车轮开始转动以来世人都知道的那样，这是埋伏或者暗袭，这就是它的性质，无法预防，甚至难以自卫。我说完了。或者你想让我继续列举下去吗？因为我继续下去很容易，至少能举十个例子。”看到迪亚斯·巴雷拉没有回答，他以为争论在对方的无言以对中结束了，他这才第一次看了看四周，注意到了我，注意到了孩子们，也几乎注意到了路易莎，尽管她已经和他打过招呼了。实际上他之前大概并没有看清我们每一个人，否则，我认为，他就不会使用“蛋”这个词了，特别是考虑到有未成年人在场。“来看看，这儿都有谁该认识认识？”他毫不拘束地说。

我注意到迪亚斯·巴雷拉已经不再说话，变得严肃起来，原因是路易莎走了几步走到沙发跟前，没有邀请两位男士就自己先坐下了，好像她的双腿没了力气，确实站不住了。刚刚不由自主的笑容变为痛苦的表情，目光黯然，脸色也苍白起来。是的，她应该是个非常简单的人。她用手扶住额头，垂下了目光，我担心她要哭了。里克教授没有理由知道几个月前她发生了什么，那把反复刺下的折刀如何毁了她的生活，也许他的朋友并没有告诉过他——不过很奇怪，别人的不幸往往无意间就会说出来——或者对他说过，但是他已经忘了：这方面他声名在外（非常出名），他只记得很久以前他还是世界权威时的信息，对于新近的事件他只是宽容大度、漫不经心地听听而已。中世纪或者黄金世纪的任何罪行、任何事件对他而言都比前天发生的事情重要。

迪亚斯·巴雷拉关切地走到路易莎身边，将她的双手握在自己手中，低声说道：

“好了，好了，没事的。我真的很抱歉。我没注意这种胡说八道会扯到哪里。”我似乎发觉他有抚摩她脸庞的冲动，就像在安慰一个愿意为之付出生命的孩子；然而他克制住了。

但是就像我听到了他的窃窃私语一样，教授也听到了。

“怎么了？我说什么了？是因为‘蛋’那个词吗？你们这儿顾忌真多。我本可以用一个更俗的词儿的，毕竟‘蛋’还算是委婉的说法。这个词粗俗、形象，到处都用，这我承认，但是它仍不失为一个委婉的说法。”

“顾忌是什么意思？蛋是什么意思？”男孩问道，他可没有忽视教授指腹股沟的动作。幸好没人搭理他，也没人回答他。

路易莎马上就恢复了状态，她发现还没有介绍我。实际上她已不记得我的姓了，因为她说了那两个男人的全名（“弗朗西斯科·里克教授；哈维尔·迪亚斯·巴雷拉”），但是对于我，就像对待孩子们一样，只说了我的教名，然后加上了我的绰号作为弥补（“我的新朋友玛丽亚；我和米盖尔都称呼她‘谨慎的年轻女子’，那时几乎每天早饭时间我们都会看见她，但是以前我们没说过话”）。我觉得正好可以补救一下她的遗忘（“玛丽亚·多兹。”我明确了一下）。那个哈维尔应该就是她之前向我提到的那位，她称他是“米盖尔的好朋友”。不管怎样，他就是我上午看到的坐在德文内生前所开的汽车的驾驶座上的那个男人，那个去咖啡馆接孩子们然后可能送他们去上学的男人，比平常的时间晚了一点。因此，他不像我以为的那样是司机。也许路易莎觉得必须辞掉司机，一个人丧偶后首先要做的往往是减少开支，像是因为害怕或者无依无靠而产生的一种条件反射，尽管她继承了一大笔财产。我不知道她的经济状况如何，我猜很好，但是可能她觉得不稳定，尽管绝对不是这样，一个重要的人去世后，好像整个世界都摇摇欲坠，没有什么是坚实的、牢固的，受打击最大的亲属往往会想：“这有什么用呢？那有什么用呢？钱或者生意、阴谋有什么用呢？房子、图书室有什么用呢？出门工作、制定计划有什么用呢？生孩子有什么用呢？一切都有什么用呢？什么都不会长久，因为一切都会结束，一旦结束就会觉得即使存在一百年也不够长。我和米盖尔在一起的时间只有短短几年，他死后留下的一切为什么一定能长久呢？金钱、房子、我或者孩子都不会。我们都悬在空中，面临威胁。”她也有结束生命的冲动：“我想去他在的地方，我很清楚我们唯一能够相逢的地方是过去，那个曾经存在但是现在不复存在的过去。他已经成为过去，而我仍然属于现在。如果我也成为过去，那么至少我在这个方面和他一样了，有相同之处总比没有强，那么我就不具备想念他或者回忆他的条件了。从这个意义上来说我将和他处于同一层面，或者说我处于他的空间或者时间中，我将不再留在这个让我们的习惯慢慢消失的脆弱的世界。如果我们的生命被夺走，就再也没有什么可被夺走的了。如果一个人的生命已经结束，那么就再也没有什么可结束的了。”

那个哈维尔·迪亚斯·巴雷拉很有男人味，性格沉稳，也很帅气。虽然精心刮过，仍能隐约看到胡茬淡淡的青色，特别是在充满活力的下巴部位，很像连环画里的男主角（随着角度和光线的不同，下颌中间的凹痕若隐若现）。他有胸毛，从顶扣敞开的衬衫中露出一点。他没系领带，德思文总是系着领带，他的朋友比他略为年轻。他五官精致，细长的眼睛给人以近视或者说梦幻般的感觉，睫毛很长，嘴巴丰满坚实，线条分明，嘴唇像是移植到男人脸上的女人的嘴唇，让人很难不去注意它们，我的意思是让人很难移开视线，它们就像磁石一样吸引目光，无论是讲话的时候还是沉默的时候。它们让人想去亲吻，想去触摸，想用手指去描摹它们像是用细毛笔勾勒出的精美线条，然后再用指尖触摸那既紧实又松软的红润。而且他似乎很谨慎，任由里克教授无拘无束地慷慨陈词，无意遮掩他的光芒（想遮掩他的光芒大概也做不到）。他无疑很有幽默感，因为他之前有意附和他，还有效地充当他的对立面，为他提供机会在陌生人或者更确切地说是在陌生女人面前出风头，教授喜欢调情的特点马上暴露无遗，他是那种几乎在任何情况下都意淫女人的男人。“意淫”的意思是他们没有真正的企图，他们的目的不是真正地或者认真地征服谁（无论如何不是我，也不是路易莎），而是想引起别人对他的兴趣，或者如果可能的话，令人为之倾倒，即使以后不会再见到那些倾慕者。迪亚斯·巴雷拉饶有兴致地听他幼稚的自我炫耀，任由他长篇大论，或者对其煽风点火，似乎他并不畏惧竞争，又或者他对目标如此明确，如此渴望，因而毫不怀疑自己迟早会如愿以偿，无论发生什么意外或者威胁。

我没有再待多久，在那样的聚会里我纯属多余，那个聚会对里克来说是临时才有的，而对于迪亚斯·巴雷拉来说很可能是习以为常，看来他是那个家或者说遗孀路易莎生活中的熟客或者几乎是常客。据我所知，这是他一天中第二次出现，大概每天都是这样，因为他和里克进门时，孩子们和他打招呼时态度自然得近乎冷淡，似乎他下午的到访（一次“不期而至”）是理所当然的事。当然也是因为那天早上他们已经见过他了，他们三个还一起坐车走了一小段路。似乎他比任何人都关心路易莎，比她的家人更关心，我知道她至少有一个哥哥，她曾在同一句话里提到过他，哈维尔以及一位律师。我感觉路易莎把他视作兄弟，视作一个从天而降的兄弟或者干兄弟，他来来去去，进进出出，在发生意外时帮忙照顾孩子或者做任何其他事情，几乎任何时候都能指望他并且无需提前询问，犹豫不决的时候可以如同本能反应一样征求他的意见，他陪在身边却让人难以觉察，既觉察不到他也觉察不到他的陪伴，他心甘情愿、自告奋勇地付出，总是自发而至，不求回报，他不请自来，最终渐渐地、不知不觉地与她分享一切领域，让自己变得不可或缺。他在那里，你不会过多注意他，但是如果他离开或者消失，你又会有无以名状的想念。迪亚斯·巴雷拉随时都会离开或者消失，因为他不是一个无条件付出，永远不会彻底离开的忠诚的兄弟，而是已故丈夫的一位朋友，友谊是无法转让的。最多可以侵占。也许他属于那种至交，在脆弱或者有不良预感时可以向之请求或者托付事情：

“如果哪天我发生什么不幸不在了，”一天德文内可能对他说，“请你帮我照顾路易莎和孩子们。”

“你是什么意思？你指的是什么？你发生什么事了吗？怎么说起这个？你没发生什么事，对吧？”迪亚斯·巴雷拉可能不安又吃惊地回答道。

“不，我没预感到我会发生什么事，无论是眼前还是接下来，不是什么具体的事情，而且我身体很好。只是当我们想到死亡，认真考虑它对生者造成的影响时，我们有时难免会问自己我们死后会发生什么，那些我们对之很重要的人会处于何种境地，会受到多大的影响。我说的不是经济状况，这个已经基本安排好了，我指的是其他方面。我能想象孩子们会难过一阵子，对我的回忆会伴随卡罗丽娜一生，但是会越来越模糊不清，也正因如此她会把我理想化，因为我们可以对模糊不清的东西为所欲为，任意操纵，可以将它变成失乐园，变成一切都在原地，不缺失任何东西、任何人的幸福时光。但是她总归还太小，某一天会摆脱这一切，继续她的生活，构思无数的幻想，那些每个年龄段所特有的幻想。她会长成一个正常的女孩，偶尔有一丝伤感。每当有什么不开心或者不顺心的事，她就会躲到对我的回忆里，但是我们所有的人或多或少都会这么做，都会在曾经存在但是现在已经不存在的事物中寻求庇护。无论如何，有个活在现实世界中的人尽可能地占据我的位置，有所回应，对她会有帮助。身边有个她常见的、已经熟悉的父亲般的形象对她有好处。我觉得没有谁比你更有资格担当那个替代角色。我对尼古拉斯倒没那么担心：他还小，必然会忘记我。但是如果你能帮他解决问题对他也是好的，他的性格会给他带来一些或者说很多问题。而路易莎是最茫然无助的。当然她可能会再婚，不过我觉得可能性不太大，而且当然不会太快，年纪越大再婚就越难。我想首先要等最初的绝望和悲伤过去，这两样东西加在一起会持续很长时间，整个过程会让她极其懈怠。你知道的：认识一个新人，向他哪怕只是粗略地讲述自己的生活，任由对方献殷勤或者接近自己，激励对方，表露兴趣，展现最美的一面，解释自己是什么样的人，听听对方是什么样的人，克服不信任，习惯某人，那个人又习惯你，忽视令人讨厌的地方。她会厌烦这一切，如果认真想想，谁不会厌烦呢？迈出一步，再迈一步，再迈一步。这很累人，而且难免会有重复的、曾经尝试过的东西，在我这个年纪我可不喜欢这样。虽然看起来不是，但是其实需要很多步才能再安定下来。我很难想象她会有一丝好奇或者幻想，她不是不安分或者不知足的人。我的意思是，如果她是这样，那么在失去我一段时间后她可能会开始看到这种失去的某种好处或者补偿。当然她不会承认，但是她会看到。如果一个人不得不给一段历史画上句号，回到起点，不管它是什么，从长远来看这并不是什么痛苦的事情。即使已经结束的一切让你很开心。我见过伤心欲绝的鳏夫遗孀在很长一段时间里都以为自己永远不会重新振作。但是之后当他们终于恢复过来，找到新的伴侣，他们便觉得这个新伴侣是真正的最佳伴侣，心里窃喜原来的那位不在了，为他们现在所建立的一切留下了空间。这就是现在的可怕的力量，相隔越久就把过去打压得越厉害，而且还歪曲它，而过去却无法开口、抗议、否定或者反驳。我们就不提那些不敢抛弃配偶或者不知如何抛弃或者担心给对方造成太多伤害的丈夫或者妻子了：他们暗地里希望对方死掉，宁愿他们死也不愿面对问题，给出合理的解决办法。这很荒谬，但是就是这样：实质上他们不是不希望对方发生什么不测，他们不是试图牺牲自我、努力保持沉默来保护对方使其免遭任何不测（因为实际上只要能摆脱对方，他们希望对方发生不测，而且是最严重的、不可逆转的不测），而是他们不愿意自己去造成这种恶果，不希望对任何人的不幸承担责任，甚至包括那些仅仅因为生活在他们周围、用关系捆绑住他们就令他们感到痛苦的人。如果他们勇敢，是能够打破这种关系的。但是因为他们没有勇气，于是就幻想或者梦想一些极端的东西，比如对方的死亡。‘那可能是一种简单的解决方法，一种巨大的解脱。’他们想，‘我跟它没有丝毫关系，我没给他造成任何痛苦或者悲伤，他，或者她，不是因为我的过失而受苦，可能是一次事故，一场突如其来的疾病，一场不幸，全都与我毫无干系；相反，在全世界的眼里我是受害者，在我自己的眼里也是，但是一个受益的受害者。我将获得自由。’但是路易莎不是这种人。她已经完全安定下来了，安身于我们的婚姻，不再幻想她所选择和拥有的生活以外的其他生活方式。她只想要更多相同的东西，不想要变化。每一天都一模一样，不增减任何东西。她是这么安于现状，脑子里甚至从来不会思考我思考的东西，就是我或者她可能会死，对她来说这不在她的考虑范围之内，不可能。当然，她的死亡对于我也一样，我更不忍去想，几乎没有考虑过。但是我有时会考虑到我的死亡，我们每个人都必须与自己的脆弱抗争，而不是别人的脆弱，不管我们多么爱他们。我不知道，不知道怎么跟你说，有些时候我动不动就会想这个世界没有我的样子。因此如果某天我发生了什么事，哈维尔，如果我发生了什么不可改变的事情，她必须有你作备用人选。没错，这个词很实际，不高尚，但是却恰如其分。请你理解我，不要害怕。很明显，我不是要求你跟她结婚之类的。你有你的单身生活，以及许多女人，你无论如何都不会拒绝她们的，更不会为了帮一个朋友生前最后一个忙而这么做，因为这个朋友已经不会再要求你解释，也不会指责你什么，他会一声不响地待在不会抗议的过去。但是，如果我哪天不在了，求你离她近一点。你不要因为我不在而回避，而是恰恰相反：陪陪她，给她依靠，和她说说话，安慰安慰她，每天去看她一会儿，多给她打打电话，不需要任何借口，很自然的，就像她每天生活的一部分。你当一种形式上的丈夫，我的延续。我不认为路易莎能生活下去，如果没有这种日常的联系，没有谁来分享她的想法，听她讲述每天的生活，没有什么替代她现在和我共有的一切，至少在某个方面。她已经认识你很久了，和你一起她不需要克服对任何陌生人的那种抗拒心理。你甚至可以给她讲讲你的那些艳遇逗她开心，让她间接地经历一下她觉得自己绝不可能再经历的生活。我知道我对你的要求太过分了，并且对你也没有多大的好处，几乎只是一个负担。但是对你来说，路易莎也可以在一定程度上替代我，成为我的一种延续。人们总是在最亲近的人那里得以延续，这些人通过已故者相互认识，聚在一起，好像与他曾经的交往让他们成了手足或者同类。我的意思是你不会完全失去我，在她身上你会保存一些对我的回忆。你虽然被各色美女环绕，但是你的男性朋友并不多。别以为你不会想我。比如，她和我有着同样的幽默感。这么多年咱俩天天开玩笑。”

迪亚斯·巴雷拉很可能笑了起来，为了淡化朋友话语里的不祥色彩，也因为对方如此荒唐和意外的请求让他不由觉得有些好笑。

“你在请求我代替你吗？如果你死了的话，”他可能这样回答，语气半肯定半疑问，“请求我变成路易莎的假丈夫和有点距离的父亲？我不知道你怎么会有这种想法，我是说你怎么会想到你可能很快会从他们的生活中消失，既然你的身体挺好的，你说的，所以真的没有理由担心你会发生什么事。你确定你没事吧？你什么病都没有。没有什么我不知道的麻烦。你没有无法还清的或者无法用金钱摆平的债务。没有人威胁过你。你不是在想自己玩失踪走人吧？”

“不是。真的不是。我什么都不隐瞒你。就是我刚刚对你说的那些，有时我会想象没有我的世界，然后会感到担心。替孩子们担心，替路易莎担心，没有其他人了，放心，我没有那么自以为是。我只想确定你会照顾他们，至少在一开始的时候。确定他们能有最像我的人来依靠。不管你高不高兴，知不知道，你是最像我的。即使只是因为长期交往的缘故。”

迪亚斯·巴雷拉大概沉思了片刻，然后可能略带诚恳地、肯定不是十分诚恳地说：

“可是，你意识到你会把我置于何种境地吗？你意识到变成一个假丈夫不会最终成为真丈夫有多难吗？在你刚才说的那种情况下，那个遗孀和那个单身汉很可能很快就会认为他们的关系不止于此，他们完全有权利这样。你把一个人放在另一个人的日常生活中，让他觉得自己负有责任，是保护者，让他使对方离不开自己，你就看着会有什么后果吧。只要他们还有点魅力，年龄相差不是太大。路易莎非常有魅力，我这么说你应该不会觉得奇怪，而我在女人方面也是如鱼得水。我认为我不会结婚，不会的。但是如果哪天你死了，我天天去你家，那么很难不发生你活着时不会发生的事。知道这些你还想死吗？甚至你想用死亡来促成它，实现它，把我俩推向那种境地吗？”

德思文可能沉默了几秒钟，他在冥思苦想，似乎在提出请求之前并没有考虑到那一点。然后他可能语重心长地笑了，说道：

“你的虚荣和乐观无可救药了。所以你会是很好的靠山，很好的支柱。我认为那样的事情不会发生。正因为你对于她来说太熟悉了，就像是她的表兄一样，所以她不可能用其他眼光看待你，”说到这里他可能迟疑了一下或者是假装有所迟疑，“只会用我的眼光来看待。他对你的看法都来自于我，是从我这里得到的，沾染了我的想法。你是她丈夫的一位老友，她常常听我提起你，那么你能想象得到，其中既有好感也有嘲笑。在路易莎认识你之前，我已经告诉了她你是什么样的人，我已经给他描绘了你的样子。她一直是根据我的描绘和那些特点来看待你的，她已无法改变它们，在你们被介绍认识之前她对你的形象已经定格。好吧，实不相瞒，你的那些乱七八糟的事，还有，怎么说呢，你的自命不凡都让我俩觉得好笑。我担心她不会把你当回事。我相信我告诉你这些你不会生气的。这是你的优点之一，也是你一直所追求的，就是不被别人当回事。你现在别跟我否认。”

迪亚斯·巴雷拉很可能生气了，但是他掩饰住了。没人喜欢被告知自己和某人不可能，即使他对那人不感兴趣，也没打算征服对方。很多勾引都是出于怨愤或者挑战才展开的，至少是由此引发的，仅此而已，只是因为一个赌注或者为了反驳某一论断。然后才是兴趣。兴趣往往是在那种时候产生的，由计谋和自己的努力引发。但是一开始并没有，无论如何，在劝阻或者挑战之前并不存在。或许在那一刻迪亚斯·巴雷拉希望德文内死去以便向他证实路易莎在已经没有人隔在他们中间的情况下会对他认真的。当然了，怎样向一位死者证实一件事呢？怎样让他更正自己的想法，承认自己错了呢？我们需要的承认他们永远无法给予，只能想：“要是那个死者复活就好了。”但是没有一个死者复活。他要向路易莎证明这一点，德思文将在她的身上延续或者继续存活一段时间，这是她丈夫说的。也许真的是这样，也许他说得对。直到他把他清除干净。直到他抹去对他的回忆和他留下的痕迹，取代他。

“不，我没打算否认，我当然没有生气。但是看法常常会变的，特别是那个绘制画像的人已经不能再继续润色，画像落在被画者手中的时候。他可以一条一条地修改、抹去所有的线条，让第一位艺术家沦落为说谎者。或者是犯错者，或者是肤浅的、缺乏慧眼的拙劣艺术家。‘他们让我产生了多么错误的看法。’欣赏画作的人可能会想。‘这个人并不像他们给我描绘的那样，而是很有影响力，很有激情，很重要，很正派。’米盖尔，这种情况每天都会发生，不断地发生。人们开始看到的和最终看到的完全相反。以爱始，以恨终，或者开始时冷淡后来却爱慕。我们永远无法肯定什么将对我们至关重要，或者我们将会青睐谁。我们的信念，甚至那些我们认为最牢固的信念，都是短暂且脆弱的。我们的感情也是如此。我们不应该太自信。”

德文内应该意识到了他的自尊心有点受伤，但是他没有理会。

“即使是这样，”他可能说，“如果我不相信那种事情会发生，那么即使在我死后最终发生了又有什么关系呢。我不会知道的。我早已死了，死时相信你和她之间不可能产生这种关系，重要的是一个人的预见，一个人最后所看到的和经历的就是故事的结局，他自己的故事的结局。我知道没有了我一切仍将继续，任何事情都不会因为我的消失而停止。但是以后发生的事情跟我就没有关系了。关键是一个人的生命终止了，一切就都停止了，世界永远都是去世者去世时的样子，尽管事实上并非如此。但是这种‘事实上’已经不重要了。那是唯一的没有未来的时刻，在那个时刻‘现在’对我们而言似乎是不可改变的、永恒的，因为我们将不再见证任何事实或者变化。有人曾努力让一本书提早出版，好让他的父亲能够看到书印刷成册，带着儿子是既成作家的想法辞世，即使他之后不再写一行文字又有什么关系呢。有人曾孤注一掷地尝试暂时调解两个人的关系好让临终之人以为他们已经言归于好，一切都解决了，理顺了，即使敌对双方在他去世后两天又吵翻了又有什么关系呢，重要的是他去世前夕呈现的或者存在的事实。有人曾假装原谅一个奄奄一息的人好让他平静地或者较为安心地离去，即使第二天早上原谅者在内心希望他在地狱里腐烂又有什么关系呢。有人曾在妻子或者丈夫的病榻前撒下弥天大谎，让对方深信自己从未背叛过他们，对他们的爱完美无瑕，始终如一，即使一个月后他们就和老情人同居了又有什么关系呢。唯一真实的而且具有决定意义的是将死之人在临终之前所看到的或者所相信的，因为对他而言没有更多的故事了。无论现在那些伪君子们怎么说，被自己的敌人处死的墨索里尼的想法和躺在床上、被亲人围绕、被同胞所崇拜的佛朗哥的想法有着天壤之别。我听我的父亲讲，佛朗哥办公室里有一张墨索里尼像一头猪一样被倒吊在米兰加油站的照片，他和情人克拉拉·佩塔奇的尸体被带到那里示众、受辱，佛朗哥对那些看到这张照片感到震惊或者惊慌的来访者说：‘没错，您看，我永远不会落得如此下场。’他说得很对，他达到了这样的愿望。毋庸置疑，在当时那样的情况下，他死得很幸福，相信一切都将按照他的主张继续。对于这种极大的不公，对于自己的愤怒，许多人用这样的想法安慰自己：‘假如他复活’，或者‘事情发展到现在这个样子，他应该在坟墓里辗转反侧了’，他们不能完全接受没有人复活，没有人在坟墓里辗转反侧，或者在断气后还能知道正在发生的事情。这就像是认为世上所发生的事和尚未出生的人也有或多或少的关系。必须得说，尚未出生的人和已经死去的人一样，一切对于他们都是无所谓的。他们什么都不是，都没有意识，前者甚至无法预知自己的生活，后者则无法回忆自己的生活，就像不曾活过一样。他们处于同一层面，也就是说，他们不存在，也不知道，尽管我们对此很难接受。一旦我走了，世上发生的事和我还有什么关系呢？我只看重现在我所相信的，所预见到的。我相信我不在时，如果你在我儿女身边，对他们会比较好。我预料有你这个朋友在身边路易莎会恢复得快些，痛苦会少一些。我无法深入别人的想法，即便是你的或者路易莎的想法。我只能顾及自己的想法，无法对你们有其他想法。因此我仍然请求你，如果我发生了什么不测，请你答应我照顾他们。”

迪亚斯·巴雷拉可能仍然对他表示了异议：

“对，你说的有一定道理。但是有一个看法是不对的：尚未出生和已经去世是不同的，因为死去的人会留下痕迹，并且自己知道。他知道自己将一无所知，但是他会留下痕迹和回忆。他知道自己将被怀念，就像你自己说的，认识他的人不会表现得像他不曾存在过一样。有人会对他有负罪感，有人会希望在他活着时对他更好些，有人会为他伤心，不理解他为什么毫无反应，有人会因为他不在而绝望。但是没有人因为失去一个尚未出生的人而难以恢复，最多流产的母亲会这样，她很难放弃希望，不时会想起那个原本可能出生的孩子。但是实际上这不算失去，没有空白，也没有往事。但是曾经生活过但是已经去世的人却不会完全消失，至少会留在几代人的心中；他留下了存在的证据，他去世时知道这个。他知道自己马上就会什么都看不到，什么都弄不清楚了，从那一刻起他将陷入无知状态，那个时刻的终结就是故事的终结。但是你却正在担心你妻子和儿女的未来，想着整理财务问题，你意识到你将留下的空白，现在请求我把它填上，请求我在你不在的时候在一定程度上替代你。一个未出生的人绝不可能做这些事。”

“当然不会，”德思文可能答道，“但是所有这些都是我活着时做的，是一个活人做的，活人和死人没有任何关系，尽管我们一般认为他们是同一个人。等我死了，我连人都算不上了，我无法再安排什么或者请求什么，也不会意识到什么或者担心什么。这些事情也不会由一个死人来支配，在这个意义上死人类似于尚未出生的人。我现在说的不是其他人，不是那些在我们死后回忆我们、仍然留在时间里的人，也不是此刻的我，尚未离去的我。这个我当然在做事情，在想事情，这是当然的；他策划，采取措施，做出决定，努力施加影响，他有欲望，很敏感，也会伤害别人。我说的是死去的我，我发现你比我自己更难想象死去的我。你可不要把我俩弄混了，活着的我和死去的我。前者对你提出后者不会提出的请求，后者也不会提醒你，不知道你是否会履行诺言。那么答应我对你又有什么难的。没有什么阻止你失信，你不必付出任何代价。”

迪亚斯·巴雷拉可能用一只手扶着额头，然后奇怪地、略带厌倦地看着德思文，好像刚从梦境或者催眠中醒来。无论如何，他刚刚经历了一场突如其来的、不合时宜的、有不祥之兆的谈话。

“我向你保证，就照你说的做，你放心吧，”他可能说，“但是拜托你别再这么胡说八道来烦我了，你让我很不舒服。好了，咱们去喝一杯，说点跟死亡没啥关系的事情吧。”

“这是什么烂版本啊！”我听见里克教授一边咕哝着一边从书架上取下一本书来，他一直在四处看书，好像房间里没有人似的。我看到那是《堂吉诃德》的一个版本，他用指尖夹着，似乎很厌恶的样子。“既然有我的版本，怎么还弄这个版本来呢。纯粹是仅凭直觉的蠢话，既没有方法也没有科学可言，连新颖都谈不上，很多内容都是抄袭。更何况是出现在一位大学教授的家里，如果我没弄错的话。马德里大学就这种德性啊。”他用谴责的目光看着路易莎又加了一句。

她愉快地笑了。虽然她是被训斥的对象，但是这种不着调的话让她觉得很可笑。迪亚斯·巴雷拉也笑了，可能是为了附和她或者奉承他——他对里克的傲慢和放肆不可能感到意外——他努力引他说话，可能是想看看路易莎是否会笑得更多，摆脱一时的忧郁状态。但是他表现得很自然。他显得很可爱，假装得很好，如果他是在假装的话。

“好吧，你可别跟我说这个版本的作者不是什么受人尊敬的权威人士，他在某些圈子里比你还厉害呢。”他对里克说。

“哼，他也就是被那些不学无术之徒和娘娘腔们所尊敬罢了，这种人在这个国家多得都快盛不下了。还有那些穷困潦倒、游手好闲的村镇的社团。”教授回答道。他随意翻开一页，迅速冷冷地瞥了一眼，用食指指着一行字，像是用锤子钉在那里一样：“这里就有一处明显的错误。”接着他合上了书，似乎没有什么可看的了。“我要写篇文章给他指出来。”他带着胜利的神情抬起头来，笑得嘴巴咧到了耳朵根（一个巨大的笑容，只有他那样灵活的嘴巴才做得到），又加上一句：“而且，他很嫉妒我。”

第 二 部

再次见到路易莎·阿尔黛是很久之后的事了，在中间这段漫长的时间里我开始和一个我有点喜欢的男人交往，同时愚蠢地、悄悄地爱上了另一个人，爱恋她的迪亚斯·巴雷拉。我是在去路易莎家不久之后在一个不可能碰到熟人的地方遇见他的，离德文内死的地方非常近，在国家自然科学博物馆那栋淡红色的大楼里，就在高等工业工程师技校旁边，或者更确切地说，和高等技校连为一体，高二十七米左右，直径大约有二十米，玻璃和锌打造的穹顶闪闪发光，一八八一年左右建成，当时这个建筑群既不是技校也不是博物馆，而是崭新亮丽的国家艺术和工业宫，当年曾举办过一个重要的博览会，这个地区过去叫跑马场高地，因为这里有好几个小丘，并且附近驻扎着一些骑兵，他们的丰功伟绩极富虚幻色彩或者说彻底化为虚幻，因为已经没有什么活着的人见证过它们或者回忆起它们了。科学博物馆没有多大价值，特别是和英国那些博物馆相比的话，但是那时我有时会带小侄儿们去那里，让他们透过玻璃橱窗看动物标本，了解它们，因此我自己也有些喜欢上了隔三岔五地去那里，混在由一位脾气暴躁或者耐心的女教师陪同的中小学生团队里——他们真的看不见我——或者时间充裕、心不在焉的游客队伍里，他们从某本细致入微、详尽无遗的本市旅游手册中得知了这个博物馆的存在：现在那里除了众多的女管理员之外，几乎是清一色的南美妇女，在那个和所有科学博物馆一样不太真实、有些多余又有些奇幻的地方他们往往是唯一有生命的存在。

我正在看一条鳄鱼张开嘴时的巨大咽门模型时——我常常想那里可能连我都装得下，庆幸自己没有生活在这些爬行动物出没的地方——突然有人喊我的名字，意外之下，我有点惊慌地回过头去：当一个人身处那个半空的博物馆时，你几乎可以满怀欣慰地断定那时没有人能知道你的行踪。

我马上就认出了他，那女人般的嘴唇，中间有些凹陷的下颌，从容的微笑和既殷勤又轻松的表情。他问我在那里做什么，我回答说："我喜欢偶尔来这里。这个地方有很多安静的、你可以靠近的野兽。"话一出口我就想到野兽数量很少，这句话很蠢，而且我意识到我加上这句话是想逗他一笑，我猜结果会很惨。"这个地方很安静。"我简单地结束了回答。我也问了他同样的问题，问他在那里做什么，他回答说："我也喜欢偶尔来这里。"我期待他也说点蠢话，但不幸的是我没有等到，迪亚斯·巴雷拉无意给我留下什么印象。"我住在附近。出来散步时，我的脚步有时会把我带到这里。"脚步把他带来的说法让我觉得有点文艺腔，有点做作，给了我一点希望。"然后我就在外面那个露天茶座坐一会儿再回家。走，我请你喝点东西，如果你不想接着看那些长牙或者其他展厅的话。"博物馆外面，在面对技校的小丘上有一个露天摆着桌椅的冷饮亭掩映在树林里。

"不看了，"我回答道，"我都能倒背如流了。刚才只是想下去看看亚当和夏娃的荒唐造型。"他没有回应，没有像任何一个经常参观那个博物馆的人那样说"噢，这样啊"之类的话：在地下室里有一个体积不是很大的立式玻璃橱柜，是一个美国人或者英国人制作的，一个叫罗莎姆德某某的女人，用一种荒唐古怪的方式再现了伊甸园。围绕着那对人类最早的夫妻的所有动物据称都栩栩如生，它们或者在走动或者处于警戒状态，有猴子、兔子、火鸡、鹤、獾，可能还有一只巨嘴鸟，甚至还有蛇，它从苹果树碧绿的叶子中露出过于人性化的表情。而亚当和夏娃两人各自站在那里，都仅有骨架而已，唯一能够让外行人的眼睛将他俩区别开来的是其中一人右手拿着一个苹果。我肯定看过相关的海报，但是不记得它给出了任何令人满意的解释。如果这是为了展示女人和男人的骨骼并指出他们的区别，那就无法理解为什么一定要把他们变成我们最早的父母——在古老的信仰里就是这么称呼他们的——把他们放在那个场景中；如果是为了表现天堂及其少得可怜的动物，那么那些人体骨架就无法理解了，因为所有其他动物都有血有肉，有毛发或者羽毛。那是自然科学博物馆最不和谐的摆设之一了，任何一个参观者都无法忽略它，不是因为它美，而是因为毫无意义。

“玛丽亚·多兹，是吗？是多兹，对吗？”我们在露天茶座坐好后，迪亚斯·巴雷拉对我说道，似乎想炫耀一下他的记忆力和好记性，毕竟我的姓氏只有我自己说过，而且我说得很匆忙，就像插入了一条所有在场的人都没有在意的字幕。这句话让我的自尊心得到了满足，而没有被献殷勤之感。

“你的记性和听力真好，”为了不失礼，我说道，“对，是多兹，不是多斯或者带软音符号的多萨。”我在空中比划了一个软音符号，“路易莎怎么样了？”

“啊，你没见到她。我还以为你俩成了朋友呢。”

“是的，如果仅仅维持一天也算的话。自从那次去她家之后我就再没见过她。那会儿我们相处得很好，她把我当朋友一样跟我谈心，我觉得主要是因为她那时很脆弱吧。不过之后我再也没见过她。她现在怎么样？”我再次问道，“你肯定几乎天天见她，是吧？”

这个问题似乎让他略感不快，他沉默了几秒钟。我突然想到也许他以为我和她保持着联系，所以只是想从我这里问出一些信息，他接近我的行为还未开始便突然失去了目的，或者更讽刺：得由他来告诉我有关她的消息或者信息。

“不好，”他终于回答道，“我已经担心起来。时间并未过去太久，这是自然，但是她没有振作起来，一点进展都没有，她无法，哪怕只是暂时地，抬起头来看看四周，看看她还拥有很多东西。丈夫死后仍然还剩下许多东西；实际上，以她的年龄，还会有另一个完整的人生。大多数遗孀很快就能克服痛苦，特别是那些比较年轻并且有儿女需要照顾的女人。但不仅仅是因为孩子，他们很快就会长大。如果她能想象几年后甚至只是一年后的自己，她就会看到现在在她脑中萦绕不去的米盖尔的形象在日渐模糊，已经淡化了许多，新的感情令她偶尔才会想起他，那种平静在今天看来是不可思议的，伤心虽然还是一如既往，但几乎没有不安的感觉了。因为她会拥有新的感情，她的第一次婚姻最终会让她觉得像一场梦，一段摇摆不定的、暗淡的回忆。今天被视为不幸的意外将被当作无法避免的甚至是值得期望的正常，既然它可能已经发生了。现在她无法接受米盖尔已经不在了，但是到了某个时候无法理解的可能是他又复活了，他曾经存在过；到那时哪怕只是幻想一下他奇迹般的再现、复活或者归来，都会让她受不了，因为她已经为他指定了最终的位置，他的容颜已经在时光中淡去，她不会允许他那幅已经完成定格的画像再次被继续存在的因而难以预见的东西修改。我们往往期望谁都不会死，什么陪伴我们的一切以及我们钟爱的习惯，都不会结束，却没有意识到唯一能让习惯保存完好的方法就是让它们突然消失，让它们没有偏离或者演变的可能，在习惯抛弃我们或者我们抛弃习惯之前。任何继续存在的东西都会毁坏，最终腐烂，让我们感到厌烦，和我们对着干，让我们厌倦，让我们疲惫。有多少在我们看来生龙活虎的人生命戛然而止，有多少人油尽灯枯，又有多少人和我们的交往变淡却没有任何明显的当然更谈不上重要的理由。唯一不会辜负我们、不会让我们失望的是那些从我们身边被夺走的人，我们唯一放不下的是那些违背我们的意愿突然消失因此还没来得及让我们烦恼或者失望的人。当那种情况发生时，我们有暂时的绝望，因为我们以为我们原本可以和他们在一起更长时间的，我们没有给他们设定期限。这是错误的，但是可以理解。事物的延续可以改变一切，昨天的美好明天可能已经成为痛苦。我们所有的人对于亲友的死亡的反应都类似于麦克白在听到他的妻子也就是王后的死讯时的反应。‘今后她总会死的。’他的回答有些令人费解，这就是他的原话，或者说‘以后’。也可以理解得更清晰、更简单，就是‘将来’，或者‘她应该再等等，再坚持一下’；不管怎么说，他的意思是‘不是在此时此刻，而是在选定的时刻’。那么哪个才是选定的时刻呢？对我们而言从来就没有恰当的时刻，我们一直认为，我们所喜欢的或者赋予我们快乐的，予以我们宽慰或者帮助的，推动我们度过每一天的，原本可以更长久的，再多一年，几个月，几个星期，几个小时，我们觉得人或者物永远都是结束得太早，我们永远找不出合适的时刻可以说：‘行了。很好。够了，这样更好。以后的情况会更糟，更坏，更差，会是污点。’这种话我们永远不敢说，不敢说‘这段时间虽然属于我们，但是已经过去了’，因此任何事情的结局都不掌控在我们手中，因为倘若这样，那么一切都会无休无止地持续下去，不断受到污染，变得肮脏，任何活着的人都永远不会死亡。”

他稍稍停顿一下喝了点啤酒，因为说话让人很快就会口干舌燥，最初的茫然过后，他已经一发不可收拾，情绪几近激昂，似乎要利用这个机会一吐为快。他出口成章，词汇丰富，英文发音准确自然，说话言之有物，思维连贯，我心里开始琢磨他从事什么工作，但是我一问就会打断他的谈话，而我不想这么做。他侃侃而谈的时候我凝视着他的嘴唇，很专注，甚至恐怕还很放肆，我任由自己听得心旌荡漾，眼睛无法离开说出那些话语的地方，好像他整个人只剩下了一张诱人亲吻的嘴，那张嘴谈天说地，几乎无所不能，它说服我们，诱惑我们，改变我们，陶醉我们，吸吮我们，说服我们。“口是言心的。”《圣经》里的某处如是说。发现自己是多么喜欢甚至迷恋那个刚刚认识的男人后，我陷入了困惑，一回想起路易莎却对他几乎视而不见，听而不闻，我的感觉就更强烈了。怎么可能呢，人们总是认为自己爱慕的人必定也是所有人都渴望的。我什么都不想说，以免打断这种魔咒，但是我又想，如果我不说话的话，他可能会以为我没有注意听，而实际上我没错过一个词，从那双嘴唇里说出的一切都吸引着我。但是我的话应该简短，我想，以免过于分散他的注意力。

“不过，结局确实掌握在我们手中，如果这双手是自杀性的。我们姑且不论行凶之手。”我说。我差点又加上一句：“就在这里，在我们旁边，你的朋友德思文惨遭杀害。很奇怪我们现在坐在这里，一切都明净安宁，好像什么都没有发生过。如果那天我们在的话，也许能救了他。尽管如果他没死，我们绝不可能坐在一起。甚至都不会认识。”

我差点说出来，但是我没有说，原因之一是他快速瞥了一眼——他背对那条街道，我则面对那条街道——德思文被捅死的附近那条街道，于是我想他是否和我有相同或者类似的想法，至少是前半部分相同。他用手指梳理了一下音乐家式的大背头，接着又用那四根手指的指甲敲打杯子，他的指甲很坚韧，修剪得很整齐。

“那种手是例外，是反常。当然有人决定结束自己的生命并且付诸行动，但是那是少数，所以才会令人震惊，因为这和我们大多数人对持久的渴望相矛盾，这种渴望让我们以为时间总是有的，促使我们在时间结束时恳求再给一点，再给一点时间。至于你说的那些行凶之手，永远不应看作是**我们**的。它们就像疾病、事故一样结束一个人的生命，我的意思是它们都是外因，包括那些死者自己找死的情况，因为选择了堕落的生活，或是因为冒险或是因为自己杀了人然后遭到了报复。举两个随时都有被暗杀危险的人的例子，嗜血成性的黑手党成员或者美国总统，他们都有这种可能的危险，每天和这种可能朝夕相处，但是他们却从不希望结束这种威胁，这种隐形的折磨，难以忍受的惶恐。他们不希望现存的或者他们所拥有的一切结束，不管它们多么令人憎恶、讨厌；他们日复一日地希望第二天还在，每一天都一模一样或者非常相似，如果今天我活着，为什么明天不可以，明天之后是后天，然后是大后天。我们所有人都是这样一天天地活着，无论开心与否，幸运与否，如果由我们自己决定，我们会一直活到时间穷尽。”我觉得他自己都有点乱了，或者他是想把我绕晕。“行凶之手不是我们的，除非它们确实突然成了我们的，不管怎么说，它们总得属于某人，那个人会说‘我的双手’。无论这双手是谁的，它们不是不希望活着的人死去，恰恰相反，这正是它们所希望的，它们甚至等不及由命运相助或者让时间来替它们完成任务；而是自己来负责他们命运的转换。它们不希望一切不间断地继续下去，相反，它们需要消灭某人，打破诸多习惯。关于其受害者它们永远不会说‘她以后总会死的，而是说‘他昨天就应该死’，或者很久以前，更久以前就该死；但愿他未曾出生，没有在世上留下任何痕迹，那样我们就不必杀他了。那个代人停车的家伙一刀打破了自己的习惯和德文内的习惯，打破了路易莎和孩子们以及司机的习惯，那个司机也许是因为对方弄错了人而得以活命，但是只差一点点；还有迪亚斯·巴雷拉本人的习惯，甚至我的一部分习惯。还有我不认识的其他人的习惯。”但是这些话我都没说，我不想发言，不想讲话，只想让他继续说。我想聆听他的声音，追随他的想法，继续看着他的嘴唇翕动。我冒着不知他在说什么的风险，如痴如醉地凝视着他的唇。他又喝了一口酒，清了清嗓子，像是想平静一下心情，然后继续说道：“令人惊讶的是当事情发生后，当习惯被打破后，当死亡发生后，大多数情况下在一段时间过后都被当作是好事。不要误解我。不是说有人把死亡当作好事，更不用说谋杀了。这类事情无论何时发生，都会让人抱憾终生。但是生活所赐最终总是不可避免，它的力量如此之大，以至于最终我们几乎无法想象没有它我们会怎样，我不知道怎么解释，无法想象已经发生的事情没有发生。‘我的父亲在内战期间被杀害了，’有人可能会满怀痛苦、悲伤或者愤怒地讲述，‘一天晚上他们去找他，把他从家里带走，塞进一辆汽车，我看到他拼命挣扎，他们硬拖着他走。他们拽着他的胳膊，好像他的双腿已经瘫痪站不住了。

他们把他带到野外，往他后脑勺上开了一枪，然后把他扔到一条排水沟里，用他的尸体惩戒他人。’讲这件事的人肯定很难过，甚至可能对凶手怀恨终生，如果不清楚凶手是谁，叫什么名字，这种仇恨是宽泛的、抽象的，这种事情在内战中常常发生，很多情况下只知道是‘另一派人’。但是最终在很大程度上是那个可恨的事实构成了那个人，他永远无法拒绝那个事实，因为那就好比否定他自己，抹去现在的自己，没有替代者。他是在内战期间被残杀的某人的儿子；是西班牙暴力的受害者，一个不幸的孤儿；这些因素构成了他，定义了他，决定了他。这是他的历史或者他历史的起点，他的根源。从某种意义上来说，他无法希望一切没有发生，因为如果没有发生的话，他就是另外一个人了，他不知道会是谁，毫无概念。他无法看到，无法想象，不知道自己会有怎样的结局，不知道和那个在世的父亲相处得怎样，对他是憎、是爱还是冷漠，尤其无法想象自己内心深处没有了一直伴随自己的悲伤和怨恨之后的样子。事实的力量是如此之大，所有的人最终大致都会忍受自己的历史，自己的经历，自己的所作所为以及放弃的事情，即使自己认为并非如此或者不予承认。事实上几乎所有的人都在诅咒自己某时的命运，但几乎没有人承认。”

话说到这里，我不得不插言了：“路易莎无法接受发生在自己身上的事情。没有哪个女人能接受自己的丈夫被人无缘无故、莫名其妙地用匕首杀死，因为被认错了人，没有什么理由，也不是他自找麻烦。没人能接受自己的生活永远被毁了。”

迪亚斯·巴雷拉开始专注地看着我，他用拳头托着一侧脸颊，胳膊肘抵在桌子上。我移开目光，他的目不转睛令我心慌意乱，他的眼神既不清澈也不深邃，可能是朦胧地包围着我，或者只是让人猜不透，不管怎样都因为近视而显得柔和（他可能戴着隐形眼镜），那双杏仁状的眼睛好像在对我说："你为什么不懂我呢?"并非不耐烦，而是感到遗憾。

"那正是错误所在。"几秒钟后他说，专注的目光并没有离开我，姿势也没有改变，就好像他不是在说，而是在听，"很多成年人到死的那一天还会犯的孩子般的错误，似乎他们在漫长的一生中从未弄明白为什么会这样，他们似乎一点经验都没有。这种错误在于认为现在是永恒的，每个瞬间都是确定不变的，而其实我们都应该知道只要我们还剩下一点时间，没有什么是确定不变的。我们身上承载着命运和情绪的跌宕起伏。我们逐渐懂得曾经在我们看来极为严重的事情总有一天会让我们觉得非常平淡，不过是一个事实，一条资料而已。那个我们曾经不可或缺，为之失眠的人，我们曾经无法想象没有他的生活，我们曾经日复一日地依赖着他的音容笑貌，总有一天将不再占据我们的思想，即使偶尔想起，我们也只是耸耸肩膀而已，顶多会在脑子里一闪而过：'她怎样了?'但是没有丝毫惦念，甚至连好奇都没有。初恋女友的命运现在和我们有什么关系呢?虽然我们曾经那么热切地期待她的电话或者与她见面。甚至倒数第二个女友的命运和我们又有什么关系呢?既然我们都有一年没见过她了。中学朋友、大学朋友以及后来的朋友和我们又有什么关系呢?尽管我们人生中有很长的几段时间都是围绕他们度过的，尽管那样的日子似乎永远都不会结束。那些脱离我们的人，那些离开的人，那些转身而去的人，那些被我们抛弃，变为无形，变为纯粹的名字，只有在偶然再听到他们的名字时我们才会记起的人，那些因为去世而退出我们生活的人，跟我们又有什么关系呢?我不知道，我的母亲是二十五年前去世的，虽然我觉得一想起此事我应该感到悲伤，甚至每次想起她我也确实很悲伤，但是我无法再像当时那么悲伤，更不用说像当时那样流泪了。现在这仅仅是一个事实：我的母亲二十五年前去世了，我从那时起就没有母亲了。这是我的一部分，仅此而已，是构成我的诸多资料之一：我在年轻时便失去了母亲，如此而已，或者几乎如此而已，和我是单身或者有人从童年起就是孤儿，或者是独子，或者是七兄妹中最小的一个，或者出身军人家庭、医生家庭或者罪犯家庭一样，那有什么关系，最终看来都是资料而已，没有什么是特别重要的，发生在我们身上的或者在我们出生之前发生的每一件事都可以概括为一个故事里的一两行字。路易莎被毁掉的只是现在的生活，不是未来的生活。你想想她还剩下多少时间来继续以后的生活，她不会滞留在这个时刻，任何人都不会滞留在任何时刻，更不用说痛苦的时刻，他们总是会脱离其中，只有那些大脑有病的人例外，他们觉得安于不幸合乎情理，甚至有安全感。那些巨大的不幸，那些将我们一分为二、似乎无法承受的不幸，其讨厌之处在于遭受者以为或者几乎是要求世界随之灭亡，但是世界不予理睬，继续前进，而且拖着遭受不幸的人向前，我的意思是不允许他像离开一个剧院那样离开，除非那个不幸者自杀。这种事情有时会发生，我没说不可能。但是极少，在我们这个时代尤为罕见。路易莎可能会将自己封闭起来离群索居一段时间，除了家人和我谁都不见，假如她还没有厌烦我还需要我的话；但是她不会自杀，哪怕仅仅是因为还有两个儿女需要照顾，因为她的性格里没有这种因素。或早或晚，但是一段时间过后，痛苦和绝望就不会这么强烈了，她受到的惊吓会减弱，更有可能逐渐习惯了这种感觉：‘我是遗孀，’她会想，或者‘我已经成了遗孀。’这将成为事实和资料，她会向介绍给她的人或者询问其状况的人如是说，但她肯定不愿解释具体情况，因为太恐怖了，太不幸了，她无法讲给一个刚认识不久还有些距离的人听，那会马上给谈话蒙上阴影。那也将成为关于她的谈资，他人对我们的谈论有助于定义我们，即使这种内容流于表面，有失准确，但是归根到底，我们对于几乎所有人来说都只是浮于表面，只是一幅草图，一些漫不经心勾勒出的线条。‘她是遗孀，’人们会说，‘她失去了丈夫，当时的情形非常可怕，一直都说不清，我自己也有疑问，好像是一个男人在大街上袭击了他，但我不知道是一个疯子还是一个杀手，或者是想要绑架他，他奋力抵抗，结果就在那个地方被人杀死了；他是个富人，有很多钱让人惦记还是本能之下反抗过了头，我不太肯定。’等到路易莎再婚时——从现在起顶多再过两三年——这一事实和资料，尽管还是一样的，却发生了变化，她不会再这么想自己了：‘我成了遗孀’或者‘我是遗孀’，因为她已经不再是了，而是会想：‘我失去了第一个丈夫，他离我越来越远。我已经太久没有见到他了，但是另外一个男人正在我的身边，而且一直都在。我也称呼他丈夫，这很奇怪。但是他已经占据了第一个丈夫在我床上的位置，他和我同榻而眠时，便模糊、抹去了第一个丈夫的身影。每天抹去一点，每夜抹去一点。’”

这样的对话在后来的见面中继续着，我觉得我们每次见面——次数并不多——都会出现这种谈话，或者说迪亚斯·巴雷拉都会挑起这样的话头，我现在拒绝叫他哈维尔，尽管有些夜晚我确曾这样称呼他、想他，那是与他在床上缠绵之后（在别人的床上往往只能待一会儿，那是借来的，除非你被邀请睡在上面，但是他从来不会这么做；不仅如此，他还编出各种不必要的荒唐的借口让我不得不离开，而我从未在任何地方不请自留）很晚才回到自己家里时。在合上双眼之前，我透过敞开的窗户看着对面的树木，没有街灯照明，我几乎不能分辨它们的轮廓，但是却能听见它们在附近在黑暗中摇晃，像是在马德里并不常见的暴风雨的前奏。我问自己："这有什么意义呢，至少于我而言。他对我既不掩饰，也不欺骗，不向我隐瞒他的希望和动机，他表现得太明显了，自己并没有意识到，他在等她摆脱萎靡或者麻木，开始用另外一种方式看待他，而不是把他当作丈夫遗留给她的忠实朋友。他必须谨慎行事，每一小步都很小心，每一步都必须很小，以免显得他不尊重她自然而然的沮丧甚至还有对死者的记忆，同时还要防备任何人乘虚而入，不应轻视任何对手，哪怕是丑八怪，白痴，不该出现的人，乏味无趣的人或者死气沉沉的人，任何人都可能成为始料未及的危险。"他一边暗中观察她，一边偶尔见见我，或许还有其他女人（我们已经习惯于不问对方这类问题），我已不知道自己是否在某种程度上在和他做同样的事情，相信可以让他在不知不觉中变得离不开我，把我自己变成他习惯的一部分，即使是偶尔的习惯，好让他在决定抛弃我的时候很难取代我。有的男人不经别人要求一开始就把话说得很清楚：“我提醒你，我和你之间只能到这个程度，如果你想要其他的，我们最好现在就一刀两断。”或者：“你不是唯一，也别指望成为唯一，如果你追求的是专一，那你可来错了地方。”或者如同迪亚斯·巴雷拉：“我爱的是另外一个女人，她回报我的时刻还没有到来。很快会到来的，我应该持之以恒，耐心等待。在我等待期间有你陪我消磨时间也不错，如果你愿意的话，但是你要记住这就是我们之间的关系：临时陪伴、消磨时间和性，顶多有点朋友情意和喜欢的成分。”并非因为迪亚斯·巴雷拉对我说过这些话，实际上没有必要说，因为这就是我们见面的意义所在，再明确不过了。但是，随着时间的流逝，那些发出警告的男人有时会愧对事实，此外，我们许多女人往往很乐观，说到底是自负，比男人更甚之，他们在爱情方面的自负只是暂时的，忘了要继续下去：而我们则认为他们会改变态度或者信念，慢慢发现没有我们他们无法生活，我们会成为他们生活中的例外或者最终留下的访客，他们最终会厌倦其他那些无形的女人，随着我们不断跟他们来往，特别是身不由己地爱着他们，我们开始怀疑她们根本就不存在，我们宁愿认为她们不存在；我们认为如果能忍气吞声地留在他们身边，既不怨声载道，又不固执己见，我们将成为他们的情有独钟。当我们不能立刻唤起他们的激情时，我们相信我们的忠诚和存在最终将得到回报，会比任何一时冲动或者心血来潮更长久更坚固。我们知道，在那种情况下即使我们最美好的期望得以实现，我们也很难感到荣幸，但是内心却有一种胜利感，如果这些期望确实实现的话。但是只要反抗在持续，我们对此就没有把握。就连那些最有资格骄傲自负的女人，那些此前人见人爱的女人，都可能对那些没有拜倒在她们的石榴裙下、傲慢地警告她们的男人大失所望。我不属于那种类型，不是那种骄傲自负的女人，实际上我并不抱有胜利的希望，或者说我唯一能希望的就是迪亚斯·巴雷拉先在路易莎那里失败，那么，也许，如果幸运的话，他会因为懒得折腾而留在我身边，即使是再安分、再勤勉或者心计再多的男人都会在某时期变得很懒，特别是在一次挫折、失败或者长期徒劳的等待之后。我知道我不介意当替代品，因为实际上所有的人刚开始都是替代品：对于路易莎而言，迪亚斯·巴雷拉可能就是她死去丈夫的替代品；对于我而言，莱奥波多可能是迪亚斯·巴雷拉的替代品，虽然我不是十分喜欢他，但是我仍没拒绝他——我想是为了以防万一——我刚刚开始和他约会，很巧，就在我在科学博物馆遇到迪亚斯·巴雷拉之前，那天我目不转睛地盯着他的嘴唇听他滔滔不绝，现在每次我们在一起的时候，我还是会这么做，我的眼神游移在他的嘴唇和朦胧的双眼之间；也许路易莎自己对于当时已经有过一次婚姻的德文内来说也是替代品，谁知道呢，那个男人那么讨人喜欢、笑容可掬，让人很难理解会有人伤害他或者抛弃他，但是他却莫名其妙地被折刀扎死，正在渐渐被遗忘。没错，我们都是别人的仿制品，那些人我们几乎不曾认识，他们不曾走近或者驻足我们现在所爱的人的生活，或者虽曾停留，但是一段时间之后感到厌倦，于是就消失得无影无踪或者扬尘而去，又或者他们去世了，给我们所深爱的人留下了几乎永远无法愈合的致命创伤。我们无法奢求成为他们的初恋，或者说最爱，我们只是触手可及者，残留物，剩余物，幸存者，滞留物，处理品，而那些最伟大的爱情和最幸福的家庭正是建立在这种卑微的基础之上，我们所有的人都来源于此，都是偶然和屈从的产物，是他人拒绝、胆怯和失败的产物，不过即使如此，我们有时仍然会不惜一切地继续陪伴在某人的身边，那个人是我们某天从阁楼或者甩卖店拯救出来的，也可能是用纸牌偶然抽中的或者将我们从废物堆里捡出来的人；令人难以置信的是，我们竟然相信这种意外的恋爱，很多人以为自己只不过是夏天行将结束时的一次全民摸彩中看到了命运之手……”我关掉了床头柜上的灯，片刻之后随风摇动的树木变得依稀可见，我可以看着或者说想象着树叶的摇动而入睡了。“有什么意义呢?”我想，“唯一的意义就是在这种愚蠢的、无可奈何的情形下任何迹象或者借口对于我们都有价值。在他身边再待一天、一个小时，哪怕这一个小时要等上好几个世纪才会出现；再见他的含糊的承诺，即使这中间要经过许多日子，许多空虚的日子。我们在记事本上标出他给我们打电话或者我们见到他的日子，数着那些没有任何消息的日子，我们一直等到深夜才会将它们彻底定性为没有价值的或者说失落的日子，以备电话在最后一刻响起，他向我们倾诉某件琐事，让我们无缘无故地就兴奋起来，觉得生活是温柔的，充满怜悯之心。我们理解他声音的每一次起伏，每一个无关紧要的词汇，我们却赋予它们愚蠢的、充满希望的意义，并且反复念诵。我们看重每一次接触，哪怕只是为了得到一个粗鲁的辩解或者领受他的傲慢或者只是为了听一个不太高明或者纯属无稽之谈的谎言。‘至少他曾在某时某刻想到过我。’我们感激涕零地想，或者‘他感到无聊时或者在他在乎的路易莎那儿受挫后就会想起我，也许我排在第二位，这已经不错了。’有时——尽管只是有时——这意味着只要排在第一位的人倒下就行了，国王所有的弟弟、所有的王子甚至远亲和流落在外的私生子都有这种感觉，他们知道这样一来他们就从第十位升到第九位，从第六位升到第五位，从第四位升到第三位，他们在某一时刻可能都曾默默表达过一个说不出口的愿望：‘他昨天就应该死。’或者‘很久之前就应该死’；而那些更胆大的人头脑中甚至会燃起这样的愿望：‘明天再死也来得及，也就是后天的昨天，如果到时我还活着的话。’我们在自己面前贬低自己没有关系，毕竟没有人会对我们进行评判也没有证人在场。当我们被爱情的蛛网捕捉后，我们会展开漫无边际的幻想，同时我们很容易满足，只要听到他的声音，闻到他的气味，看到他的身影，预感到他的存在，只要他还在我们的视野之内，还没有完全消失，只要还没有远远看到他逃离时扬起的尘埃就足矣。”

每次我们重新聊起他最热衷的话题时，迪亚斯·巴雷拉并不对我掩饰他在路易莎面前必须掩饰的焦灼，他是无法同她进行这种谈话的，我觉得这对他是唯一真正重要的话题，似乎在这件事情解决之前，所有其他问题都是可以推迟的，都是暂时的，似乎他在其中投入了极大的精力，其他的决定必须搁浅等待它在某种意义上得到解决，他未来生活的全部都取决于他那个没有明确实现日期的执念的成功或者失败。或许也没有确定不能实现的日期：如果路易莎对他的殷勤和暗示或者是热情——如果他表达出来的话——没有任何回应，而是继续保持单身，那会怎么样呢？他何时会认为是时候放弃这么漫长的等待了呢？我不想让自己不知不觉地进入同样的处境，于是我继续培养莱奥波多，我没有让他知道迪亚斯·巴雷拉的存在。如果说我的进展也间接地取决于一个郁郁寡欢的遗孀非常荒唐的话，那么更荒唐的是这其中又加入了一个毫不知情、甚至根本不认识她的可怜的男人，并由此拉长了链条：加上一点霉运，再加上几个只喜欢被别人爱、既不拒绝也不回报的人，链条可能就无穷无尽了。这一连串的人就像是排好的多米诺骨牌在等待一个置身事外的女人推倒，然后才会知道自己在谁身边倒下、停留，或者身边没有任何人。

迪亚斯·巴雷拉从来不曾想到他所表现出来的辛苦会灼痛我，尽管他从未以路易莎的救赎或者归宿自居；他从未说过“等她走出深渊，在我身边重获新生、笑逐颜开时”，更不曾说过“若她再婚，会跟我”。他从不提名自己或者把自己算进去，但是很明显，他是那个正在等待的不可更换的人，若是生活在其他时代，他早就在算全丧期、半丧期或简丧期或者以前随便叫什么期的还差几天结束了，早就咨询那些年长的妇女——最通晓这类事情的人——他哪天可以摘下面具、开始向她示爱。这就是所有礼仪尽失的坏处，我们不知道什么时候做什么事，遵守什么习俗，何时太早，何时太迟，我们的时间已经过去。现在我们只能遵循自己的想法行事，所以很容易犯错误。

我不知道是他看待一切的标准相同，又或是他在寻找能够支持他的论点、帮助他的文史作品（可能是受里克的引导，他可是很博学，尽管在我看来试图把这位目空一切的学者拉出文艺复兴和中世纪是白费心机，因为一六五〇年之后存在和发生的一切似乎都不值得他重视，包括他自己的存在）。

“我曾读过一本相当有名的书，但是当时我并不知道它的名气。”他告诉我说，一边从书架上取出那本法语作品在我眼前晃，好像有书在手他和我说话可以更加理直气壮，并且也向我证明他确实读过它。“是巴尔扎克的一部短篇小说，它证明了我在路易莎的事情上，在她从今往后可能发生的事情上是对的。小说讲的是拿破仑的一位上校被误以为在埃劳战役中阵亡的故事。这场战役发生于一八〇七年二月七日到八日，地点是东普鲁士的埃劳镇附近，法俄双方军队遭遇了酷寒，据说这可能是历史上天气最恶劣的一次战役，虽然我不知道如何得知更不知道如何证实。这位上校名叫夏贝尔，指挥着一个骑兵团，在战斗中头部遭马刀重创。小说中有一处写道，他在一位律师面前摘下礼帽时，他戴的假发也被带了下来，露出一条触目惊心的伤疤，从后脑勺一直延伸到右眼，你想想，”他用食指在头上慢慢地比划了一下伤疤的走向，“用巴尔扎克的话说就是形成了‘一道长长的隆起的疤痕’，他还写道这种伤首先让人想到的就是‘智慧就是从这里逃走的！’缪拉元帅，就是在马德里镇压五月二日起义的那位元帅，于是率一千五百名骑兵冲锋陷阵救援他，但是以缪拉为首的所有的人都从夏贝尔身上，从他刚刚倒下的身体上踏过。大家都以为他死了，尽管器重他的皇帝派了两名外科医生到战场上核实他是否死亡；但是那两个疏忽大意的人在得知他的头先是被劈开然后又被两个骑兵团踩踏后，连他的脉搏都懒得摸一下就草率地认定他阵亡，之后阵亡消息被刊登在了法国军队公告上，言之凿凿，不乏细节，由此演化成为一个史实。按照习惯，他和其他赤裸的尸体一起被堆放在一个墓穴里：尽管他活着时很有名望，但是现在只是一个躺在冰冷的墓穴中的死人，所有的人都殊途同归。上校将他的故事讲给了他想委托其打官司的一位巴黎律师德维尔听，上校告诉他自己竟然在被掩埋之前不可思议地但却是千真万确地恢复了知觉，他以为自己死了，却发现自己还活着，他历经千辛万苦幸运地逃离了那个鬼魂金字塔，鬼才知道他和它们一起待了多少小时，听到了或者像他所说的那样，认为自己听到了，”说到这里，迪亚斯·巴雷拉打开那本薄书寻找一处引文，他应该都标注好了，也许正因如此他才拿出了那本书，以备不时给我念一下，“‘我躺在其中的死尸世界发出的呻吟。’”又说：“‘有的夜晚我认为自己仍能听到那种压抑的叹息声。’他的妻子守了寡，一段时间后又和一个叫费洛德的伯爵结了婚，并和他生了两个孩子，她的第一次婚姻没有孩子。她从她已牺牲的英雄军人丈夫那里继承了一笔可观的财富，恢复了状态，继续自己的生活，她还年轻，还有很长的路要走，这是决定性的：我们多么想走完我们余下的这段可以预见的路程，一旦我们决定留在这个世界上，不跟在鬼魂的后面前进，它们在刚刚诞生时有着强烈的吸引力，似乎想要拖着我们走。当周围有很多人死去，就像在一场战争中发生的那样，或者是我们深爱的某一个人去世，我们的第一感觉就是很想随他们离去，至少想背负着他们的重量不松开。然而，大部分人最终还是让他们彻底离开了，因为他们意识到自己的生存面临危险，意识到如果过于关注死者，过于关注其灰暗的一面，那么死者就是一个巨大的障碍，会阻碍任何前进甚至是呼吸。遗憾的是死去的人已经像绘画一样定格了，他们一动不动，不添加什么，不说什么，也从不回答什么，让我们陷入僵局，把我们塞进画中的一个角落，画作完工后就不允许修改了。小说没有讲述那位遗孀的悲伤，如果她也有路易莎的那种悲伤的话；没有提及她的痛苦和悲哀，没有展现这个人物在得到那个致命消息时的情形，而是描述了大约十年之后——我认为是一八一七年——的情形，但是可以推测她经历了这种情况下所有必经的历程（震惊，悲痛，伤心，憔悴，消沉，证实了时间在流逝后的惊恐和害怕，以及后来的恢复），因为她也不像是一个完全没有良心的人，至少一开始不像那种没有良心的人，事实上这一点谁也不知道，谁也不清楚。”

迪亚斯·巴雷拉暂停了一下，喝了口他自己已经倒好的加冰威士忌。他起身拿书之后就没有再坐下，我斜靠在他的沙发上，我们还没有上床。常常都是这样，我们先坐下聊至少一个小时，我总是不确定第二幕是否会到来，我们的开场方式对此无从预告，那是有话可说或者有事可谈，但不一定会涉及性爱的两个人的相处方式。我感觉性爱可能出现也可能不出现，两种可能同样正常，任何一种可能都不应被视作理所当然，每次都好像是第一次，在那个领域已经发生的一切不会累积——连信任或者脸上的温存都不会——同样的历程永远都要从头开始。我还可以肯定的是我们都是按照他的意愿或者更确切地说是提议行事，因为事实上他最后一定会提出那个建议，用一句话或者一个表情，但是一定是在聊天结束之后，而我永远都克服不了羞涩。我担心如果哪次他不做那个表情或者不说那句话来邀请我去他的卧室或者做好他撩起我裙子的准备，而是突然——或者在一个停顿之后——结束谈话和见面，好似两个聊尽了话题或者还有家务事等着做的朋友，然后用一个吻将我打发到大街上，那么我绝对没有把握我的到访会以我们身体的纠缠结束。我既喜欢又不喜欢这种奇怪的不确定感：一方面这让我认为在任何情形下他都很享受我的陪伴，没有仅仅把我视为性健康或者性发泄的工具；另一方面我又很气愤他能在我身边忍耐那么久，没有那种一给我打开门就不加前奏地扑到我身上以满足他欲望的迫不及待；很气愤他能那么轻松地推迟他的欲望，或者也许他是在我看着他、听他讲话的同时累积他的欲望。不过这种顾虑应该归咎于主宰我们的不满足，如果没有它，我们就无法生活，特别是我担心不会发生的事情最后总会到来，所以没有什么可抱怨的。

“继续说，后来发生了什么，哪本书怎么证明你是对的。”我对他说。他当然很有口才，我很喜欢听他说话，不管他说什么，哪怕是给我讲巴尔扎克的一个老故事，虽然我可以自己看，而不是听他杜撰，他肯定加了自己的理解或者也许是曲解。他选择的任何东西我都会感兴趣，甚至更糟，我都很享受（更糟是因为我很清楚某一天我得离开）。现在我已经不再去他家了，回忆中的那些造访像是一块秘密的领地，一次小小的冒险，也许是因为第一幕，或者说更多的是因为第一幕而不是没有把握的第二幕，尽管当时第二幕因为没有把握所以让人更加渴望。

“上校想要恢复自己的名字、职业、军衔、尊严、财产或者部分财产（他已经过了好几年贫困日子），以及妻子，这是最复杂的，如果证实了夏贝尔确实就是夏贝尔，并非假冒者或者疯子，那么她就犯了重婚罪。或许费洛德夫人过去真的很爱他，在被告知他阵亡时非常悲痛，感觉整个世界都坍塌了；但是他的重现是多余的，他的复活是一个十足的麻烦，一个大问题，预示着灾难和毁灭，世界再次陷入极端矛盾中：那个人的归来怎么可能又造成了他消失时所造成的那种感觉呢？显然，随着时光流逝，已经存在的一切应该继续或者保持原样，世事都是如此或者几乎如此，生活就是这样被理解的，因此已经做了的事情永远不能撤回，已经发生的事情不能不让它发生；死者应该待在自己该待的地方，什么都无需更正。我们允许自己去想念他们是因为他们对于我们非常安全：我们失去了这个人，我们知道他不会出现，也不会要求归还他留下的已经被迅速填补上的空缺，我们可以竭力希望他回来。我们平心静气地思念他，因为我们昭然示人的愿望永远不会实现，他不可能回来，不会再介入我们的生活和世间凡事，不会再令我们感到害怕或者拘谨，甚至令我们黯然失色，再也不会比我们更优秀了。我们真心地为其离开感到难过，当他们离开时我们确实希望他还继续活着；当时确实形成了一个极大的空洞，甚至是一个深渊，我们一时间很想跟随他们跳下去。没错，是一时间，很奇怪那种冲动无法克制。然后时间一天天、一月月、一年年地过去，我们适应了；我们习惯了那个空洞，不会考虑死者重新将它填满的可能，因为死者不会做这种事，他们对我们不构成危险，而且那个空洞已经补上了，因此它已经不再是那个空洞了，或者说已经成为一个虚假的空洞了。我们每天都想起那些至亲，甚至每每想到我们将再也见不到他们，听不到他们的声音，再也不能和他们一起欢笑，再也亲吻不到我们曾经亲吻的人，我们会伤心难过。但是任何死亡都会在某一方面给人以安慰，或是带来某种好处。当然是在死亡发生之后，事先没人希望发生，可能连敌人的死亡也不希望发生。比如，父亲的去世让人悲痛，但是我们得到了他的遗产、他的房子、他的金钱和财产，如果他回来我们就得还给他，这让我们陷入尴尬，给我们造成极大的苦恼。我们哀悼妻子或者丈夫，但是有时——即便是在很久之后——我们会发现，没有他们我们生活得更快乐更轻松，或者我们可以重新开始，假如我们还不是太老的话：全世界都听从我们吩咐，如同我们年轻时一样；可能在选择时不犯那些旧错；不必忍受他或者她那些讨厌之处的宽慰，因为一直在那里，在我们旁边、对面、前面或后面的人，总会有让我们讨厌的地方，婚姻是围城。伟大的作家或者艺术家去世时人们为之悲痛，但是也有些许喜悦：知道世界多了几分平庸和贫乏，我们自身的平庸和贫乏因此被隐蔽或者说掩饰得更好，在其面前凸显我们平庸的那个人不在了，才智向从尘世消失又迈出了一步，或者说又向过去走近了一点，它永远不应该走出过去，而是应该被软禁在那里，顶多在我们回顾过去时才羞辱我们一下，这样才不太伤人，更容易忍受。当然，我说的是大多数人，而不是所有的人。但是这种幸灾乐祸甚至体现在记者的态度里，他们的标题常常是‘最后一位钢琴天才去世’，或者‘最后一个电影神话陨落’，似乎是在兴高采烈地庆祝终于再也没有天才或者不会再有天才了，随着他们轰轰烈烈的死亡，我们摆脱了有人优秀过人或者天赋异禀而让我们不情愿地对之钦佩的梦魇，将那种诅咒驱逐得更远或者使之大打折扣。朋友的去世当然令人难过，就像我为米盖尔难过一样，但是其中也有幸存下来、前景更美好的喜悦感觉，因为是我参加别人的葬礼，而不是别人参加我的葬礼，我能够欣赏他这幅完整的画，最终讲述他的历史，照顾、安慰他撇下的无依无靠的人。随着朋友们的去世，你会慢慢感觉越来越害怕，越来越孤独，但同时又在一个个地减去他们。‘又少了一个，

又少了一个，我了解他们的一生，直至最后一刻，只有我活下来讲述它们。而我呢，没有哪个真正在乎我的人会看到我死去，也没有谁能讲述我整个的一生，那么从某种意义上说，我将永远是未完成时，因为如果他们没有看见我倒下，他们便不能肯定我不会永远活下去。’”

他动辄就长篇大论、滔滔不绝、偏离主题，就像我在到访出版社的不少作家身上见到的那样，似乎满纸荒诞的想法和故事达不到自命不凡、骇人听闻、震撼人心的效果就不罢休，除了个别例外。但是迪亚斯·巴雷拉并不是严格意义上的作家，他并不让我讨厌，甚至我第二次见到他时产生的反应总是继续产生，那天在博物馆旁边的露天茶座里，他在那里滔滔不绝，而我的眼睛一直离不开他，他直抵肺腑的低沉的嗓音和常常任意连接的句法让我心旷神怡，这种整体效果有时似乎不是由人类而是由某种并非传递含义的乐器产生的，或许是一架由灵巧之手弹奏的钢琴。然而这会儿我却急欲知道夏贝尔上校和费洛德夫人的事，特别是，援引他的说法，为什么那部短篇小说证明了他在路易莎的问题上是正确的，尽管我一直在猜想这一点。

“对，但是上校怎样了？”我打断了他，看到他并没有因此而生气，他很清楚自己的偏好，也许很感谢别人打断他的信马由缰。“他想重回其中的那个生者的世界接受他了吗？他的妻子接受他了吗？他得以重新生活了吗？”

“发生了什么是次要的。那是一部小说，小说里发生的一切都无关紧要，小说一看完就忘了。重要的是小说通过虚构事件传达给我们、灌输给我们的可能性和想法比真实事件更清晰地留在了我们的脑海，我们对之更为重视。上校的事情你可以自己想办法弄清，不时地读点非当代作家对你没坏处。如果你想看，我把书借给你，或者你看不懂法语？现有的译本很差。现在已经几乎没人懂法语了。”他在法国中学念过书；我们彼此很少谈及各自的经历，不过这一点他倒是跟我说过。“重要的是那个夏贝尔的重新出现绝对是不幸。当然是对于他的妻子而言，因为她已经恢复了平静，有了新的生活，这个生活里已经没有他的位置，或者他仅仅作为过去，作为曾经，作为越来越淡的回忆而存在，他死了，完全死了，和埃劳战役的其他阵亡者一起被埋葬在一个遥远的不为人所知的墓穴里，而那场战役十年之后几乎已经无人记得也没人愿意记起，原因之一是战役的发起者正在圣赫勒拿岛过着消沉的流放生活，现在的统治者是路易十八,一切政体首先做的便是忘记、淡化和抹煞以前的一切，把那些曾经为之效力的人变成腐朽的往事，等待他们的只有悄悄地消失、死亡。上校从一开始就明白，他无法解释的幸存对于伯爵夫人是一种诅咒，她没有回复他的头几封信，也不想见他，她不愿冒险认他，希望他是个精神病或者假冒者，如果不是，则希望他因为疲倦、痛苦和悲伤而放弃努力。而当她已经不能再继续否认时，她希望他回到雪原，彻底死去，再死一次。等到他们最终见了面交谈时，上校——虽然在漫长的尘世外流亡生活中历经了身为已故者的无尽苦难，但却没有找到任何理由停止爱妻子——问她，”迪亚斯·巴雷拉又到那本薄薄的书里找另一段引文，虽然这段引文很短，他无疑应该背下来了：“‘死者回来是做错了吗？’或者说（也可以这样理解）：‘死者回来是犯了错误吗？’法语是这么说的：‘Les morts ont donc bien tort de revenir？’”我觉得他的法语口音也非常美。“伯爵夫人虚伪地回答道：‘噢先生，不，不！您别认为我薄情寡义。’接着又说：‘虽然我已经无法爱您，但是我知道我欠您很多，我还可以给您女儿般的感情。’在听了上校对这些话的宽容大度的回答之后，巴尔扎克说，”迪亚斯·巴雷拉又读起小说来（丰满的嘴唇，让人想亲吻的嘴唇），

“‘伯爵夫人向他投去了一瞥充满感激的目光，这让可怜的夏贝尔宁愿重新钻回埃劳的墓穴。’也就是说，应该理解为他宁愿不要给她造成更多的麻烦和困扰，不要干预已经不属于他的世界，不再是她的梦魇、幻觉、苦恼，他宁愿自灭、消失。”

“他这么做了？他放弃阵地、自认失败了？他回到墓穴、撤退了？”我趁他停顿时问道。

“你会读到的。但是那种在死亡之后，甚至在军队记载中被认为死亡（‘一个历史事实’）之后却仍然活着的那种不幸不仅影响了他的妻子，也影响到了他。一个人无法从一个状态进入另一个状态，当然更确切地说，是从第二种状态进入第一种状态，他完全清楚自己是一具尸体，被正式认定的、在很大程度上算是真正的尸体，他一度认为自己完全是具尸体，听到了任何活人都不可能听到的同伴的呻吟。小说一开始当他出现在律师事务所，一位见习律师或是前台工作人员问他的名字时，他回答：‘夏贝尔。’那个人说：‘在埃劳阵亡的上校吗？’而那个幽灵，没有马上表示不满、反对，没有大发雷霆并加以否定，而只是表示赞同，并缓缓地确认道：‘正是本人，先生。’片刻之后他将此作为了自己的定义。最终等到德维尔律师本人接待他的时候，律师问他：‘先生，请问您是哪位？’他回答说：‘我是夏贝尔上校。’‘哪一位？’律师继续问道，他接下来听到的却是一件荒唐却又无比真实的事实：‘在埃劳阵亡的那位。’在小说的另外一处巴尔扎克本人就是这样称呼他的，尽管是出于讽刺：‘先生，已故者说……’他这样写道。上校一直陷于这种讨厌的处境：应该死甚至在确实死了之后——拿破仑痛心地亲自下令核实过——却没有死。上校向德维尔说明了自己的情况之后，向他吐露了心声，”迪亚斯·巴雷拉又去翻书直到找到那处引文：“‘坦白说，在那段时期，包括现在，有时我真讨厌我的名字。我希望我不是我。我的权利感令我痛不欲生。如果我的疾病真的消除了有关我的过去的全部回忆，那会让我很幸福。’你看：‘我真讨厌我的名字，我希望我不是我。’”迪亚斯·巴雷拉又给我念了一遍这句话以示强调。“一个人可能发生的最糟的事，比死亡本身还要糟的事，以及一个人可能对别人做的最糟的事，就是从没有人回来的地方回来，不合时宜地复活，而此时他已经不被期待，已经太迟，时机不对，生者认为他已经死亡，已经继续或者重新开始他们的生活，不再指望他了。对于归来者来说，最大的不幸就是发现自己是多余的，自己的出现不受欢迎，扰乱了世界，妨碍了亲人，让他们不知该怎样对待他。”

“‘一个人可能发生的最糟的事’，得了吧。你说得好像是真的一样，这种事情从来不会发生，或者说只会发生在小说里。”

“小说能够让我们看到我们不知道的事情，没有发生的事情。”他迅速回答道，“这部小说让我们想象到一个被迫归来的死者的情感，向我们说明为什么他们不应该回来。除了精神失常者或者老年人，所有的人迟早都会努力忘记他们，避免去想他们，当出于某种原因无法避免时，他们会烦恼、悲伤、踌躇、流泪，无法继续生活，直到摆脱那种灰暗的想法或者中断回忆。你要清楚，最终，甚至是在中途，所有的人都会摆脱死者，这是死者最终的命运，他们很可能会对此表示认命，一旦了解并证实了自己的身份，他们也不愿回来了。无论是谁一旦停止了生命，置身其外后，即使不是出于自愿而是很遗憾地被谋杀了，都不愿重新回来，重续生存的艰辛。你看，夏贝尔上校经受了无与伦比的苦难，目睹了我们所有人所认为的最大的恐怖，战争的恐怖；可以说，凡参加过像埃劳战役那种在极寒天气下展开的残酷战役的人，再也没有什么可恐惧的了，那不是他参加的第一场战争，而是最后一场；对峙的双方军队各有七万五千人；谁也不知道死亡的准确数字，但是据说可能不少于四万，战斗持续了十四个小时甚至更久却收效甚微：法国人占领了阵地，不过是一大片横尸遍野的雪地而已。俄国军队撤退时损失惨重，但并没有被摧毁。法国人也遭受了重创，精疲力竭，都冻僵了，再加上夜晚的降临，以至于他们在四个小时后才发觉敌军在悄悄地撤离。不过他们本来也没能力追了。据说第二天早上奈伊元帅骑马跑遍整个战场，口中发出的唯一一句评论反映了他震惊、厌恶和责备的复杂情感：‘多么惨烈的屠杀！却毫无结果。’然而，尽管如此，恰恰不是作为军人的夏贝尔，而是作为律师的德维尔，虽然他从未见过骑兵冲锋，也没见过刺刀造成的伤口、炮火造成的破坏，虽然他一生都是在办公室和法庭度过的，没遭受过暴力袭击，几乎从未离开过巴黎，但却是他在小说的末尾向我们说出并解释了他在自己职业生涯中所目睹的种种恐怖，尽管他所从事的是民用职业，不是处于战争而是处于和平时代，不是在前线而是在后方。他对他以前的雇员、即将以律师身份打首场官司的戈德夏尔说：‘亲爱的朋友，您知道吗？在我们的社会有三类人无法喜欢这个世界，他们是神甫、医生和法官。他们身穿黑袍，可能是因为他们在为所有的美德和希望哀悼。三者之中最不幸的就是律师。’人们去找神甫向他告解时，会怀着内疚，怀着悔恨，怀着令自己高尚、让别人关注自己的信仰，这些信仰在一定程度上也安慰着调解者的灵魂。”说到这里迪亚斯·巴雷拉用西班牙语给我念了小说的最后一页，肯定是一边念一边翻译的，而不是事先准备好了译文：“但是我们律师，我们看到同样的邪念在重复，没有什么来纠正它们，我们的事务所就是无法打扫干净的下水道。干我这一行有多少事情是我不知道的！我曾看到一位父亲被两个女儿抛弃，身无分文地死在一个谷仓里，而他曾每年给那两个女儿四万英镑！我曾见过焚烧遗嘱；

见过母亲抢夺儿女的财产，丈夫抢夺妻子的财产，妻子为了和情人安心地生活在一起，利用丈夫对自己的爱让丈夫变得疯狂或者愚笨害死他们。我曾见过有的女人为了让私生子富贵而给婚生子服下致命的药剂。我无法悉数告诉您我所见过的一切，因为我所见过的罪行连法律都无能为力。总而言之，所有那些小说家们认为自己虚构出来的恐怖，与真实情况相比都相形见绌。您马上就会知道所有这些美好的事情了，我把它们留给您了；我要和夫人一起去乡下生活了，巴黎让我觉得恐怖。”

迪亚斯·巴雷拉合上了那本薄薄的书，陷入了适合任何结局的短暂的沉默。他没有看我，而是凝视着封面，似乎在犹豫是否再次打开，是否重新开始。我忍不住又问起了上校：

“夏贝尔最后怎么样了？我猜很糟糕，既然结局这么悲观。但那只是一种非常片面的看法，人物自己也承认。他说，那是无法喜欢世界的三类人之一的看法，最不幸的那类人的看法。幸好还有许多其他看法，大部分都和那三类人的看法不同。”

但他并没有回答我。实际上，我的第一感觉是他甚至都没有听见我说话。

“故事到这里就结束了，”他说，“或者说，几近结束：巴尔扎克让那位戈德夏尔回答了一句毫不相干的话，差点让我刚刚给你读的这个观点失去说服力；总之，是一个小瑕疵。这篇小说写于一八三二年，也就是一百八十年前，但是巴尔扎克却把两位新老律师之间的谈话很奇怪地安排在了一八四〇年，也就是说，安排在了当时的未来，一个甚至都不确定自己是否还会活着的日期，好像他确信什么都不会改变，不只是在接下来的八年里而是永远都不会改变。如果这是他的想法，那么他完全正确。不仅现在事情仍然和他当时描写的一样，甚至可能更坏，你可以随便问问哪位律师。而且一直都是这样。逍遥法外的罪行数量远远超出了被绳之以法的罪行；那些不为人所知的、被掩盖的罪行有多少我们就不说了，肯定远远多于那些已知的、登记在案的罪行。实际上，由德维尔而不是夏贝尔来论及世界的恐怖是理所当然的。毕竟军人比较光明磊落，目的明确，不背叛，不欺骗，行事不仅服从命令，而且出于需要：这关乎他的生命或者想要夺去他生命，更确切地说是和他面临同样的生死抉择的敌人的生命。军人一般不会自己主动行动，他们没有仇恨、怨愤或者嫉妒，不受长期的贪婪或者个人野心驱使；除了模糊的、虚夸的、空洞的爱国主义，他们没有别的动机，当然这是对于那些怀有这种感情并深信不疑的军人而言：在拿破仑时代是这样，现在已经很少见了，那种人几乎都不存在了，至少在我们这些招募雇佣兵的国家里不存在了。战争中的杀戮确实非常恐怖，但是参与者仅仅是执行而已，并非策划者，甚至也不完全是将军或者政客策划的，那类屠杀在他们眼里越来越抽象、虚幻，他们当然不会亲临战场，在当今时代更是如此；那不过就像是派玩具士兵到前线或者去轰炸，士兵的脸他们永远看不到，或者在今天看来，我觉得就像是开启并沉浸在又一个电脑游戏中一样。然而，平常生活中的罪行却真的让人颤抖，令人恐惧。或许更多的不是由于罪行本身，因为它们没有那么引人注目，其发生也有一定的比率，并且很分散，这儿一桩，那儿一桩，它们的点滴发生让人觉得没有那么令人发指，即使接连不断地发生，也没有掀起抗议的浪潮：怎么可能呢？因为人类社会自古以来就与它们朝夕共处，渗透了它们的特性。令人恐怖的是它们的含义。参与这类罪行的均是个人的意志和动机，每桩罪行都是由一个人设计、策划的，如果是共谋罪最多是几个人；所以许许多多个相距数公里数年、数世纪因而原则上不会相互模仿的人才会犯下这么多已经发生并且正在发生的罪行；这在一定程度上比由一个人、一个大脑下令进行的大规模杀戮更令人心寒，对于这样一个大脑我们总会视之为一个没有人性的、令人不幸的例外：它宣布一场非正义的殊死战争，或者展开一场残酷的迫害，主张种族灭绝或者发动一场圣战。这虽然很残忍，但不是最坏的，或者只是数量上的残忍。最恶劣的是这么多不同时代、不同国家的人，各人承担自己的风险，各人有自己特定的、不可转嫁的想法和目的，却不约而同地做出了相同的事情：偷盗，诈骗，谋杀或者背叛自己的朋友、同伴、兄弟姐妹、父母、子女、丈夫、妻子或者早就想要摆脱的情人。背叛那些他们曾经可能最爱的人，换作其他时间他们愿意为之付出生命或者杀死任何威胁他们的人，若是他们看到未来的自己准备像现在这样无怨无悔、毫不犹豫地给他们曾经的最爱以致命的打击，他们很可能会和自己势不两立。德维尔律师指的正是这些：我们看到同样的邪念在重复，没有什么来纠正它们，我们的事务所就是无法打扫干净的下水道。……我无法悉数告诉您我所见过的一切……”迪亚斯·巴雷拉这次背诵出了引文，然后沉默了，可能是因为只记得这么多了，也可能是因为没有理由继续下去了。他的目光又回到封面上，上面的插图是一幅画，画的是一个轻骑兵的脸，至少我觉得像，鹰钩鼻子，迷离的目光，长长的鬈曲的胡髭，高筒军帽，可能出自席里柯之手；然后他似乎收敛了同样迷离的目光，走出了梦境，又道：“这是一部相当有名的小说，虽然我以前竟不知道。甚至已经拍了三部电影，想想看。”

当一个人恋爱时，或者更确切地说，当一个女人刚刚恋爱时，恋爱有着新奇的魅力，我们往往会对我们心爱之人感兴趣或者谈论的任何事情饶有兴趣。我们不仅是做做样子来取悦他，征服他，稳固我们脆弱的地位，当然也有这种因素，而是真正关心，任由自己被他传递的任何情绪所感染，狂热、反感、喜爱、恐惧、担忧甚至是迷恋。更不用说陪他进行即兴的思考了，它们最能牵动我们，吸引我们，因为我们亲眼见证了它们的诞生，并对之推波助澜，我们看着它们蔓延，犹豫，受阻。突然之间我们为一些从未想过的事情而激动，有了意外的癖好，注意到曾被我们忽视、我们的认知原本会继续忽略直到我们生命结束的细节，我们的精力集中在只是暂时或者只是由于巫术或者被感染才会影响我们的事情，好像我们决定生活在荧屏中、舞台上或者一部小说里，生活在一个比我们的现实世界更吸引人、更有趣的陌生的虚构世界里，我们把现实世界暂时搁置起来或者放在第二位，顺便从中休息一下（没有什么比把自己交给另外一个人更吸引人了，哪怕只是想象一下，将他的问题变成自己的问题，沉浸在他的存在中，因为不是我们真实的存在，所以更为轻松）。这样说或许很过分，但是我们女人一开始确实为自己所迷恋的人付出，至少是听其差遣，我们大多数人这样做时都很单纯，也就是说，我们不知道总有一天，假如我们自信又坚定的话，他会失望又困惑地看着我们，因为他发现往昔令人激动的事物实际上我们毫不在乎，他讲的东西我们觉得无聊，虽然他并没有改变话题，这些话题仍然不失趣味。

原因只是我们已经不再努力保持我们最初那种狂热的爱，而不是我们从一开始就在假装、就是虚伪的。我对莱奥波多从没有付出一丁点这样的努力，因为我对他也没有一丁点那种心甘情愿的、纯真的、无条件的爱；但是对于迪亚斯·巴雷拉我却是付出了努力，我在内心深处对他全力以赴——也就是说，小心翼翼的，不给他压力，让他几乎觉察不到——尽管我事先就知道他不可能回报我，因为他自己正在为路易莎付出，正在等待他的机会，而且一定已经等了很久。

我拿走了巴尔扎克的那本小小说（是的，我懂法语），因为他读过，并跟我谈起了它，既然我正处在爱情新鲜期，怎能不对他感兴趣的东西感兴趣呢？同时也是出于好奇：我想弄清楚上校发生了什么事，尽管我已经猜到他的结局并不好，既没有夺回妻子的爱，也没能恢复他的财产或尊严，或许他很怀念自己的尸体身份。我从未读过那位作家的任何作品，和许多其他作家一样，又是一个我不曾涉猎的名家。说来荒谬，在出版社工作倒阻碍了我了解几乎所有有价值的文学作品，那些被时间奇迹般地认可、授权、超越自身短暂的瞬间而留存下来的文学作品，而那个短暂瞬间在历史长河中显得越来越短暂了。此外我也很好奇为什么迪亚斯·巴雷拉如此关注这部小说，在上面花费了那么久的时间，为什么它让他产生了那些想法，为什么他用它来证明死者这样很好，永远都不应该回来，即使他们死得不是时候，不公正，很愚蠢，无缘无故，很不幸，就像德思文的死一样，即使他们重新出现的风险并不存在。他似乎在担心他的朋友可能复活，想要说服我或者说服自己相信复活的错误性，不合时宜性，甚至那种归来可能会对生者以及已故者——巴尔扎克对幸存下来的、幽灵般的夏贝尔的讽刺性称呼——造成的伤害，以及给所有人造成的不必要的痛苦，就像真正的死者仍然会痛苦似的。我还感觉到迪亚斯·巴雷拉在竭力支持、认同德维尔律师的悲观看法，以及他对于普通人（你，我）在贪婪、犯罪，将卑鄙的个人利益置于任何慈悲、感情甚至恐惧之上方面具有无限能力的阴暗观点。他似乎想通过一部小说——而不是一篇新闻报道、一部编年史或者史书——证实、让自己相信人类的天性如此，并且一贯如此，没有解决办法，只能眼看着那些卑劣行径、背叛、暴行、言而无信、欺诈行骗随时随地出现、上演，不需要有先例或者典型可供模仿，只不过大多数都是秘密的，被隐瞒的，偷偷摸摸的，从未暴露，即使是在百年之后，而此时已经没有人关心那么久以前发生的事了。他没有说出来，但是不难推断他根本不相信有很多例外，尽管可能认为只有很少的老实人例外，反而认为那些看似例外的事例实际上往往只是缺乏想象或者胆量，或者只是缺乏实施抢劫或者犯罪的具体能力，或者只是我们不知情，不知道人们做了什么，计划了什么，或者下令执行了什么，因为他们隐瞒得很好。

读到小说的末尾，也就是迪亚斯·巴雷拉临时翻译成西班牙语读给我听的德维尔的那段话时，我注意到他有一处翻译错了，也可能是他理解错了，可能是无心的，也可能是故意的，好让自己理由更充分；也许他想或者选择了读出言外之意，在他有意或者无意的错误阐释中强化他试图支持的观点，突出人类的无情，这里特指女性的无情。他是这么引用的："我曾见过有的女人为了让私生子富贵而给婚生子服下致命的药剂。"当时听到这句话时我的血液都凝固了，因为我们头脑中一般不会想到一个母亲对自己的子女厚此薄彼，更不会根据他们的父亲是谁，根据她们爱一个人或者厌恶、忍受另一个人的程度而这么做，更加不会为了最爱的孩子的利益而害死长子，利用他对将他带到这个世界、在他有生之年喂养他、照顾他、看护他的人的盲目信任骗他可能像吃止咳药那样吃下毒药。但是原文并不是这样说的，小说中写的不是“J’ai vu des femmes donnant à l ’enfant d’un premier lit des gouttes qui devaient amener sa mort...”，而是“des goûts”，意思不是“gotas（药剂）”，而是“gustos（爱好）”，尽管这里可能不能这样翻译，因为至少是含糊的，会造成意义混乱。毋庸置疑，迪亚斯·巴雷拉的法语比我好，他可曾在法国中学念书，但是我大胆地认为最契合巴尔扎克那句话的翻译应该类似于：“我曾见过女人给婚生子灌输会致他死亡的爱好”(或许是“习性”)，“为了让私生子富贵”。仔细想想，按照这个解释，句子的意思也不是十分清楚，也不容易猜想德维尔指的具体是什么。给他、向他灌输将致他死亡的爱好？难道是酗酒、鸦片、赌博、犯罪心理？对奢侈的爱好——离开奢侈无法生活从而导致他为了追求奢侈以身试法？让他患上传染病或者促使他去强奸的病态淫荡？一遇挫折就导致他自杀的胆小、懦弱的性格？确实，这令人费解，简直是神秘莫测。无论如何，不管怎样，她期待的、策划的死亡需要多么漫长的时日才会发生，计划多么缓慢，投资多么长久。同时，这样一来，那位母亲则比仅仅给婚生子服用几滴经过伪装的致命药剂要恶毒得多，因为后者可能只需一位具有探究精神的、执着的医生就能查得出。教人堕落死亡和直接杀死他是有区别的，我们一般认为后者更严重，更应谴责，暴力令我们毛骨悚然，而直接行为更令我们震惊，也许是因为它不容怀疑和辩解，执行者或者犯罪者不能以任何理由作借口，无论是误会、事故、错误判断还是任何错误。一个毁了自己的儿子，故意宠溺他或者让他走上邪路的母亲，面对不幸的后果往往却可以说：“不，我不想这样的。天啊，我真笨，哪里会想到这样的结果？我这么做都是因为太爱他了，都是出于好心。如果说我的保护最终让他变得怯懦，或者放任他的任性扭曲了他，令他变得霸道，那也都是为了他的幸福。我真是糊涂，害人不浅哪。”她自己甚至都会信以为真，但是如果孩子死在她的手上，在她决定的时间由她致死，那么她就不可能这么想了或者这么说了。手无寸铁者认为（我们不知不觉地信奉他的论调）杀人和做好准备等待死亡自己到来或者从天而降是不同的；和希望死亡发生并且下令杀人也是不同的，愿望和命令有时混合在一起，对于那些已经习惯于愿望一经表达或者暗示就会实现或者一旦有了愿望就要让其实现的人来说，二者很难分辨。因此那些最有权势者、最狡诈者从来不会玷污自己的双手甚至舌头，因为如此一来，在他最自鸣得意的时候或者当他被良心苦苦追问得心烦意乱的时候，他可以这样告诉自己：“唉，毕竟不是我干的。难道我在场吗？难道我拿枪、勺子、匕首，拿杀死他的东西了吗？他死的时候我都不在那里。”

一天晚上，我心情很好、很兴奋地从迪亚斯·巴雷拉家回来之后，虽然没有开始怀疑，却琢磨起来。我躺在床上，面对那些摇曳的、阴暗的树木，突然开始希望，或者更确切地说是幻想路易莎死亡、把那片空地留给我和他的可能性，既然她无意占用。我们相处得很好，我对他说的任何事情都很感兴趣，或者说我很愿意对之产生兴趣，无需一丝勉强，而他显然很喜欢、很享受我的陪伴，在床上当然如此，在床下亦然，后面这一点是决定性的，虽说前者是必要的，但是不充分，没有后者是不够的，我两者兼得。虚荣心爆发时我不禁会想假如他没有那种长久以来的执念，那种由来已久的大脑激情——我不敢称之为蓄谋已久的计划，因为这意味着怀疑，而我还没开始怀疑——那么他不仅会满意地和我在一起，而且会慢慢地离不开我。有时我感觉他无法尽情地和我在一起——也就是说，对我全心全意——是因为他在大脑里早就已经认定路易莎是他命中注定的女人，在没有丝毫希望的情况下他一直对此坚信不疑，当时他的梦想连最渺茫的实现的可能性都不存在，她是他最好的朋友的妻子，他和她都很爱德文内。也许他甚至把她变成了一个最好的借口，藉此不与任何女人过于纠缠，藉此不停地换女人，每个女人都不会持久，都无关痛痒，因为他一边清醒地抱着她们，一边总是斜睨或者从她们的肩膀上方（从我们的肩膀上方，我也应该把自己放在那些被他怀抱的女人之列）看着别处。如果一个人长期渴望什么，那么很难停止这种渴望，我的意思是承认或者意识到自己已经不再渴望或者更有新欢。等待会滋养、增强这种渴望，对于被等待的东西而言等待是累积的，使之变得牢固、坚硬，因此我们拒绝承认我们浪费了数年的时间来等待一个暗示，而等到这个暗示最终产生时我们却已经没有兴趣了，或者说我们已经懒得回应她姗姗来迟的呼唤，我们现在对之已经没有信心，也许是因为我们现在不适合奔走了。我们习惯了等待不会到来的机会，内心平静，安详，被动，不相信机会会出现。

但是，唉，同时没有人会完全拒绝机会，那种痒痒的感觉让我们失眠，或者说让我们睡不踏实。最不可能的事情却发生了，我们所有的人都感觉到了，包括那些对历史或者之前世界发生的一切甚至这个世界正在发生的事情一无所知的人，他们和这个世界一样迈着迟疑不决的步伐。没有亲眼见证过的人，有时不会注意到这些，直到有人用手指给我们指出并说出来：学校里的那个蠢材当了部长，那个懒鬼成了银行家，那个粗鲁的丑八怪在最漂亮的女人那里大获成功，那个头脑最简单的家伙成了受人尊敬的作家、诺贝尔奖候选人，没准儿正像卡拉伊·丰蒂纳那样，也许某一天会接到从斯德哥尔摩打来的电话；最讨厌、最庸俗的崇拜者却得以走近自己的偶像并与之完婚，堕落的、偷东西的记者却成了道德家和正直的捍卫者，血缘关系最远、最怯懦、位列名单最后、最糟糕的那位王位继承人登上了王位；最令人讨厌、最自以为是、最鄙视别人的女人却受到平民阶层的爱戴，尽管她从领导者的位置上对他们进行打压和羞辱，他们本应憎恨她的；最白痴的人或者最无耻的人却得到被卑鄙迷惑或者乐意自欺欺人甚至自寻死路的民众的压倒性投票；政治凶手在局势发生逆转时被一直掩饰自己罪恶本性的群众释放，当作爱国英雄拥戴，招摇过市的乡巴佬被任命为大使或共和国总统，或者成为女王的丈夫，如果其中存在爱情的话，几乎永远都是愚蠢、糊涂的爱情。所有的人都在等待或者寻找机会，有时机会仅仅取决于为实现每个愿望所付出的毅力，为实现每个目标所付出的努力和耐心，不管目标多么狂妄、荒谬。我怎会没有等到迪亚斯·巴雷拉醒悟了或者在路易莎那儿失败了最终和我在一起的想法呢？尽管现在他的机会出现了，并且可能得到了他已故朋友德文内的允许甚至委托。我怎会不想我的机会也能出现呢？既然连夏贝尔上校那年迈的鬼魂都曾经认为自己可以重新进入狭小的活人世界，找回自己的财产以及因他的复活而心惊胆战、受到威胁的妻子的感情，哪怕是亲情。在幻想重重或者情感微醺的夜晚，我的脑海中怎会不去想我们周围是否生活着毫无才华但能让同代人相信自己才华横溢的人，是否有在半生或者大半生时间里成功地假装智力过人、说话像圣贤的蠢人和骗子；是否有人在自己所从事的行当里毫无天赋可言但取得了职业的辉煌，得到普遍的赞赏，至少直到他辞世，之后马上就被遗忘；是否有粗鲁的彪形大汉决定文雅阶层的时尚和时装，后者对他们不可思议地言听计从，是否有令人讨厌、性格扭曲、心怀叵测的男女无论走到哪里都掀起极大的热情；是否不乏其意图荒诞、注定惨败和被人嘲笑的爱情最终却获胜、实现，与所有的预测和推理相反，与所有的笃信和可能性相反。一切都可能发生，什么事情都可能发生，所有的人都知道，因此很少有人放弃自己的伟大目标——即使是短暂的、来去匆匆的目标——当然是指那些怀有某种伟大目标的人，他们的数量从来不足以让这个世界充满不懈的勇气和对抗。

但是有时一个人只要全神贯注、全力以赴地致力于成为某种人或者达到某个目标就足以最终成为那种人或者实现那个目标，尽管所有的客观因素都不利于他，尽管像老话说的那样他在那个方面没有天赋，或者说上帝没有让他走那条路，这种事情最显而易见的就是在征服和交锋中：有人在与别人的敌对或者仇恨中完全处于下风，不具备消灭对手的能力和手段，在对手身边就像是一只野兔企图攻击一头狮子，但是最终却凭借坚忍不拔、毫无顾虑、策略、凶狠和专注而取得胜利，他生活中唯一的目标就是伤害对手，让其流血，削弱对方，然后杀之，谁结下了这样的敌人谁就等着瞧吧，哪怕他看上去软弱又穷困；如果你没有兴趣或者时间对他投入同样的精力，给予同等程度的回击，那么你最终会惨死在他面前，因为在一场无论是公开的、地下的还是秘密的战争中都不能心不在焉地战斗，也不能轻视顽固的对手，即使我们认为他没有危害，没有能力伤害我们，哪怕是轻微的伤害：实际上任何人都能消灭我们，正如任何人都能征服我们一样，这是我们本质的脆弱。如果有人决定毁灭我们，那么就很难避免，除非我们抛弃其他一切，只专注于那场战斗。但是首要条件是知道那场战斗存在，而我们并不总是知情，胜算最大的是那些奸诈狡猾、悄无声息、背信弃义的战争，比如那些不宣而战的战争或者看不见进攻者或进攻者化装成盟友或中立者的战争，我可以从背后或者侧面向路易莎发起攻击，她不会察觉，因为她甚至不知道身边埋伏着一个敌人。我们会在无意中或者不知情的情况下成为别人的障碍，横在中间，违背自己的意愿或者在不知不觉中阻碍别人的道路，无人例外，我们所有的人都可能是别人讨厌或者想要消灭的对象，即使是最没有伤害性的或者最不幸的人。可怜的路易莎兼具这两者，但是没有人彻底拒绝机会，我也不会有所不同。我知道我能从迪亚斯·巴雷拉那里期待什么，我从不自欺欺人，但是即使如此，我也难免会期待幸运降临或者他突然发生转变，期待某一天他发现自己离不开我，或者他同时需要我们两个人。那天晚上我发现唯一真正可能降临的幸运就是路易莎死亡，她一旦消失，不可能再是目标、终点、长期渴望的胜利时，迪亚斯·巴雷拉就只能认真对待我，在我这里寻求安慰了。在没有更好的人选的情况下，某人将就和我们在一起，我们应该不会为此受伤。

既然我会于深夜在我的房间里独自渴望片刻，既然我会幻想路易莎的死亡，虽然她从未对我做过什么，我没有可针对她的地方，她只是引起了我的好感和同情，甚至让我产生了一定的感情，那么我想迪亚斯·巴雷拉是否更有理由对他的朋友德思文产生同样的想法。原则上我们并不希望我们身边的人死亡，因为他们几乎成了我们生活的一部分，但是有时我们会突然发现自己在想象如果他们当中有谁消失了会怎样。有时这种想象是出于担心或者恐惧，出于我们太爱他们因而害怕失去他们："没了他，没了她，我怎么办？我会怎样呢？我将无法继续生活，我想随他而去。"仅仅是预想一下都让我们天旋地转，我们往往会立即打消这种念头，带着颤抖和不真实的拯救感，就像驱赶一个在我们睡醒时仍然没有停止的持续不断的噩梦一样。但是有时这种幻想又是混杂的、不纯洁的。我们不敢希望任何人死，更不用说是亲友，但是我们凭直觉感到如果某人遭遇事故，或者生病去世，那么世界会更美好，或者也可以说我们自己的境况会更好一些。"如果他或者她不存在，"我们可能会想，"一切将会多么不同，我身上会卸去多少重负，我的痛苦，或者我难以忍受的不安会结束，我会多么出类拔萃。""路易莎是唯一的障碍。"我竟然有了这种想法，"我们之间的阻碍只有迪亚斯·巴雷拉对她的执迷。假如他失去了她，失去了他的使命，他渴望的目标……"那时我还没有强迫自己在心里用姓来称呼他，他还是"哈维尔"，他的名字就像无法得到的东西一样令人爱慕。没错，既然我悄悄地产生了这样的想法，那么在德文内是他的障碍的时候，他怎么会没产生过这样的想法呢？一部分迪亚斯·巴雷拉可能每天都很盼望他的挚友死亡，消失，这一部分，可能占大部分，在他的挚友被意外捅死的消息面前应该很高兴，而他和此事可能毫无关系。“太不幸了，太幸运了，”他得知消息时也许会这么想。“我对此多么难过，我对此多么高兴，当那个人发起致命攻击的时候，米盖尔在那里是多么不幸啊，这种事情可能发生在任何其他人身上的，包括我，他本来可能在任何其他地方的，怎么被他赶上了，真幸运啊，有人帮我把他除掉了，为我腾出了我以为他会永远占据的地盘，而我没有提供任何帮助，连回首往事时所诅咒的疏忽、大意或者偶然的帮助都没有，我确实没有挽留他在我身边多待些时间，没有阻止他去他所去的地方，但这种情况只有我那天看见他才可能发生，但是那天我既没看见他，也没和他说过话，我本来要晚些时候给他打电话祝他生日快乐的，真是不幸，真是天助我也，真是意外之福，真是恐怖，多么大的损失，多么大的获益。我没有什么可被责备的。”

我从未在他家过夜，从未在他身边度过整个夜晚，也从未体会过清晨我的眼睛首先见到的是他的脸庞这样的喜悦；但有一次，或者不止一次，在下午后半段或者傍晚时分我不小心地在他的床上睡着了，我睡的时间很短，但是在那张床上经历了心满意足的疲倦之后我睡得很沉。谁知道他是不是也心满意足，你永远都不知道别人告诉你的是不是真的，非我们自己感知的东西永远无法确定，即使是我们自己的感知亦然。那一次——最后一次——我隐约听到门铃响了一声，于是微微抬了抬眼皮，时间很短，我看见身边的他已经穿戴整齐（他总是马上穿衣服，似乎不愿让自己在我身边表现出情人约会后所有的那种疲倦的或者是满足的慵懒，一分钟也不允许），正在床头灯下看书，安静得如同一幅照片，肩膀斜靠在枕头上，既没看我，也没理我，所以我就继续睡着。门铃又响了两三次，一次比一次持续的时间长，但我没有受到打扰，而是把铃声也纳入了我的睡眠，确信它与我无关。我没有动，也没再睁眼，尽管我感到在第三声或是第四声铃响之后迪亚斯·巴雷拉悄悄地、迅速地侧身下了床。无论如何，应该是他去，而不是我去，因为没人知道我在那里(在那张床上，而不在世界上任何其他地方)。尽管如此，我的意识却警觉起来，虽然我仍在睡梦中。我是在床罩上睡着的，衣服脱了一半，或者说脱到了他想要的程度，此时我发现他在我身上盖了条毯子，防止我着凉，或者可能为了不再看到我的身体，为了让他觉得刚刚和我做过的事不那么明显，对他而言激情过后什么都不会改变，即使是在轰轰烈烈的激情之后，他仍表现得就像什么都没有发生一样，他前后的态度一模一样。我条件反射般地用毯子裹住了身体，这个举动让我更加清醒，尽管我的眼睛仍然闭着，此时我已经半睡半醒，小心留意着他的动静，因为他已经离开了房间，离开了我。

那个人在楼下大门口，因为我没听到开门，只听到迪亚斯·巴雷拉压低的说话声，他在通过对讲机回答对方，我听不清他说什么，只听到他的语气先是既惊又气，然后是无奈和迁就，像是不情愿地接受了令他不快但却无奈地牵涉到他的事情。几秒钟，或是几分钟后，来客的声音更大、更清晰地传到我的耳朵，那是一个男子不安的声音，迪亚斯·巴雷拉可能一直在开着房门等他，以便他不用再摁门铃，也可能他想在门口接待，连请他进门都省了。

“没想到你手机竟然关机了，谁能想到啊，”那人责备他说，“我只好跟个白痴似的来这儿。”

“小点声，我都给你说了我不是一个人。有一个娘们，正睡着呢，你不想她醒了听见我们吧。而且，她认识他的女人。你想干吗？要我一直开着手机好让你随时打给我吗？按理说你没理由给我打电话，我们有多长时间没打过电话了？你是不是有重要的事儿告诉我。好，等一下。”

这些话已经足以让我彻底醒来。越是知道别人不想让我们听，我们就越千方百计地想知道，却没有意识到有时别人向我们隐瞒事情是为我们好，是为了不让我们失望或者受牵连，是为了不让生活看起来像它常常表现的那般糟糕。迪亚斯·巴雷拉可能以为自己在回答时降低了声调，但实际上他由于愤怒并没有做到，也可能是因为担忧，所以我清楚地听到了他的话。他最后说的那句“等一下”让我猜到他要到卧室看一眼确认我还在睡觉，所以我一动不动，闭紧了双眼，尽管我已经完全醒了。

果真如此，我听到他进入卧室，走了四五步直至凑近我躺在枕头上的脑袋看了我几秒钟，像是在测试，他的脚步并非小心翼翼，而是很正常，就像是他独自一人在房间里似的。但是他出去时的脚步却谨慎多了，我认为他是一旦确定我在熟睡之后便不想再冒险把我吵醒。我感觉到他小心地关上门，又从外面撞上了锁，以确保不留下一丝缝隙让他们的谈话泄露。客厅就在隔壁。不过没有响起咔嚓声，那扇门没有彻底关上。“一个娘们”，想到这个词我感到既好笑又受伤；不是“女性朋友”，或者“女伴”、“女朋友”。可能我连女性朋友都算不上，更不用说女伴了，女朋友是永远都不会了，连最宽泛、最模糊意义上的滥竽充数都不可能。他本来也可以说“一个女人”的。算了，也许对方属于那种人，和他们说话只能用某种特定的词汇，他们的词汇，而不是我们平常使用的那种，对待这种人最好是将就他们以免他们不信任，感到不自在或者自卑，这种人非常之多。我并没有气恼，对于这世上大多数的爷们来说。我可能也就只是“一个娘们”。

我衣衫不整（不过短裙一直都在我身上）地马上跳下床，小心翼翼地走近房门，把耳朵贴了上去。即使这样我也仅在一片窃窃私语声中听到零星的几个词，两个人太紧张了，没能真正把声音降低，尽管他们很努力，很想这样。我大胆地稍稍打开迪亚斯·巴雷拉试图在外面轻轻一拉而关上的门缝，幸好没有发出让我暴露的吱嘎声，倘若他发现我的冒失举动，我就辩解说我听到说话声，想确定是否有人来了，正是为了不让自己在他有客人的时候出现，好免去他还得介绍我或者做出任何解释的麻烦。并非因为我们偶尔的见面是见不得人的，至少我们没有一致这么认为，但是我怀疑他没有把这种会面告诉任何人，或许是因为我也没有这样做。又或许因为我们两人无疑都向同一个人，路易莎，隐瞒了见面的事，从我这方面来说，除了对他暗怀的计划以及计划顺利开展，某天让他们变成夫妻的前景的模糊的、不合情理的尊重之外，我不知道理由是什么。那个甚至称不上是缝隙的细小的缝隙（木料有点膨胀，所以门关不严）让我能够分清每次是谁在说话，有时我能听清整句话，其他时候只能听到一些片段或者几乎什么都听不见，这要取决于他们是否如偿所愿地压低了声音。但是很快他们又在无意中升高了声调，很明显，他们很激动，如果那不是某种惊慌甚至害怕的话。假如迪亚斯·巴雷拉待会儿发现我在暗中窥探（出于谨慎他可能会再来查探），那么他发现得越晚我就越难应付，尽管我始终可以借口说我以为他关上门只是为了不吵醒我，不是因为他要和来访者谈的事情很机密。他不会轻信的，但是我就可以镇静下来，至少表面上如此，除非他不顾后果，粗暴地或者愤怒地跟我当面理论，指责我说谎。他这样做没错，因为确实我从一开始就知道他们的谈话不能让我听，不是出于一般的谨慎，而是因为“而且”，我认识“他的女人”，“女人”这个词在那句话里的意思是妻子，某人的妻子，而那个某人，目前只能是德思文。

“喂，怎么了？什么事这么急？”我听见迪亚斯·巴雷拉说，也听到另一个人的回答，他的嗓音洪亮，吐字标准，非常清晰，没达到那种滑稽的马德里口音的程度——大家都认定我们马德里人把每个音节都分得很清楚，发音很重，但是我从来没有听到我们这个城市里有谁这样说话，只有在老电影或者戏剧里或者最多在开玩笑时才会那样说话——但是他用词不连贯，不低声的时候每个词都清晰可辨，他想压低声音，但是他的说话方式和音调似乎很难做到。

“看来那个家伙已经开始乱讲了。他不再保持沉默了。”

“谁，卡内亚？”我也清楚地听到了迪亚斯·巴雷拉的那句问话，我听到那个名字时就像是某人听到一句令人震惊的诅咒一样——我记得那个名字，我在网上见过，而且我记得他的全名，路易斯·菲利佩·巴斯克斯·卡内亚，像是一个伪造的称谓或者一句诗；我还察觉到了他的惊讶，他的恐慌——或者像是某人听到自己或者自己最爱的人的判决而无法相信，一边听一边否认，对自己说不可能，那件事没有发生，自己没有在听确实在听的内容，确实已经到来的事情并没有到来，就像是我们的心上人用那句所有语言都爱使用的可恶而万能的话昭告我们——“我们得谈谈，玛丽亚。”而且是用在其他场合甚至在他甜言蜜语的嘴唇紧贴着我们的脖子气喘吁吁的时候几乎都不会使用的我们的乳名来称呼我们——然后对我们宣判：“我不知道我现在怎么了，我自己都无法理解。”或者：“我认识了另外一个人。”或者：“你大概已经发现我最近有些反常、冷淡。”这些都是不幸的前兆。就像我们听到医生说出一种和我们无关的疾病的名字，一种其他人会患但我们不会患的疾病，但这一次医生却令人难以置信地认为我们得了这种病，怎么可能，肯定是个错误或者他并没有说我们以为自己听到的那种话，那种事不会落在我头上，不会和我有关系的，我从来都不是倒霉蛋、可怜鬼，我不是那种人，也不会成为那种人。

我也大吃一惊，感到刹那的惊慌，差点离开房门不再听下去，这样之后就能说服自己相信我听错了或者实际上我什么都没有听到。但是你一旦听了，总是会听下去的，那些话语从天而降或者漂浮而至，没人能够阻止。我希望他们能彻底降低声音，好让是否听见他们的谈话无需取决于我的意愿，好让一切变得模糊或者消失，让我带着疑问；让我不相信自己的感官。

“当然，还能是谁。”对方略带轻蔑、不耐烦地答道，似乎在引发恐慌之后现在他成了掌控全局者，带来消息者总是这样，直到他把消息说完，传给别人，然后就一无所有了，而听者也就不需要他了。消息持有者的统治地位稍纵即逝，仅存在于他声称自己知道但还没有说出期间。

“他说了什么呢？他也说不了太多，他能说什么呢？对不对？那个混蛋能说什么呢？一个神经病说的话有什么关系？”迪亚斯·巴雷拉不停地重复这些话，主要是说给自己听的，他很紧张，像是要驱除一个诅咒。

来访者急促地回答起来——他已经忍不住了——他讲话时声调不由自主地忽起忽落。他的回答我只听到了片段，但是足矣。

“……提到了那些电话，提到了告诉他事情的人的嗓音。”他说。“……提到了穿皮衣的人，就是我。”他说。“我很烦……不严重……但是我必须辞退他们，虽然我挺喜欢他们的，我带了他们许多年了……没从他那里找到手机，这事我已经解决了……这样他们会觉得是凭空想象……危险不在于他们相信他，他是一个疯子……可能在于有人会想到……不是自发的而是受人唆使……不太可能，如果说世上有什么遍地都是的话，那就是懒汉……已经过去很长时间……这是预料之中的，他曾拒绝开口已经是惊喜了，事情现在和我们最初预料的一样……我们不习惯罢了……当时，马上……更糟了，更可信了……但是我想马上让你知道，因为有了变化，不小的变化，即使目前对我们没有影响，我认为以后也不会影响到我们……你最好知道。”

“没错，变化不小，鲁伊韦里斯。”我听见迪亚斯·巴雷拉说，我听清了那个很少见的姓，他激动得无法放低声音，没有加以控制。“就算他是个疯子，可他说有人亲自给他打电话说服了他，或者把想法强加于他。他在分摊过错，或者说扩大过错范围，下一环是你，你后面就是我了，真他妈的讨厌。假设他们给他看你的照片，他把你指认出来。你有前科，是吗？你是备了案的，对吧？你自己说过的，你一直都穿那种皮大衣，大家就是因为它们以及你夏天穿的T恤认识你的，顺便说一下，你的年纪已经不适合穿那种衣服了。刚开始你告诉我说你决不会去的，不会让别人看见你的，如果有必要推他一把，毒化他，露一张让他信任的面孔，你会派另外的人去。你说在我和他之间至少隔着两层，不是一层，隔得最远的那位都不会知道我的存在。结果现在只有你一个人在中间，而他可能会认出你来。你是备了案的，不是吗？告诉我实话，现在不是避重就轻的时候，我想知道我有什么后果。”

一阵沉默，可能那个鲁伊韦里斯正在考虑是否按照迪亚斯·巴雷拉的要求说出实情，如果他在考虑，则说明他确实有案底，他的照片进了档案。我担心他们的停顿是由于我在无意中弄出的声响，我的脚正踩着木地板，我认为不是，但是担心迫使我们不排除一切可能，即使是不存在的东西。我想象他们两个在那里一动不动，暂时屏住呼吸，疑心重重地竖起耳朵，侧眼看着卧室方向，打了个手势，意思可能是“等等，那个娘们醒了”。我突然对他们害怕起来，他们两个让我感到恐惧，我宁愿相信单单哈维尔一个人不会让我害怕：我刚刚和他睡在一起，拥抱他，吻他，带着我所敢于表露的所有的爱意，也就是说，有所克制、有所掩饰的浓浓爱意，我只在他可能不去注意的细节上流露出来，我最不希望的就是令他害怕，在时机到来之前令他恐惧，把他吓跑——时机会来到的，我对此坚信不疑——我发现那种压抑的爱戛然而止，它无论如何都和恐惧水火不容；或者将它推迟到一个更好的时候，即否认和遗忘之时，但是我知道两者皆不可能。因此我离开了房门，以防他再次进来确认我还在睡觉，确认没有证人听到那次谈话。我上了床，摆了个我觉得令人相信的姿势，等待着，我已经什么都听不到了，我错过了鲁伊韦里斯的回答，他或早或晚肯定作出了回答。我在床上待了或许一分钟，两分钟，三分钟，没有人进来，什么都没有发生，因此我又大胆起来，重新从被窝里钻出来，走近所谓的门缝前，依然衣衫不整，跟他离开时一样，短裙也一直在身上。即使我们知道这样做对我们不好，但是偷听的诱惑总是难以抗拒。特别是在已经听到些什么之后。

现在声音已经小多了，成了窃窃私语，似乎在经历最初的惊吓之后他们已经平静下来了。或许之前两人是站在那儿的，现在已经坐了一会儿了，坐着说话时声音会小一些。

“你觉得我们该怎么做？”我终于听到了迪亚斯·巴雷拉的声音。他想解决这件事。

“什么都不用做，”鲁伊韦里斯回答道，他提高声音，可能是因为他在发号施令，暂时觉得控制权又回到了自己手中。听起来他似乎在做总结，我猜他很快就要走了，也许他已经拿起大衣搭在胳膊上，假如他之前脱了的话，因为他来的不是时候而且时间极短，迪亚斯·巴雷拉肯定连水都没请他喝。“这个消息并不针对任何人，跟我们无关，你我都跟它没有关系。我无论执意要求什么都会适得其反。你知道后就忘了吧。什么都不会改变，什么都没有改变。如果再有什么新消息我会知道的，但是应该不会有了。最最可能的就是他们做记录，归档，然后不了了之。他们去哪儿查呀，那个手机没留下线索，没有线索。卡内亚甚至从来都不知道那个号码，貌似他给出了四五个不同的号码，他把数字都搞混了，很正常，因为所有的号码都是他编造的或者梦到的。给了他电话但是从来没有告诉他号码，这是我们说好的，也是这么办的。所以，还能有什么新消息呢？那家伙现在说他当时听到有人跟他提起了他的女儿并向他指明了是谁造成的。就像许多其他疯子一样。声音通过一部手机，而不是在他的大脑或者自天空产生回响，这没什么特别的，他们会认为他在胡说，想显得自己了不起。连废物，甚至疯子都了解世界的进步，没有手机的就是白痴。随他去吧。你不用太害怕，这对我们也没好处。”

“好吧，那穿皮衣的人呢？是你自己慌了，鲁伊韦里斯。所以你跑来告诉我。现在你竟然又说没什么。到底是怎么回事。”

“对，没错，当我知道的时候我是有点怕，我承认，好吧。我们原来多放心啊，因为他拒绝招供，什么都不说。他意外地撞见了我，我没料到事情会到这一步。不过告诉你之后我发现实际上什么事儿都没有。他说一个穿皮衣的人去找了他几次，嗯，其实就像是说法蒂玛圣母对他显灵一样不可信。我已经告诉过你我只是在墨西哥受到通缉，假如追诉期限还没过的话，但是肯定已经过了，我当然不会去那里查的：年轻时的事儿，好多年了。那时我不穿这种大衣。”鲁伊韦里斯意识到自己犯了错，他不应该让那个收停车费的家伙看见自己的。也许正是由于这个原因，他现在想要淡化他带来的消息的危险性。

“无论如何，你可以处理掉你的那些皮大衣了。先处理这件。烧掉，撕碎。不要让哪个聪明人把此事联系到你身上。这边可能没有你的案底，但是不止一个警察认识你。希望负责凶杀的警察不要与负责其他犯罪的警察交换资料。不过，似乎在这个国家谁都不跟其他人有任何交流。每个部门都各管各的，否则倒奇怪了。”现在迪亚斯·巴雷拉也在尽量保持乐观、镇定。听起来他们和普通人一样，可能像我一样是笨拙的业余者。就是那种不习惯犯罪的人，或者没有充分意识到自己唆使了他人，根据我的推断，差不多是委托他人犯法。

我想见见那个鲁伊韦里斯，他应该正要告辞：我想看看他的脸，以及他那件著名的大衣，在他把它毁掉之前。我决定出去，萌发了迅速穿好衣服的念头。但是如果我这么做，迪亚斯·巴雷拉可能会怀疑我早就知道屋子里还有别人，我可能一直在偷听、窥探，至少在我穿其余衣服所花的这点时间里是这样。而如果我这个样子闯入客厅，则会让他觉得我刚刚睡醒，不知道还有人在。我应该什么都没听到，以为还是只有我和他，跟平常一样，没有人看见我们在个别下午偶尔进行的幽会。我发现我睡觉时他不在我身边不在床上后，自然会去找他。最好我衣衫不整、毫无戒备地出现，弄出些声响，像是一个心不在焉的无辜女人。

但是实际上我不是衣衫不整，而是半裸甚至几乎全裸着身子，其余的衣服是指除了裙子之外的所有衣服，因为那条裙子是我身上唯一的衣物，迪亚斯·巴雷拉喜欢看我裙子拉上去的样子，或者在我们翻云覆雨时把我的裙子拉上去，但是为了快感或者舒服最终都会把我其他的衣服全部脱掉；对了，有时在脱掉我的袜子之后他会建议我重新穿上鞋，但是只有我穿的是高跟鞋时才这样，许多男人对某些经典形象情有独钟，我能理解他们——我也有我的癖好——所以我并不反对，满足他们对我而言并不费力，我甚至为自己符合一种颇有声望的幻想而沾沾自喜，它能够经历好几代人而持续存在真是功绩斐然。因此这样过分的衣不蔽体——裙子规矩、平整的时候也就刚刚及膝，而现在它被揉搓得皱皱巴巴的，就更小得可怜了——一下子阻止了我，让我犹豫起来，并且开始考虑假如我真的认为只有自己和迪亚斯·巴雷拉两人在他家里，那么我走出房间时应该袒胸露乳还是有所遮掩？要想这样在人前走过，应该极为确定它们没有松弛下来，不会左右或者上下剧烈晃动出卖我们（我向来都无法理解那些上了岁数的裸体主义者怎么能那么轻松自在）；一个男人看到静止的乳房，或者在做爱时伴着耳边嘈杂的声响看到它们与从正面远远地看到它们不受控制的运动是两回事。但我没能打消疑问，因为羞耻心冒了出来，并且马上占据了上风。想到自己将首次以那个样子出现在一个完全陌生的人面前，我感到无法忍受，更何况是一个可疑的、毫无顾忌的人。根据我刚才的发现，迪亚斯·巴雷拉也是一个没有顾忌的人，也许程度更甚，但他却是熟悉我身体所有看得见的部位的人，不仅如此，他是我仍然爱着的人，我的情绪中混杂着彻底的怀疑和最基本的、不加思考的厌恶，无法接受我认为自己此刻所知道的——更不用说分析了——我说“认为”是因为我相信自己听错了，或者那是一个误会，是我自己将那段对话理解错了，应该有某种解释让我之后想：“我怎么会那么想呢，我真傻，真不公正。”同时我发现自己已经不可避免地将从那段对话中得到的事实藏在心底消化吸收了，只要不被否认，它们就会这样铭记在我的脑海里，而寻求否认我要冒极大的风险。我必须假装什么都不知道，不仅为了不让他觉得我像个间谍，言行冒失——因为我在乎别人怎么看我，那时仍然在乎，要知道没有什么变化是一下子突然发生的，即使是由一次恐怖的发现引发的变化——而且这对我有利，甚至确实关乎我的性命。我也感到害怕，为我自己，有一点害怕，但不是非常害怕，我无法权衡事情的严重性及其意义，从做爱后的宁静或者说困倦转为害怕刚刚做过那事的人并非易事。整件事中有令人难以置信、不真实的成分，有点像是一个诽谤性的、不祥的梦压在我们的心上，让我们难以承受，我无法突然将迪亚斯·巴雷拉看成一个一旦超越界限，一旦尝试之后又会再次犯罪的杀人犯。他真的不是，后来我决定这么想：他没拿过刀，没捅过任何人，甚至没有和那个收停车费的杀人凶手巴斯克斯·卡内亚说过话，没让他做任何事，没和他联系过，据我推断他和他一句话都没说过。或许他根本没有策划那个阴谋，只是曾将自己的痛苦告诉了鲁伊韦里斯，这个家伙自作主张筹划了一切——希望讨好他，没脑子，疯子——并把事情办完了才来找他，像是带着一件意想不到的礼物出现在那里：“瞧我已经为你扫平了道路，瞧我已经为你肃清了场地，现在一切都在你手中了。”甚至这个鲁伊韦里斯也没有亲自动手，他也不曾手持凶器，不曾向任何人下达明确的指示：据我理解，他起初只是第三方，奉命行事，他们只是让那个穷鬼的胡思乱想变本加厉，希望他某天会做出激烈反应或者爆发，这种情况可能发生也可能不发生，如果这是一次有预谋的犯罪，却也太过于听天由命了，太奇怪了。他们有多大的把握，又负有多大的责任呢？除非他们也给了他指示或者命令，强迫他那么做，他们向他提供了刀刃长七厘米、能完全扎进肉里的蝴蝶刀，这种刀不是能轻易弄到的，因为理论上这是管制刀具，并且对于一个勉强挣几个小费、睡在一辆破旧汽车里的人来说也不便宜。他们肯定给了他一部手机方便他们给他打电话，不是为了让他自己打电话——可能他也没人可打电话，他的女儿们下落不明，或者故意离他远远的，像躲避瘟疫一样躲着这样一位脾气暴躁、古板苛刻、精神失常的父亲——而是为了像某人窃窃私语般地在他耳边劝他，没有人想到通过电话告诉我们的并非来自远方，而是近在咫尺，因此比面对面听对方讲话更能说服我们，面对面的交谈只是耳边风，仅有极少数情况例外。通常这类思考没什么用，甚至适得其反，使情况更加恶化，却暂时让我稍稍平静下来，感觉不再受到威胁，至少在原则上，在那时，在迪亚斯·巴雷拉的家里，在他的卧室里，在他的床上不会：他的双手肯定没有沾血，他最好朋友的血，在那几年的早餐时光里那个人曾远远地给我留下了多么美好的印象。

还有另外一个人，我想看看他的脸，为此我准备在他离开、我再也见不到他之前衣衫不整地出去。他可能更危险，根本就不想看见我，不想让自己的形象从此留在我的脑海；在他那里我可能真的很危险，我会在他眼中读到这些话："我记住了你的脸；我很容易就能知道你的名字，查出你住哪儿。"他可能会突然产生除掉我的冲动。

不过我得抓紧点，不能再犹豫了，于是我穿上胸罩和鞋子——在我迷糊睡着之前我用鞋后跟蹭着床底边又把鞋脱了，让它们从床边自己掉到了地上——有胸罩就够了，无论如何，我可能早就穿上了，即使没有不速之客，因为我知道无论是站立还是走动这样都会显得我更美：包括在迪亚斯·巴雷拉面前，他刚刚见过一丝不挂的我。胸罩比我本来的尺寸小一号，一个在恋爱约会中屡试不爽的老掉牙的花招，让乳房显得更高耸，更饱满，虽然迄今为止我的乳房一直都没有什么问题。在预先知道约会应该包含什么内容——当然还有其他不可预测的事情——而前去赴约时，它们是不会让人失望的小小的诱惑。那副胸罩或许会让我在那个陌生人眼里更加醒目——哦，不，是更有魅力——但是也让我更有安全感，不那么尴尬。

我准备开门了，刚才我穿鞋时并没有顾忌鞋跟在木地板上发出的声响，这是在提醒他们，如果他们足够留意周围的动静、不是完全沉浸在他们的麻烦中的话。我必须注意我的表情，看到那个鲁伊韦里斯时我应该表现得极为惊讶，我拿不定主意我的第一个可信的反应应该是怎样的，很可能应该慌张地转身，飞快地钻进房间，套上我那天穿的那件V领毛衣然后再出去，领口微敞，或者大敞。可能我会用双手遮住胸部，会不会害羞得有点过了？将自己置于一个实际上并不存在的情境中绝非易事，我不明白为什么那么多的人虚假地生活，因为你绝不可能考虑到所有的因素，甚至还有假的细枝末节，而实际上它们都不存在，都是编造的。

我深吸了口气，拉动门把手，准备演我的戏，就在此刻我知道我的脸已经红了，尽管鲁伊韦里斯还未进入我的视野，因为我知道他将要看到穿着胸罩、紧身短裙的我，这样出现在一个已经让我产生最恶劣印象的陌生人面前让我感到难为情，或许我脸红有一部分是因为我刚刚听到的话，因为满脑的不相信也无法减轻的那种愤怒和恐惧交织的感觉：不管怎么说，我心慌意乱，各种感觉和想法混作一团，惴惴不安。

那两个男人正站在那里，他们马上回过头来，他们应该没有听到我穿鞋的声音或者其他动静。我马上在迪亚斯·巴雷拉的眼睛里看到了寒意，抑或是怀疑、责难，甚至是严厉。而鲁伊韦里斯的眼睛里只有惊诧，还闪过一丝男人的欣赏，我看出来了，他可能无法避免，有的男人的眼睛总是能迅速地去打量女人，不懂克制，会盯着一个出了车祸、满身是血地躺在马路上的女人裸露的大腿，如果遭受重伤的是他们，则会盯着弯腰救助他们的女人露出的乳沟，这不是他们的意志力所能控制的，或者说和意志力无关，而是一种会一直持续到生命终结之时的存在于世界的方式，在永远地合上眼皮之前美美地欣赏着女护士的膝盖，尽管她穿着粗糙的白色长袜。

我果然出于本能、自然而然地用双手遮掩自己；但我没有转身马上离开，因为我觉得我应该说点什么，表示尴尬、意外。这就没那么自然了。

“啊，抱歉，请原谅。”我对迪亚斯·巴雷拉说，“我不知道有人来了。不好意思，我去穿点衣服。”

“不必了，我正要走。”鲁伊韦里斯说，并且向我伸出了手。

“鲁伊韦里斯，一位朋友，”迪亚斯·巴雷拉不自在地、简单地向我介绍道，“她是玛丽亚。”他没说我的姓，就像路易莎在她家里所做的那样，不过也许他是故意这么做的，为了给我最起码的保护。

“鲁伊韦里斯·德·托雷斯，很高兴认识你。”被介绍者补充道，他非得要强调他是复姓。他的手仍然伸着。

“很高兴认识你。”

我飞快地和他握了下手——身体的一侧露出了片刻，他的眼神便飞向了那侧乳房——然后进了卧室，没有关门，明确表示我打算再回到他们那里，客人不会不同还在眼前的人告辞就走的。我拿起毛衣，在他的注视下穿上——侧身穿衣服的时候，我发现他的目光正盯着我——然后又出了卧室。鲁伊韦里斯·德·托雷斯脖子上围着一条丝巾——纯粹是装饰，这段时间他大概一直都没摘下——肩上披着他那件著名的皮大衣，风格像是戏剧演出或者狂欢节时穿的披风。大衣很长，黑色皮质，像纳粹电影里纳粹党卫军或者盖世太保成员所穿的那种外套，这是一个喜欢用快速简单的方法引起别人注意的家伙，哪怕是冒着被人厌恶的风险，现在如果他听从迪亚斯·巴雷拉的建议的话，他就必须扔掉那件衣服了。我脑子里首先想到的是迪亚斯·巴雷拉怎么会信任这样一个明显的流氓无赖，他的脸庞、态度、体格和举止都透着无耻，他的本质一眼就可以看清。他早已过五十岁了，但是他浑身上下都在渴望青春：好看的头发梳向脑后，鬓角呈波浪状起伏，头发蓬松，有点长，但是中规中矩，有几缕或者说几簇白发让他有失稳重，因为像是人工染的，呈水银色；健硕的胸部微微凸起，像是因为竭力避免腹部发胖却催大了胸部；因为咧嘴大笑露出闪亮的牙齿，上嘴唇上翻，露出里面最潮湿的部分，更凸显了他的好色。他的鼻子直而尖，鼻骨突出，更像是罗马人，而不是马德里人，他让我想起演员维多利奥·加斯曼，但不是在他气质高贵的老年时期，而是在他演骗子的时期。没错，显然他是个生性快乐的骗子。他双臂交叉而抱，两只手分别搭在另一只胳膊的肱二头肌上——他的肌肉立刻绷紧了，一种条件反射——像是在抚摸或者掂量它们，像是想凸显它们，尽管它们都被大衣遮住了，一个无效动作。我完全能想象他穿着T恤甚至还有高筒靴的样子，那是对从未得到上马许可的失意的马球运动员的一种低劣的模仿。确实很奇怪，迪亚斯·巴雷拉竟然与他合伙做这样一件秘密、棘手、牵涉甚多的事情：置人死地的事情，那个人“应该以后死的”，应该将来或者今后死的，或许是明天，如果不是明天，或许是明天的明天，但绝不是现在。这正是问题所在，因为我们都会死亡，如果杀害某人让他的死亡提前到来，最终不会有太大的不同——没有什么本质的改变——问题在于何时，但是谁知道什么时间合适、正好？“今后”或者“从今往后”是什么意思？因为“现在”本身就是不断变化的，“在其他时间”是什么意思？既然只有一个时间，它是连续的，不可分割的，它永远脚步匆匆，迫不及待，漫无目的，急急忙忙，似乎无法放慢速度，自己都不知道自己的目的。为什么事情在发生的那个时间发生，为什么是这个日期，而不是前一天或者后一天，这一刻有什么特别的或者决定性意义，是由什么指定的或者由谁选择的，怎么会说出麦克白接下来所说的话呢？在迪亚斯·巴雷拉向我引用了那句话之后我去查看了原文，后面紧接的是这句话：“总会有听到这句话的时候。”也就是“这种消息”或者“这样的话”，他刚刚从他的侍臣西登嘴里听到的消息，他带来了宽慰或者说不幸：“陛下，王后死了。”正如在莎士比亚作品中常常发生的那样，批注者们对这一名句的多义性和奥秘众说纷纭。它是什么意思？“应该有更合适的时间？”“那件事有更好的发生时机，因为这个时机对我不合适？”或许“在一个更恰当、更平静的时间，在可能已经向她表示了敬意的时候，在我可能停下来为失去一个曾经和我一起经历过那么多雄心和罪恶、希望、权力和恐惧的人而表示应有的哀悼的时候？”麦克白当时只有一分钟的时间来说出——一气呵成——他那著名的十行话，只有十行，这段精彩的独白现在很多人都能背诵出来，它是这样开始的：“明天，明天，又一个明天……”当他讲完这段话时——但是谁知道他是讲完了还是在考虑再说点什么，如果没有被打断的话——一个使者来见他，给他带来了可怕的、不同寻常的消息：勃南森林正在移动，它们拔根而起，正在向他所在的邓西嫩高山方向移动，这意味着他将被击败。如果他被击败，就会被杀死，一旦被杀死，就会被砍掉脑袋示众以示胜利，他的脑袋就同现在他讲话时还在支撑着它的身体分离了，就什么都看不见了。“她应该以后再死的，等我已经不在这里，听不见，看不见，也不再有梦想时，等我已经不在时间里，什么都无法知晓时。”

和我只听到他们的声音看不见他们，还没有看到鲁伊韦里斯的脸时的感觉相反，在我和他们待在一起的短暂时间里他们两人并没有让我感到害怕，尽管来客的容貌和举止让人不太安心。确实，他身上的一切都透着厚颜无耻，但是并无狰狞之感；他肯定干得出无数卑劣的小勾当，并且可能导致他被对面的女邻居拉下水，偶尔犯点大事，但是就像一个人闪电般地踏入一个地区，要是每天都去则会让他极为恐惧。我看出他们关系并不亲密、融洽，我觉得他们不仅不像一对杀人搭档那样互壮声势，而且一方的在场还抵消了另一方的危险性，谁都不敢在一位目击者的注视中流露出猜疑，质问我，或者对我做任何事情，即使这位目击者是策划罪行的同谋。好像他们是偶然、临时凑在一起，仅仅为了一次行动，他们无论如何都不会组成一个固定团伙，也没有共同的长远计划，他们只是因为那件已经完成的事情及其可能的后果而联系在了一起，一种应急同盟，可能两人都非情愿，鲁伊韦里斯的参与可能是为了钱，为了还债，而迪亚斯·巴雷拉是因为不认识更合适的合伙人——更卑鄙的合伙人——所以只能依靠一个混混儿。“按理说你没理由给我打电话，我们有多长时间没打过电话了？你是不是有重要的事儿告诉我？”当鲁伊韦里斯竟敢责怪迪亚斯·巴雷拉手机打不通时，迪亚斯·巴雷拉训斥了他。他们不常联系，可以随便互相指责仅仅是因为他们共同的秘密，或者说罪责，如果他们有罪的话，但我完全没有这种感觉，他们似乎毫无忌惮。人们在一起犯罪时，一起密谋或者策划某事时，特别是一起付诸实施时，会觉得被绑在了一起。于是相互之间就会突然变得随便，因为大家都摘下了面具，不能再在同类面前掩饰自己本来的面目，或者假装绝不会做他们已经做过的事情。他们由于这种相互了解而被绑在了一起，类似于地下情人，甚至是那些不是地下情人也没有必要做地下情人却选择不公开的人，他们认为自己的隐私不关别人的事，没有必要把每一次接吻、每一次拥抱都告诉别人，就像我和迪亚斯·巴雷拉的情形，我们对外隐瞒我们的事情，实际上那个鲁伊韦里斯是第一个知道的。每个罪犯都知道自己的同伙能做出什么事来，并且自己的同伙对自己也有相同的认识。每个情人都知道对方了解自己的某个弱点，因此在他面前已经无法再假装不被他的肉体诱惑，假装讨厌他或者完全无动于衷，无法再假装鄙视他或者排斥他，至少在肉体上不能这样，尽管我们感到遗憾，但是大多数男人在相当长的时间里都觉得这种肉体关系很乏味——直到他们慢慢习惯，有了感情——如果同他们的见面带点滑稽色彩，我们则很幸运，这确实常常是软化诸多粗暴男人的第一步。

如果说一个陌生人或者熟人在我们床上——或者我们在他的床上，没有区别——睡过之后就放肆起来令人恼火的话，那么因共同犯罪而产生的放肆无礼则更加令人气愤，其中之一肯定是毫无尊重可言，尤其是在这种情况下：罪犯们纯属偶然作恶，他们是普通人，在筹划坏事前夕，在付诸实施之后也有可能，就算听到别人讲其他人做的恶事他们也会惊恐万分。人们在促成一宗谋杀甚至在雇凶杀人之后还会得意地想："我不是凶手，我不认为自己是凶手，绝对不是。"只是因为事情自己在发生，我们有时会参与其中的某个阶段，至于是中间、尾声还是开始阶段又有什么关系，没有其他阶段哪个阶段都不成立。因素总有很多，单个因素绝对构不成原因。鲁伊韦里斯本来有可能拒绝的，他派去毒害那个收停车费的家伙的思想的人本来也有可能拒绝的。那个家伙本来有可能不接打给他确实拿了一阵子的那部手机的电话的，我们送了他那部手机，并且给他打电话，说服他相信米盖尔对他女儿卖淫负有责任；他本来可以不理睬那些鬼话的，或者在最后关头认错了人，把那十六刀包括那致命的五刀捅在司机身上，别忘了他几天前就曾打过他一拳。米盖尔在他生日那天本来可以不开车的，那就什么都不会发生了，那天不会发生，也许永远都不会发生，也许再也不会聚齐所有的因素了……那个穷鬼原本可能没有刀的，那把刀是我下令买给他的，一下就能打开……这些偶然都凑在一起哪里有我的责任，我们所制定的计划只不过是试探、试验，是逐渐露出的纸牌，而大部分纸牌不会出现，不会匹配。唯一构成一个人罪行的就是拿起武器亲自动手。其他的都是意外，是我们想象——就像象棋里的象走对角线，马跳着走——渴望、恐惧、挑唆的事情，是我们玩弄、幻想的对象，有时最终真的发生。如果发生，即使我们不希望也会发生，或者即使我们希望也不会发生，无论如何，这很少取决于我们，一组经线中不可避免地会有一根线歪斜。就像是在场地中央向空中射一支箭：当箭开始下降后，通常它会箭尖冲下笔直地落下，不会偏离，不会碰到或者伤及任何人。顶多会伤到射箭者。

我察觉到他俩相互完全缺乏尊重，它既体现于迪亚斯·巴雷拉和鲁伊韦里斯说话的方式甚至下令他离开的方式中（在我和鲁伊韦里斯简单交谈了几句后他对他说："行了，你已经耽搁我很长时间了，我不能再怠慢我的客人了。所以你走吧，请你赶紧离开。鲁伊韦里斯：滚！"毫无疑问他已经付完了钱，或者正在付他钱，作为他在中间协调、部署犯罪、跟进后果的报酬），也体现在鲁伊韦里斯从始至终打量我的方式中：即便证实了我不是第一次出现在那里，出现在那间卧室里，这一点马上可以发现，他也没有改变最初那种欣赏的目光——那会儿是出于惊讶，可以理解；即便看出了我的出现既不是偶然，也不是尝试，看出我并非那种只去过一个男人家一个下午——或者说第一次去，但也常常成为唯一的一次——可能也去过其他我喜欢的男人家的女人，而是，可以这么说，在被他的朋友“占用”，至少在那段时间里是这样，实际的情况也差不多。这对他都无所谓：他一刻都不曾克制他那男人的审视的目光以及挑逗的、淫荡的、露出牙龈的笑容，似乎意外见到一个穿着胸罩和短裙的女人并认识了她于他而言意味着对不久的未来的一次投资，他期待很快在其他地方再单独见到我，甚至考虑之后向无奈之下极不情愿地为我俩作介绍的人索要我的电话。

“请原谅我的出现，真的抱歉。”等我穿上毛衣再次去客厅的时候我又道了一次歉。“要是我料到不是只有我们俩我就不会那样出来了。”强调这一点对我有利，可以打消怀疑。迪亚斯·巴雷拉仍然严肃地看着我，几乎是指责，或者说冷酷；但鲁伊韦里斯不是这样。

“没什么需要原谅的，”他竟然以老式的殷勤劲儿说出了这句话，“你的穿着真是让人惊艳。只可惜昙花一现。”

迪亚斯·巴雷拉沉下了脸，刚刚发生的一切让他很不痛快：同谋的到来以及带来的那些消息，我的突然闯入，他的同谋和我相识，在他认为我在睡觉的时候我可能隔着门听到了他们的谈话；而鲁伊韦里斯用贪婪的目光盯着我的胸罩和短裙或者是它们所遮住的那点儿地方，并且随后还说了些奉承话，肯定也让他很不痛快，即使这些话表达得颇有教养。想到迪亚斯·巴雷拉可能因为我的缘故产生了类似于嫉妒，或者更确切地说是让人联想到嫉妒的情绪，这让我萌发了一种孩子般的、与我刚才的发现相脱节的喜悦——但只是一闪而过——他的恶劣心情表露无遗，在鲁伊韦里斯离开后只剩下我们俩时就更为明显了，鲁伊韦里斯离开时披着他的大衣，慢吞吞地朝电梯走去，似乎对自己的外形很得意，想给我留点时间欣赏他的背影：一个乐观的家伙，毫无疑问，属于那种觉察不到岁月无情的人。我们像一对夫妇般地站在门口目送他，在进入电梯之前他转过头来，抬手至眉边稍作停顿，然后举高做了一个模仿脱帽的动作跟我们作别。来时的忧心忡忡似乎已经烟消云散，他应该是一个心思很轻的人，任何事情，眼前任何令他兴奋的事物都能让他忘却苦恼。我突然想到他不会听从他朋友的建议，不会毁掉他的皮大衣的，因为他太喜欢自己穿它的样子了。

“他是谁啊?”我问迪亚斯·巴雷拉，尽量用一种无所谓或者不经意的语气。“做什么的？他是我认识的第一个你的朋友，你俩不是一路人，对吧？他看上去有点怪怪的。”

“他叫鲁伊韦里斯。”他生硬地回答道，好像这是一条新信息或者明确定义似的。接着他意识到了自己回答得很生硬，其实什么都没说。他沉默了一会儿，似乎在斟酌能告诉我什么又不会牵涉到自己。“你还认识里克。”他指出，“他干的事很杂，没有固定职业。他算不上朋友，我跟他交情很浅，虽然已经认识很久了。他有些乱七八糟的生意，都不赚钱，所以只要有可能，他什么都干。如果他追上了某个有钱女人，他就会游手好闲直到她厌倦了，不再帮他。否则，他就写电视剧本，给部长、基金主席、银行家们或者随便谁写讲稿，也做代笔。他帮细致入微的历史小说家找资料，比如十九世纪或者三十年代的人穿什么衣服，交通网如何，采用什么武器装备，剃须刷或者发夹是用什么材料做的，某建筑何时建的，某电影何时首映的，所有这类读者觉得无聊而作者却觉得让自己大放异彩的肤浅的东西。他在报刊阅览室仔细查找，提供别人要求的资料。他就这样稀里糊涂地积累了很多知识。年轻时他好像出版过几本小说，但是没什么反响。我不清楚。他到处给人帮忙，可能主要靠这个过活，靠他的诸多关系：一个无用又有用的人，或者说有用又无用。”他停住了，拿不准接着说下面的话会不会太冒失，最后他认定这根本算不上冒失，又或者他认为让人觉得自己不愿意完整讲完一段无伤大雅的描述更不好。“现在他是一两家餐馆的半个老板，但是生意不好，他的生意都做不长，开张不久就关门了。奇怪的是一段时间后，他一缓过来总能再开始一个新的。”

“他来做什么？他没打招呼就来了，对吗？”

话一出口我就后悔问多了。

“你为什么想知道这个？跟你有什么关系？”

他粗暴地、几乎是怒气冲冲地说道。我很肯定他突然不再信任我了，视我为麻烦，或许是威胁，一个讨厌的可能的证人，他提高了警惕，真奇怪，就在不久前我还是个讨人喜欢的、没有危害的人，绝对不会带来不安，很可能完全相反，在他等待时间流逝，治愈创伤，等待自己的愿望实现，或者等待时间替他完成说服、接近、吸引甚至是让对方爱上自己等等他不适合去做的事情的过程中，我是愉快的消遣；我不期待任何不存在的东西，也不向他要求任何他不愿意给予的东西。现在他已经产生了担心、怀疑。他不能问我是否听到了他们的谈话：假如我没有听到，那就等于引我注意我睡觉时他和鲁伊韦里斯所说的任何话，尽管这不关我的事，或者说我不感兴趣，我只是个过客；假如我听到了，显然我也会回答没有，那么无论如何他还是不知道真相。从那以后我将不可避免地成为一个阴影了，甚至更糟，是麻烦，是障碍。

于是我又有点害怕起来，他一个人在那里，面前没有人约束他时，确实让我感到害怕，或许除了除掉我，他没有其他方法来确保他的秘密安全，据说一旦犯一次罪，就很容易再犯，一旦越界就回不了头了，与跨越的程度相比其数量是次要的，质的跨越会把一个人永远变成杀人犯，直到他生命的最后一天，甚至会留在他死后仍然活着的人的记忆里，倘若他们知道此事，或者后来发现的话，那时你已经不在，不可能再试图解释、否认了。小偷可以归还赃物，诽谤者可以承认自己诬陷了别人，并加以纠正，洗清被诬告者的名声，甚至背叛者有时也可以弥补自己的背信弃义，只要不是为时太晚。谋杀的坏处在于永远都为时太晚，无法向世界归还已被杀掉的人，这是不可逆转的，无法补救的，即使将来挽救再多的性命也永远无法抹去曾经夺人性命的事实。既然无法宽恕——正如人们所说——那么只要有必要，就应该继续已经开始的道路。既然胸口已经有一个永远抹不掉的污点了，那么最重要的就不是不要沾上污点了，而是污点不被发现，不要泄露，不要产生后果，不要毁了我们，那么再增加一个污点也就没那么严重了，它会和第一个混合或者被它所吸收，两者合而为一，你就会习惯于谋杀构成了你生活的一部分的想法，那是你的命运，就像历史上的其他许多人一样。你告诉自己你的处境没什么新鲜的，有过这种经历的人不计其数，之后他们带着这种经历生活，没有太多的痛苦和沮丧，甚至在漫长而艰难的日子里每天都有一会儿时不时地会忘记它。没有人时时刻刻地为某件事遗憾，或者总想着很久以前做过的事，两次也好，七次也好，轻松的、没有苦恼的时光总会出现，最凶残的杀人犯都很可能和任何无辜的人一样尽情享受它们。他继续生活，不再把谋杀看作骇人听闻的例外或者悲剧性错误，而是生活向那些最勇敢、最坚强者，那些最果断、最有耐性者提供的另一种手段。他们从来不觉得孤立，而是觉得从古至今有很多人陪伴，成为某一类人的一分子让他们不觉得自己形象丑陋或者行为反常，有助于他们理解自己，为自己开脱：好像他们是继承了别人的做法，或者是在一个谁都没能避免参加的展览会摸彩中赢得了它们，因此那些行为不完全是他们所为，或者说并不是只有他们才这么做。

“不，不为什么，对不起。”我赶紧回答，尽我喉咙最大的可能让语气尽量显得无辜，并对他防卫式的反应表示出最大的惊讶。我的嗓音已经发颤，他的双手随时都可能圈住我的脖子，然后轻而易举地掐紧，再掐紧，我的脖子很细，毫无抵抗力，我的手也没有力气推开他的手，掰开他的手指，我的双腿将会弯曲，我会倒在地上，他会像以前那样扑到我身上，我能感觉到他身体的重压和他的温度——或者说冷度——我将无法发声说服他或者哀求他。但这只是虚惊一场，我刚感到害怕就意识到了：迪亚斯·巴雷拉永远不会亲手让任何人从地球上消失，同样他也不曾对他的朋友德文内动手。除非他感到绝望，受到迫在眉睫的威胁，除非他认为我会直接去告诉路易莎我偶然偷听到的事情。与任何人的任何事都不可能一笔勾销，这很糟糕，恐惧时有时无，有点自己吓唬自己。“我只是随便问问。”我甚至还大胆地或者说是鲁莽地又加了一句，“因为，嗯，如果那个鲁伊韦里斯能帮忙的话，不知道我是不是也能帮你什么忙……总之，虽然我觉得不可能，但是万一我能帮得上你什么忙的话，你就直说好了。”

他定定地看了我几秒钟，这几秒钟于我而言十分漫长，他似乎在揣度我，解读我，像是在看不知道别人在看自己的人，好像我不是出现在那里，而是出现在电视屏幕里，他可以从容地观察我，不用顾忌我对这种固执或者尖锐的目光的反应，他的表情里什么都有，唯独没有平时那种梦幻和近视的感觉，那是一种洞悉一切，令人生畏的表情。我目光坚定（毕竟我们是情人，曾经静静地、毫不羞怯地凝视对方），忍受着甚至回敬着他的探询，表情中带着疑问或者不解，至少我认为是这样。直到我再也无法忍受时，我将目光下移到他的嘴唇上，从我认识他的那天起我已经习惯了看那里，无论在他讲话还是沉默的时候，那双嘴唇都不会令我厌倦，也从来不会让我感到恐惧，只有吸引。那里是我暂时的港湾，我将目光落在那里一点都不奇怪，很常见，很正常，没有理由因此加重他的怀疑，我伸出一根手指，触及他的嘴唇，用指尖轻柔地描绘着它们的轮廓，温存了许久，我认为这或许是抚平他的情绪，给予他信任和安全感的一种方式，是在默默地告诉他："什么都没有改变，我还在这里，还在爱着你。我什么都不揭穿你，你早就意识到了，让我爱你吧，感到自己被对你一无所求的人爱着是多么快乐啊。等你觉得够了，行了，等你给我打开门，看着我走向电梯知道自己不会再来了，我就会离去。等到路易莎的悲伤终于结束，你的爱得到回报，我会毫无怨言地退到一边，我知道我只是在你的生命中一闪而逝，再多一日、两日而已，不会有更多的日子了。但是你现在不要担心，放心吧，因为我什么都没有听到，我不知道任何你想要隐瞒或者只让你自己知道的事情，如果我知道了也没关系，你在我这里是安全的，我不会告发你，我甚至都不确定我听到了我所真正听到的内容，或者说我并不相信，我坚信那应该是个错误，或者应该有个解释，或者甚至——谁知道呢——证明。或许德思文曾对你造成了很大的伤害，或许之前他也曾企图借别人之手、用狡诈的手段杀害你，不是你死就是他亡，可能你是迫不得已，这世界不能同时容下你们两个，这很像是自我防卫。你不用怕我，我爱你，我站在你这边，目前不会对你做出评判。此外，你不要忘了这些都是你的想象，实际上我什么都不知道。"

这一切不是我真正清晰地想到的，但却是我想通过停留在他唇上的手指传递给他的，他任由我摩挲着他的嘴唇，继续专注地看着我，试图寻找与我一心想要传递给他的信号完全相反的信号，我发现他仍然在怀疑我。这很难解决或者无法解决，怀疑绝不会完全消失，只会减少或者增加，加重或者减轻，但是永远都会存在。

“他不是来给我帮忙的，”他答道，“这次他是来求我帮忙的，所以他急着见我。不管怎样，谢谢你那么说。”

我知道这不是真的，他们两人正陷于同样的困境，都很难让对方摆脱，他们能做的最多就是互相安抚，让对方等待事态发展，希望不会再发生什么了，希望那个穷鬼的话石沉大海，没有人会费神去调查。这就是他们刚才所做的，让对方镇定下来，驱除恐慌。

“没什么。”

这时他将一只手搭在了我的肩上，我感觉到了它的分量，像是一大块肉落在了我身上。迪亚斯·巴雷拉体型不是特别大或者说强壮，尽管他确实很高，但是男人们不知从哪里来的力量，几乎所有或者大多数男人都是这样，或者是相比之下我们女人总觉得他们力量很大，哪怕只是一个威胁性的、激动的或者是过分的动作，比如抓住我们的手腕或者用力过猛地拥抱我们，或是将我们压倒在床垫上，都会让我们感到害怕。我很高兴我的肩膀被针织衫遮住了，心想如果那个重量直接落在我的皮肤上会让我发抖的，这不是他常有的动作。他抓紧了我的肩膀，但并没有弄痛我，好像要给我一个忠告或者向我倾诉什么，我突然想如果那只手放在我的脖子上会怎样，一只手，姑且不说两只。我害怕他一个快速的动作就把手挪到我的脖子那里，他应该察觉到了我的警惕，我的紧张，他继续压着我的肩膀，我甚至感觉到他增加了力度，我想逃脱，溜走，他的右手搭在我的左肩上，像是一位父亲或者老师，而我则像一个小女孩，一个学生，我觉得自己很渺小，这肯定正是他的目的所在，好让我坦诚地或者至少是忐忑地回答他。

“你没听到他跟我说的话，对吗？他来的时候你正在睡觉，不是吗？我在跟他说话之前进去查看了，看见你睡得很沉，你当时睡着了，对吗？他跟我说的事情很私密，他不想其他人知道。即使他不认识你。有些事情让别人听到很不光彩，对我他也是硬着头皮才说的，虽然他就是为此事来的，他找我帮忙也是没有别的办法了。你什么都不知道，对吗？是什么把你吵醒的？”

他就这样直截了当地问起我来，无效的问题，或者也不完全是：根据我如何回答，他可以猜测或者推断出我是否在对他说谎，或者说他可能是这么认为的。不过至多如此，一种推断，一种猜测，一种假设，一种相信，人与人之间的交谈已经持续了数个世纪，我们却无从知道什么时候听到的是真话，真是令人难以置信。我们听到的“是”可能永远是“否”。而我们听到的“否”可能永远是“是”。甚至连科学或者无数的技术进步都无法让我们弄清楚，无法肯定。即使如此，他还是忍不住要直接问我，我回答他“是”或者“否”对他又有什么用呢？作为就算不是唯一最好的朋友也是其中之一的他这么多年来表现出的所有情谊对德文内又有什么用呢？德文内最想不到的就是那个人要杀害他，尽管他离得远远的，没有亲临现场，没有亲自参与，也没有弄脏一根指头，以便以后在他幸福或者喜悦的日子里他间或可以这样认为：“实际上我没有做那件事，我跟它一点关系都没有。”

“没有，我什么都没听到，你不用担心。我刚刚睡得很沉，虽然时间并不长。而且，我看到你把门关上了，我听不到你们说话。”

我肩上的那只手仍然紧压在那里，我觉得力道又大了一点，几乎难以察觉，他似乎想在我不知不觉中慢慢地把我摁入地下。或许他并没有用力，只是因为重量持续在那里从而加剧了我的受压迫感。我耸了耸肩膀，不是突然地，而是完全相反，轻轻地，怯怯地，像是暗示他我想让肩膀自由，不喜欢那块肉这样放在我身上，在这个不太寻常的接触中隐约有点羞辱的成分，可能是“试试我的力量”或者是“猜猜我的能耐”。他没有理睬我的轻微动作——可能太轻微了——又回到我没有回答的最后一个问题上，他再次问道：

“是什么把你吵醒的？既然你以为除了我没有别人，那你为什么穿上胸罩才出来？你肯定是听到我们的讲话声了，是不是？你大概听到了什么，我认为。”

我必须保持镇定，加以否认。他越是怀疑，我越是要否认。但是我不能否认得太激烈，语气不能太重。他和一个我从未听他提起过的家伙策划什么跟我有什么关系，这是我说服他的最佳理由，至少可以推迟他的肯定；我干吗要监视他，发生在那间卧室之外的甚至我不在时发生在卧室之内的一切对我来说都无所谓，这一点必须跟他说清楚，我们的关系不仅是暂时的，而且很有限，仅限于偶尔在他家里，在一两个房间里见面，其余的和我有什么关系，包括他的行踪、他的过去、他的朋友、他的计划、他的情事以及他的全部生活，我以前没有出现在他的生活里，“从今往后”，从现在开始直至以后也不打算出现，我们在一起的日子屈指可数，绝不会走很远。不过，虽然这一切在本质上是真的，但是并不绝对：我感到了好奇，我在听到一个关键词后醒了——可能是“娘们”，或者是“认识”，或者是“女人”，或者很可能是这三个词的组合——我从床上起来，把耳朵贴过去，弄出一条细小的门缝以便听得更清楚，我很高兴他和鲁伊韦里斯没能把声音降下来，没有窃窃私语，激动不安让他们无法做到。我开始自问我为什么这么做，接着我就开始后悔起来：为什么我非要知道我现在知道的这些事情，为什么我会有那种想法，为什么我不可能再向他伸出双臂搂住他的腰让他挨近我，几分钟之前只用一个自然简单的动作就可以很轻松地将他的手从我的肩上拿开；为什么我不能马上毫不犹豫地强迫他拥抱我，他那可爱的唇就在那里，以前我总想亲吻它们，但是现在我不敢了，或许是因为它们在仍然吸引我的同时有点让我厌恶了，或许让我厌恶的不是他的嘴唇——可怜的嘴唇没有过错——而是他整个人。我仍然爱他，但同时也害怕他，我仍然爱他，但是得知他做的事情让我觉得恶心；不是他让我恶心，而是我知道这件事本身。

“你怎么这么问?”我轻松地说，“我怎么知道是什么把我吵醒的，一个噩梦，睡姿不舒服，知道我正在跟你浪费时间，我不知道，这有什么的。那个人跟你说什么跟我会有什么关系，我都不知道他在这儿。我穿上胸罩是因为你近看躺着的我或者视线从我身上一扫而过与看着我站着在屋里走动自我感觉像是维多利亚的秘密的一名模特甚至比她们更美是不一样的，她们可是都穿着内衣的。难道什么都得向你解释还是怎样。”

“你什么意思?”

他看上去的确很愕然，似乎没听懂，这——他的注意力的转移，他的分神——让我暂时占了一点优势，我想他很快就会停止问我拐弯抹角的问题，然后我就可以离开那里了，我急于摆脱那只手，急于让他从我的视线里消失。尽管以前那个常去那里的我——还没有被替换或者取代，不可能这么快；也没有被除名或者流放——一点也不着急离开那里：每次我离开后都不知道何时再去，或者是否再也不去了。

“你们男人有时真够笨的，”我仔细考虑之后说道，我觉得说点陈词滥调转移话题，转移到最通俗的话题上比较合适，这种话题往往最安全，最能让人相互信任，降低警惕。“有些部位我们女人觉得在二十五岁或者三十岁时就已经衰老了，更不用说再大上十岁了。通过自己跟自己对比，我们对过去的每一年都记忆犹新。所以我们不喜欢不合时宜地正面暴露那些部位。反正，我不喜欢，不过许多女人并不在乎，海滩上充斥着各种肉体展览，已经不再是正面的问题了，而是生猛的、灾难性的，甚至还有人植入一对僵硬的假肢，以为这样就把所有问题都解决了。大多数都让人牙根发软。”我为自己所选的词儿笑了一下，又加上一句同义词，“令人恶心。”

“哦，”他说，也笑了一下（一个好兆头），“我不觉得你哪个地方老了，我看每个部位都很好。”

“他更平静了，”我想，“没那么担心和怀疑了，因为在惊慌之后他需要这样。但是之后当他独自一人时，他又会确信我知道了不该知道的事情，除了鲁伊韦里斯之外谁都不该知道的事情。他将回想我的态度，想起我在走出卧室之前脸就已经红了，想起整个这段时间我都在假装一无所知，他心里会嘀咕在激情过后我正常的做法应该是不在意自己的形象，戴不戴胸罩都无所谓，人们在激情之后会非常放松，卸去自我防卫；他将不再相信这会儿他接受的解释，他现在之所以接受是因为这个解释出其不意，因为他不曾想到有些女人会这样时时刻刻在意自己的外表，在意遮住的部分或者露出的部分，甚至喘息的强度，注意永远不要完全失去矜持，即使是在激情亢奋之时。他会重新思量，不知道该怎么办，是慢慢地、自然地疏远我，还是突然中断同我的一切来往，又或是不动声色地一如既往，以便密切监视我，控制我，每天估算被告发的风险有多大，这是一种痛苦的处境，必须不停地猜测一个人，一个把我们掌控在手中、可能毁灭我们或者要挟我们的人，这种惶恐不安谁都承受不了太久，都会想方设法解决，比如撒谎、恐吓、欺骗、收买、协商、除掉，最后一种办法从长远来看是最可靠的——最彻底的——在当时是最冒险的，也是现在和以后最难做的，在某种意义上来说又是最长久的，你和死去的人永远联系在了一起，风险是他会活着出现在你的梦里，于是你会以为并没有杀死他，然后你会因为没有杀他而感到宽慰，或者你会感到害怕和威胁，于是计划再次杀害他，那个亡者每天晚上都会到你的枕边，那张熟悉的脸或者在微笑或者在蹙眉，那双很久以前或者前天刚刚闭上的眼睛睁得大大的，他用其他人都已经听不见的独特的嗓音向你低声咒骂或者哀求，你永远都会觉得这件事情没有完成，令人精疲力竭，这是一件无休无止的工作，每天早晨醒来之前都悬在那里。但是这都是以后当他反复思索已经发生的事情或者他担心已经发生的事情时的事了。也许那时他会决定找个借口让鲁伊韦里斯来找我，目的是让他试探我，套我的话，但愿不要比这更严重，让一个中间人来模糊或者削弱我们的关系，从今天开始我也不能平静地生活了。但是现在还不是时候，等着看吧，我得趁着我刚刚分散了他的担心让他有了点笑意赶紧离开这里。”

“谢谢你的恭维，你很少盛赞别人。”我对他说。在肢体没费什么力气，但是大脑却经过一番挣扎之后，我将我的脸贴近了他的脸，然后用我紧闭的干燥的唇轻轻地吻了他的唇，带着渴望，类似于我之前用指尖抚摸他的唇时的感觉，我的嘴抚过他的嘴，没错，我觉得是这样。仅此而已。

这时他抬起手，松开了我的肩膀，去掉了我身上令人讨厌的重量，然后用刚才几乎令我疼痛——或者是一种我认为自己已经开始产生的感觉——的那只手抚摸我的脸颊，我又像一个小女孩一样，他有权仅用一个动作来惩罚或者奖励我，一切都取决于他的意愿。我差点要躲开那个抚摸，现在在我触摸他和他触摸我之间有了区别，幸好我克制住了自己，任由他抚摸。几分钟后当我走出门时，我像往常一样问自己，是否还会再踏进那里。只不过这一次不是只有希望和期待，而是掺杂了别的感情，是什么呢？我不知道是恶心、恐惧，抑或是悲伤。

第　三　部

在所有不平等、没有名分、没有明确承认的关系中，往往有一个人掌握主动权，打电话，提出见面，而另一个人则有两种可能或者途径来达到不会马上销声匿迹的同一个目的，尽管他（或她）相信无论如何那都将是自己的最终命运。第一种只是等待，绝不向前一步，相信对方会想念自己，相信自己的沉默和缺席最终会令对方出乎意料地无法忍受或者担忧，因为所有的人很快就会习惯别人的付出或者现有的一切。第二种途径则是试图潜移默化地渗入那个人的日常生活，坚持但不强求，利用各种借口为自己谋一席之地，打电话但不提议什么（这个现在还不能做），而是随便问点什么，征求意见或者寻求帮助，讲讲发生的事情（这是最有效最厉害的纠缠方法），或者提供某个消息；出现在那里，提示自己的存在，远远地哼着小曲，蚊子般嗡嗡作响，让对方在不知不觉中悄悄地养成习惯，直到有一天那个人发现自己习以为常的电话不再打来，有了类似于受伤或者被抛弃的不安的感觉，于是急切地、不自然地拿起电话，临时编个荒唐的理由，意外地给你拨电话。

我不属于有胆量、有魄力的第二种，而是沉默寡言的第一种，更傲气，更敏感，但是也更容易被迅速抹去或者忘记，从那个下午开始我很乐于冒这种风险，很乐于习惯性地听从那个人的要求和建议，他对我来说仍然是哈维尔，不过刚刚已经开始向一个很难记住的复姓转变；我很高兴不必给他打电话或者找他，很高兴我这么做并不因此就显得可疑或者像告密者。我不跟他联系并不意味着我想避开他，或者我感到失望——这个词太轻了——或者我害怕他，或者我在得知他策划捅死了他最好的朋友之后想中断和他的一切来往，他甚至都没有把握这样就能实现自己的目的，他还剩下最简单的又或者最艰巨（这个我们永远都不知道）的一项任务，就是让对方爱上自己（最无意义的又或者最实质性的任务）。我默不作声并不表示我知道那件事或者有他的新消息，我的沉默不会出卖我，一切都如我们短暂交往中的那样，取决于他，当他略感想念或者想起了我，就会把我召去他的卧室，只有在那时我才需要考虑怎么做，做什么。让对方爱上自己并不重要，而等待对方爱上却是非常重要。

迪亚斯·巴雷拉跟我说起夏贝尔上校时，我将此人和德思文等同起来：应该继续死亡的亡者，既然他的死亡已经写入了历史，成了一个历史事实，被人详细地讲述，他莫名其妙的新生活是令人讨厌的、不和谐的，等于强行闯入了别人的生活；他是来扰乱世界的，而这个世界是他无法也不能更改的，因此少了他也在照常转。路易莎无法马上忘掉德文内，出于惯性或者习惯她会继续想着他或者沉浸在对他近在眼前的回忆里（对于遗孀而言是近在眼前，但是对于早就想让他提前离世的人而言却是遥远的），这大概让迪亚斯·巴雷拉觉得有一个鬼魂在从中作梗，一个像夏贝尔一样讨厌的鬼魂，只不过夏贝尔是在他已被遗忘的时候带着伤疤活生生地回来了，他的归来甚至对于时间的进程而言也是一种障碍，因为他违背时间的本性强行要让它倒退，加以修正，而德思文在精神上并没有完全离开，他在拖延，而他这么做恰恰是得到了妻子的帮助，她还完全处在从他的抛弃和离开中恢复过来的缓慢过程中；她甚至还试图再多留他一会儿，因为她很清楚总有一天他的面容会难以置信地模糊起来，或者定格在任何一张她执意看了一遍又一遍的照片中，她一边看一边痴笑或者啜泣，但总是一个人偷偷地看。

然而现在我觉得迪亚斯·巴雷拉倒是更像夏贝尔。夏贝尔经历了无数的艰难困苦，而迪亚斯·巴雷拉也备受折磨，夏贝尔成了战争、渎职、官僚主义和缺乏理解的牺牲品，而迪亚斯·巴雷拉则成了刽子手，用他的残忍、可能毫无结果的自私和极度的轻率严重扰乱了这个世界。但是他们两人都在等待一个表示，一个奇迹，一个鼓励，一个邀请。夏贝尔在等待他的妻子重新爱上他，而这几乎是不可能的，迪亚斯·巴雷拉在等待路易莎爱上他，而这也不太可能，或者至少等待她在他身边得到安慰。两人的期待有共同之处，就是耐心，不过老军人的期待中充满了怀疑和不相信，而我的临时情人则充满了乐观和希望，或许是出于需要。他们两个就像是在做鬼脸、打手势甚至做出某种夸张的天真动作的幽灵，在等待被发现、被认出，甚至可能是召唤，渴望最终听到这样的话："好，很好，我认出你了，是你。"尽管对于夏贝尔仅仅意味着给他一张一直拒绝给他的在世证书，而对于迪亚斯·巴雷拉意义则多得多："我想待在你身边，过来留在这里，占据那个空位，到我这里拥抱我。"他们两个应该有相似的想法，给予他们力量支撑他们等下去不让他们屈服的想法："我不可能经历了我所经历的事情，不可能千军万马驰过时在我头骨和帽盔上砍了一刀，而我不可能在漫长而毫无意义的战役结束之后竟然从一大堆死人中钻了出来，这场战役将四万像我一样的士兵变成了名副其实的死尸，我本应是他们中的一员，又一个死尸而已；不可能我艰难地康复了，而且能够站立走路，不可能这么多年我在穷困潦倒中走遍了欧洲却没有人相信我，我不得不去说服所有的白痴相信我还是我，不是真的死了，尽管我看上去像个死鬼；不可能最后我终于来到了这里，我曾经拥有妻子、家、地位和财富的地方，我曾经生活过的地方，而我最爱的、继承了我的财富的人竟然不承认我还活着，假装不认识我，指责我说谎。在我的死亡被重复提到多次以后又活过来还有什么意义？从无奈居住过的墓穴钻出来又有什么意义？我在那里赤身裸体，毫无标志，与和我一同阵亡的军官、士兵、同胞或许还有敌人毫无二致，如果在这段路途的尽头等待我的是否认我的存在，是剥夺我的身份、我的记忆以及我死后继续发生在我身上的一切，这一切意义何在？我的幸运，我的神判，我的巨大努力，以及一切酷似天意的东西都是多余的……”这大概就是夏贝尔上校在巴黎奔走，恳求戴维勒律师和费洛德夫人见他、接待他时的想法。由于他的死而复生，费洛德夫人已经不再是他的遗孀，而是他的妻子了，这样她又不幸地重新成为同样已被埋葬的、已经成为过去的、被憎恶的夏贝尔夫人。

而迪亚斯·巴雷拉应该会这么想：“我不可能做了我所做的更确切地说是我所策划、启动的事情，我不可能苦思许久，在痛苦的犹豫之后，成功策划了一次死亡，我最好朋友的死亡，伪造成有点偶然，既可能有结果也可能没有，既可能发生也可能永远不会发生，或者说不是伪造而是确实如此；我设计一个不完美的、充满悬念的计划，恰恰是为了面对自己为自己辩护，为了能够告诉自己毕竟我留下了许多机会和出路，我没有让自己有十足把握，没有雇凶杀人或者下令任何人‘杀掉他’；我不可能安排了两个也可能是三个人在中间，即鲁伊韦里斯，打电话的他的手下和接电话的那个穷鬼，目的是如果事情发生的话，我会在它们发生时觉得自己远离实施过程，远离事件本身，那个收停车费的家伙的反应说不准，他可能不予理会或者仅仅是骂米盖尔一顿，或者只打他一拳，就像他把他俩弄混时对他的司机所做的那样，这个挑拨离间也有可能一开始就没有被重视，没有产生丝毫效果，但是它确实产生了效果，那有什么办法呢；不，事情不可能违背几乎一切可能如我所愿，因而失去了其可能存在的游戏性或者赌博性，转而成了一个悲剧，并且很可能是蓄意谋杀，并因此把我变成了一个间接杀人犯，是我策划并决定开始行动，抛出动过手脚的骰子，推动作假的轮子让它转动起来，是我说‘你们给他弄部手机以便向他的耳朵灌输仇恨，并通过那个管道进入他精神失常的那部分大脑以及精神正常的那部分大脑；你们给他买把折刀来引诱他，让他抚摸，打开，合上，只有拥有凶器的人才可能想要使用它’；不，我不可能卷入这件事，溅上抹不掉的污点，到头来却毫无作用，无法实现我的目的。我这样浸淫在罪恶、阴谋、恐惧里有什么意义呢？我的内心永远背负着欺骗和背叛，除了心不在焉时或者在感受到我没有体验过的陌生的充实感时，我都无法摆脱它们，无法忘记它们，我不知道，我建立了一种将在我的梦里再现、我将永远无法切断的关联，如果我唯一的目的达不到，如果在这段路途的尽头等待我的是否认，冷淡或者遗憾，是将让我只能原地踏步的原来那种单纯的感情，一切又有什么意义呢？如此的卑鄙又有什么意义呢？或者还有更糟的，等待我的是告发、揭露、蔑视、转身离去，她用像是从头盔里发出的冰冷的声音对我说：‘离开我的视线！不要再出现在我面前！’就像是一个女王判她最热诚的臣民，最崇拜她的人终身流放。这种情况现在可能发生，很容易发生，如果这个女人玛丽亚听到了她不该听到的并且决意去告诉路易莎的话，即使我加以否认，她的怀疑也足以让我所有可能的希望消失，彻底不复存在。我知道鲁伊韦里斯那里没什么可怕的，因此我让他负责此次行动，我认识他很久了，就算他们审问他或者逮捕他，就算那个穷鬼认出他，警察们找到他，就算受到很大压力，出于对后果的考虑，他也绝不会乱说的，而且他很值得信赖。而其他人，卡内亚和给卡内亚打电话的那个人，就是每天三番五次地向他提起他当妓女的女儿，迫使他想象她们接客时令人羞辱的细节，让他魔怔，指责米盖尔的那个人，他们从未见过我，也没听过我的名字或者声音，对于他们而言我不存在，只存在穿着T恤或者皮大衣、笑容淫荡的鲁伊韦里斯。但是我对玛丽亚却真的一无所知，我看得出她正在或者说已经爱上了我，这一切来得太快了，不能不算是一种慷慨的决定，因此在她想放弃的时候，她可能会放弃，出于厌倦或怨恨，明智或失望，第二种情绪她似乎并没有，也不打算有，她接受除了现有的一切再也没有其他，知道说不定哪天我将不再见她，将把她抹去，因为可能路易莎最终召唤我了，虽然没有十足把握，但是可能发生，甚至迟早都应该发生的。除非玛丽亚有愚蠢但强烈的正义感，得知我是一个罪犯后的失望压倒了其他任何顾虑，因此她觉得仅仅和我断绝关系、离开我还不够，还必须拆散我和我爱的人。那么如果路易莎知道了，或者如果她脑子里有了这种想法，那可就太糟了，在我走上这条肮脏的道路之后却没有希望了，连帮助我们生存下去的最渺茫、最不现实的希望都没有了，那还有什么意义？可能我连等待都被禁止了，已经称不上是希望了，而是单纯的等待，是最不幸者、病人、老朽、被判死刑者和奄奄一息者最后的庇护所，他们等待夜晚降临，然后又等待白天降临，然后又是夜晚，仅仅等待光线变化，为了至少可以知道等待他们的是什么，自己是醒着还是睡着。甚至动物也在等待。等待是大地上所有生灵的庇护所，所有的，除了我。”

日子一天天地过去，没有迪亚斯·巴雷拉的消息，一天，两天，三天，四天，这完全正常。五天，六天，七天，八天，这也很正常。九天，十天，十一天，十二天，这就不太正常了，但是也不算太奇怪，有时他旅行，有时我旅行，我们没有事先告诉对方的习惯，更没有道别的习惯，我们从未达到这种亲密程度，我俩对于对方的重要性也没有达到认为必须或者最好告知对方自己的行踪、自己何时不在这个城市的程度。

以前每次他这么多天或者更长时间不打电话或者没有任何表示时，我都会难过——但是总带着忍耐，或者也许是无奈——地想是我离开舞台的时候了，我在他生命中占有的短暂时光最终真的是昙花一现；我猜他已经厌倦了，或者如他一贯的那样，在现在看来是一场长久的等待或者更确切地说是埋伏以待的过程中又换了一个玩伴（我从未认为自己高于这个级别，尽管我很想有高出一等的感觉）；或者路易莎比预料的时间提前慢慢接受了他，因此已经没有我的地方了，肯定也没有其他人的地方了；或者他把全部精力都放在了她身上，用在去她家，关心她，送她的孩子上学，尽其所能地帮助她，陪伴她，听候她的差遣上。“到此为止了，他已经走了，已经把我扫地出门了，结束了，”我这么想，“一切都这么短暂，我会融入其他女人的行列，他的记忆将混淆我的模样。我将无法被辨认，将成为一段过去，一张白纸，和‘今后’相反，我将属于不再重要的部分。没关系，没事，我从一开始就知道了，没事。”如果在第十二天或者第十五天电话响起，我听到他的声音，我的内心不禁会欢欣雀跃，会对自己说："太好了，看，还没有结束，至少还会再见一次。"在我无奈地等待而他却杳无音讯期间，每次门铃响起或者手机通知我在关机时收到一条信息，或者有一条短信等待阅读时，我都会乐观地认为是来自于他。

现在发生了同样的情况，但是我却感到无端的恐惧。我惶恐地看着那个小小的显示屏，希望不要看到他的名字、他的号码——这是令人不安又奇怪的事——同时又希望是他。我不想再和他有瓜葛，不想冒险再来一次我们那种独特的会面，我不知道见面时我会作何反应，会怎样做。如果我们见面，他会比只通电话更容易察觉到我的逃避或者敷衍，而通电话显然又比不通电话更容易察觉。但是不接或者不回电话应该有同样的效果，因为我以前从未这样做过。如果我答应去他家，他在家里提出和我上床，像往常那样最后用他那种不言自明的方式提出，让他表现得就像所发生的事情并未发生或者不配被承认似的，而我找个借口拒绝，那么这可能会令他生疑。如果他约我而我推脱，也会让他起疑，因为我以前都是尽可能地迎合他的主动。我觉得他从那天下午开始默不作声，不来找我，是天助我也，是我的幸运，让我免于他的各种调查和狡诈的问题，免于被他打探真相，免于再次和他面对面不知道该怎么办不知道现在如何对待他，也免于因他而产生的很可能还混杂着吸引或者迷恋的害怕和反感，因为吸引和迷恋不会突然自己消失，而是像恢复健康或者疾病本身一样磨磨蹭蹭；愤怒几乎不起作用，它很快就偃旗息鼓了，无法保持其气势，或者转瞬即逝，离去时不留下一丝痕迹，它无法累积，没有任何伤害性，一旦平息便被抛之脑后，就像寒冷、发烧和痛苦一经退去一样。情感的矫正是缓慢的，渐进的，令人愤然。陷了进去就很难自拔，养成了以特定不变的思维方式想念某人的习惯——也养成了渴望他的习惯——便无法在一夜之间甚至几个月、几年内戒除，它是很有可能追随你这么久的。如果那种感情是失望，那么最初你会令人难以置信地与它斗争，粉饰它，否认它，试图克服它。不久你就会认为自己没有听到所听到的事情，或者那种微弱的想法又回来了：其中一定有错误，一定有误会，甚至迪亚斯·巴雷拉安排德思文的死亡一定有个可以接受的解释——可是这怎么能被接受呢——我发现在等待的过程中我的脑子里在逃避"谋杀"这个词。因此，我既因为迪亚斯·巴雷拉没有找我，让我可以重新整理一下思绪喘口气而觉得很幸运，又因为他没有找我而忧心忡忡、备受煎熬。也许我觉得——一个苍白的结局，一个糟糕的结局——在我发现了他的秘密之后一切不可能就这样不了了之，在他对我稍加盘问产生疑心之后，不可能什么事都没有。就像是一场演出在结束之前中断了，就像是一切都悬在那里，不见分晓，漂浮不散，迟迟没有解决，如同电梯里难闻的气味。我的思绪很混乱，既想知道又不想知道他的消息，我的梦相互矛盾，当我彻夜失眠时，我确实无法分辨，只觉得脑子里满满的，想要腾空它却感到令人讨厌的无能为力。

失眠时我问自己是否应该告诉路易莎，在咖啡馆吃早餐时我已经碰不上她了，她可能已经放弃了这个习惯，以免增加痛苦或者为了更好地忘却，也可能她去得晚，那时我已经在上班了（以前也许是她丈夫要早起，她只是陪着他，为了延迟分别）。我思忖着自己是否有责任提醒她，让她知道那个朋友、她或许尚未察觉的追求者、她坚定的保护人是个什么样的人；但是我缺乏证据，她可能会认为我疯了或者怀恨在心，存心报复，精神失常，告诉任何人这样一件邪恶的、阴暗的事情都很棘手，事件越夸张，越错综，人们就越难相信，这在一定程度上正是那些胡作非为者所依赖的，他们确定人们恰恰因为其暴行极其恶劣而难以置信。

但如果是因为极少发生而显得更为奇怪的事情那就不是这样了：大多数人都乐意、喜欢在背地里指指点点、控告、揭发，向警察和当局告发自己的朋友、邻居、上司和老板，揭露曝光任何事情的责任人，即使这仅仅是他们的想象；如果可能，毁掉他们的生活，或者至少让其困难重重，努力制造无赖，社会败类，被抛弃者，在自己周围制造伤亡，将他们逐出社会，每当有受害者或者死亡者他们似乎都会欣慰地想："那个家伙被弄走了，离开了，他倒下了，而我没有。"在所有这些人中只有我们极少数人——数量还在逐日减少——与之相反，对扮演这种角色，告密者的角色，感到说不出来的反感。我们对之厌恶到了极点，甚至在既为了自己又为了别人而应当克服它的时候也很难克服这种情绪。我们有点讨厌拨通一个电话号码匿名讲话："喂，我刚刚看到一个被通缉的恐怖分子，他的照片上了报纸，他刚刚进了那个大门。"可能在这种情况下我们会这么做，不过我们考虑更多的是那些我们可能通过这种方式避免的犯罪，而不是对已经犯下的罪行进行惩罚，因为那些既成犯罪没人能够补救，罪犯逍遥法外的情况古今内外数不胜数，以至于从某种程度上来说再多个一星半点我们也无所谓。这听起来很奇怪，很不好，但却有可能发生：我们因为有那种厌恶情绪，所以有时宁愿不去伸张正义，宁愿某事逍遥法外而不想让自己像个告密者，我们对此无法忍受，毕竟正义不是我们的事情，不是我们的职责所在；如果揭发的是我们曾经爱过的人，我们就更讨厌这个角色了，或者更糟：揭发的是我们还没有完全停止爱的人，虽然这很令人费解——尽管我们的良心或者理智感到恐惧、恶心，但是随着日子一天天结束、流逝，我们逐渐趋向平静——于是我们就有了一些无法完整表达出来的想法，只能结结巴巴、断断续续、反反复复，几乎像发烧一样说出类似这样的话："是的，很严重，很严重。但是是他，他仍然是他。”在那段等待或者说心照不宣地分手的时间里，我并不认为迪亚斯·巴雷拉将来会危害其他人，哪怕是我，我曾经对他有一时的恐惧，即使他不出现，在我的回忆里或者在我的预感中我仍然时不时地感到害怕。也许我太过乐观了，但我不认为他会再做同样的事。他仍然是我喜欢的人，一个偶然闯入我生活的人。一个本质上正常的男人，只有过一次例外。

第十四天，他打了我的手机，当时我正在出版社和欧赫尼以及一位中青年作家开会，这位作家是卡拉伊·丰蒂纳推荐的，为了奖励对方在他的博客以及他主编的一个文学专刊上对丰蒂纳大肆吹捧。这里的“专”是指自命不凡，更确切地说是不入流。我暂时离开了一下办公室，告诉他待会儿给他打过去，他好像不相信，拉着我又聊了一会儿。

“就一分钟，”他说，“我们今晚见面怎么样？我出去了几天，很想见你。如果你愿意，你下班后我在家等你。”

“我不知道今天会不会晚下班，这边事儿很多。”我当即临时编了个理由；我想考虑一下，或者至少给自己一点时间来适应一下又去见他的想法。我仍然不知道自己更想要什么，他那既在期待之中又在意料之外的声音让我既惊慌又宽慰，但是马上我就飘飘然起来，因为感觉到自己被人需要，证实了他还没有弃我于不顾，没有对我不理不睬或者让我无声无息地消失，现在还不是我消失不见的时候。“等我下午再跟你说吧。看事情忙得怎么样，我过去或者告诉你我去不了了。”

然后他叫了我的名字，他平常不会这样。

“不，玛丽亚。你过来。”然后他停顿了一下，似乎很想让他的话听起来像是命令，确实很像。我没有马上回答，所以他又说了几句话想减轻这种感觉。“不仅仅因为我想见你，玛丽亚。”他叫了两次我的名字，这可是极其少见，一个不祥的预兆。“我有急事问你。即便很晚也没关系，我会一直待在家里的。无论如何我都会等你。要不然，我去找你。”

他最后的态度很坚决。

我也很少说他的名字，这次这么做是在模仿他或者是为了不落下风，听到自己的名字往往会让我们产生警惕，好像我们在接受忠告，或者是不幸或者告别的前奏。

“哈维尔，我们已经好多天没见面也没打电话了，不至于这么急吧，你再等一两天，好吗？我是说，如果我最后去不了的话。”

我在故作姿态，但却希望他不要放弃，不要说一句“我们回头见”或者“也许”就算了。他的迫不及待让我的自尊心得到了满足，尽管我注意到那天他的迫不及待不是纯粹肉体方面的。其中甚至很可能没有一丁点肉体的欲望，而只是因为他急于做个了断并且明确说出来．一旦决定不再让事情飘浮不定，淡化，悄无声息地结束或者出现苍白的结局，那么等待往往就会变得艰难或者几不可能；必须马上把它讲出来，说出口，必须把它告诉对方，好让自己迅速逃脱，让对方知道该怎么做，不要自欺欺人或者扬扬得意，让她不要以为自己仍是我们生命中的重要人物，她已经不是了，不要以为她还在我们的思维和心中占有一席之地，她恰恰已经被它们替换掉了；好让她立即从我们的生活中消失。但是我不在乎。我不在乎迪亚斯·巴雷拉叫我去只是为了让我走人，跟我说再见，我已经有十四天没看见他了，一直担心再也见不到他了，这是我唯一在意的：如果他重新见到我，也许他会难以坚持他的决定，我可以诱惑他，让他提前感受到将来对我的怀念，亲自现身说服他改变决定。想到这里，我发现自己真是太蠢了：那样的时刻令人厌恶，我们察觉到自己的愚蠢后竟不觉得羞耻，而是不管怎样任由自己愚蠢下去，完全意识到、明明知道很快我们就会对自己说：“我可是早就知道，非常确定。天哪，但是我可真傻呀。”而我产生了这种类似于铁被磁石吸引的反应，则是更加矛盾，更加愚蠢，虽然我已经下了一半的决心，如果他再来找我的话与他断绝一切关系。他让人杀害了他最好的朋友，这对于我清醒的良心来说太过分了。现在我认识到不是这样，或者暂时还不是，或者是我的良心稍不留神就会混乱或者睡着，因而令我产生了那样的想法：“天哪，但是我可真傻呀。”

不管怎么说，迪亚斯·巴雷拉已经养成了坏习惯，习惯了我从不反对他的建议，除非是工作上万不得已，而很少有什么工作不能留到第二天再做，至少在出版社是这样。莱奥波多在和我保持关系的时候从来不会妨碍我，他之于我的地位就像我之于迪亚斯·巴雷拉的地位，或许更糟，跟他在一起的时候我必须尽力让自己开心，但我从来没觉得和我在一起时迪亚斯·巴雷拉需要借助意志的力量，尽管或许这些都是我的错觉，因为谁能真正了解别人的一切。是我来告诉莱奥波多我们何时可以见面何时不可以，我来决定见面的时间，对他来说我一直是一个总有忙不完的活动的女人，关于这些活动我甚至跟他只字未提，我这个小小的、从容的世界像一个难以忍受的漩涡，我很少把时间给他，我在他面前总显得忙碌不堪。他和迪亚斯·巴雷拉在我生活中存在的时间相同：就像两个关系同时进行时常常发生的那样，无论它们相去多远甚或相互对立，一方没有另一方都无法存活。在已婚者离婚或者丧偶后一对情人往往会结束他们的地下情，似乎突然之间他们害怕单独面对面，或者当阻碍不在了，他们不知道该怎么生活，怎么发展此前一直受到限制、被迫却也令人安慰地不能公开、可能出不了房门的爱情；我们常常发现以意外方式开始的事情应该永远局限于那种方式，试图进入其他方式则会像假冒或者伪造一样被双方感觉到、拒绝。莱奥波多从来不知道迪亚斯·巴雷拉，对于他的存在只字不知，这不关他的事，他没必要知道。我们友好地分手了，我对他伤害不大，他仍然偶尔给我打电话，聊的时间很短，我俩都让对方觉得乏味，三句话之后就没什么可说的了。他一看到短暂的、必定也是脆弱的、有点可疑的希望落空，激情便无法掩饰地退去了，连最乐观的人都能感觉得到。这是我的想法，我几乎没有伤害他，他并不知情。这不是现在要弄清楚的问题，这有什么关系或者说这跟我有什么关系。迪亚斯·巴雷拉就懒得知道他给我造成了多大的伤害，或者是否伤害了我：毕竟我一直都是持怀疑态度的，甚至都不能说我曾真正抱过希望。对其他人确实有过，对他没有。我从这个情人那里学会了一些东西，学会了凡事不必太认真，少往回看。

下面的话听起来已经像是强烈要求了，尽管被拙劣地伪装成了央求：

“我请你过来，玛丽亚，不可能来不了的。也许问题本身可以再等一两天。但是我却等不下去了，你也知道人着急起来是怎样的，没法平静。过来对你也好。我求你了，来吧。”

我过了几秒才回答，为了不让他觉得事情都像以前那么容易，上次发生了可怕的事情，尽管他不知道，或许知道。实际上我非常渴望见到他，渴望对我俩进行考验，渴望再次享受他的脸和他的唇，甚至渴望和他上床，至少是和以前的那个他，他仍然在那个新的迪亚斯·巴雷拉的身体里，他还能在其他什么地方呢？终于我开口道：

“好吧，既然你这么坚持。我说不好几点，但我会去的。当然，如果你等烦了，就告诉我，省得我去了。现在我不能再和你聊了。”

我挂了电话，关了手机，回到我那个毫无意义的会议中。从那一刻起我的精神就无法再集中在那个被推荐的中青年作家身上了，他很不友善地看着我，因为那是他想要的，公众和关注。总之，我确定他不会在我们出版社出版了，至少不会和我扯上关系了。

最终我的时间充裕，我前往迪亚斯·巴雷拉的家的时候一点都不晚。我的时间绰绰有余，让我还有机会停下脚步揣测、犹豫，在附近转了好几圈拖延进门的时间。我甚至还去了“大使馆”，太太们、外交官们吃午后甜点或者喝茶的那个古色古香的地方，我在一张桌边坐下，点了东西等着。不是在等待一个具体的时间——我只知道我到得越迟他就越紧张——而是在等待时间一分一秒地过去，等待我下定足够的决心，或者等待我的心情越来越急切，直到促使我起身迈出一步，又一步，又一步，然后站到他的门前激动地摁下门铃。但是，一旦决定了前去，一旦知道那天再见他由我来决定，那么无论是决心还是急切的心情就都不会来了。“等一会儿，”我想，“不用急，我再等一会儿。他会待在家里，不会逃避我，不会离开。希望每一秒钟都让他觉得很漫长，他数着秒数，看几页书却什么都看不进去，毫无目的地打开电视又关上，希望他怒气冲冲，准备或者熟记将要对我说的话，希望每每听到电梯声就到楼梯平台那里张望，而在证实了电梯没到他那层就停了或者径直往上走了后他便失望起来。他想问我什么？这是他采用的说法，空泛，毫无意义，一种万能借口，常常掩饰了其他目的，是给某人设的陷阱，让对方觉得自己很重要，同时也激起了他的好奇心。”几分钟后我想：“我为什么同意？为什么不拒绝，为什么不逃离他藏起来，或者为什么不直接揭发他？为什么即使知道了我所知道的事情我还同意跟他来往，如果他愿意解释的话还愿意听他说话，如果他提议的话，很可能还同意和他上床，仅凭他的一个手势，一个爱抚，或者哪怕仅凭男人常用的那种头部含糊地指向卧室的低俗的动作，中间连句甜言蜜语都没有，和众多男人一样舌头很懒?”我想起我的父亲用法文背诵下来的《三个火枪手》里一段话，他有时会突兀地朗诵一下，就像一个用来打破沉默逗人开心的口头禅，可能他喜欢那些句子的节奏、激昂和简洁，又或许他在童年第一次读它们时就留下了深刻的印象（和迪亚斯·巴雷拉一样，他也曾在一所法国学校念书，圣路易法国学校，如果我没记错的话）。阿多斯正在用第三人称谈论自己，也就是说，他正给达达尼昂讲自己的故事，就像是在讲一个贵族老朋友的故事一样，他在二十五岁时和一个单纯的、令人心醉的十六岁的姑娘结了婚，“像爱情一样美”，或者是“像情事一样美”，或者是“像恋爱一样美”，阿多斯如是说，那个时候他不是他，火枪手，而是拉费尔伯爵。在一次狩猎时，他那天使般的妙龄妻子——他在对她不甚了解，也没有调查她的出身，以为她的过去很清白的情况下和她结了婚——发生了意外，她从马上摔了下来，失去了知觉。阿多斯上前救她时，发现她的衣服太紧了，几乎令她窒息；他拿出匕首划破她的衣服露出肩膀方便她呼吸。就在这时他看到她的肩膀上烙着一朵耻辱的百合花，这是刽子手给妓女、女贼或者一般的女犯留下的永久标记，我不清楚。“这个天使是一个魔鬼。”阿多斯下了定论。“这个可怜的姑娘偷过东西。”他又矛盾地加上了一句。达达尼昂问他伯爵是怎么做的，他的朋友简短又冷冰冰地回答道（这是我父亲重复朗诵、我想起来的那段话）：“伯爵是一个大领主，他在自己的领地上享有从上到下的审判权：他撕碎了伯爵夫人的衣服，将她的双手反绑在背后，然后把她吊在了一棵树上。”这就是阿多斯年轻时对他的妻子所做的事，当时他毫不犹豫，不问缘由，不去寻找减轻她罪恶的情节，眼睛都不眨一下，并不因为她年幼而有怜悯或者惋惜之情，他曾经那么爱她，所以才会本着诚实的意愿让她成为自己的妻子，因为，像他所承认的那样，他原本可以引诱她或者随心所欲地强行占有她的：他是当地的领主，谁会前来帮助一个外乡姑娘，一个只知道她的真名或者假名叫做安娜·布勒伊的陌生女孩？但是不然：那个“傻瓜！蠢货！白痴！”非得和她结了婚，阿多斯斥责以前的自己，那个既正直又残忍的拉费尔伯爵，他一发现欺骗、耻辱、抹不掉的污点，就停止了调查、矛盾的感情、犹豫、推迟和怜悯——但却没有停止爱，因为他仍然一直爱着她，或者至少没有恢复过来——他没有给伯爵夫人机会解释，为自己辩护，否认，说服他相信，乞求他的宽待，重新迷住她，甚至不能像世界上最卑鄙的人都可能受到的待遇那样“稍后再死”，而是毫不犹豫地“将她的双手反绑在背后，然后把她吊在了一棵树上”。达达尼昂感到毛骨悚然，喊道：“天哪！阿多斯！谋杀！”对此阿多斯不可思议地或者说令人费解地回答：“对，谋杀，仅此而已。”接着他又要了些酒和火腿，认为这个故事结束了。不可思议甚至令人费解的是那句“仅此而已”，法语是“pas davantage”。阿多斯没有对达达尼昂愤怒的叫喊加以反驳，没有为自己辩解，没有纠正他说：“不，那只是处死。”或者：“那是正义的行为。”甚至不打算让人对他轻率地、无情地、可能也是独自地绞死他深爱的妻子多一些理解，很可能当时树林里只有他和她，一个没有目击者的突发事件，没人劝告、帮助，也没人可以求助，他也没有作出类似这样的回答：“他被气昏了头，无法控制自己；他必需报复；他终生后悔。”他承认那是谋杀，是的，但是“仅此而已”，仅仅如此，不是其他更令人憎恶的事情，仿佛谋杀不是能够想象的最糟的事情，或者仿佛谋杀是这么普通平常，在它面前没有什么气愤和震惊可言，说到底，这和负责那个应该继续死亡的活死人夏贝尔老上校案件的德维尔律师的观点一样，他和所有同行一样，看到“同样的邪念在重复”，没有什么来纠正它们，他们的事务所变成了“无法打扫干净的下水道”：谋杀是不断发生的事情，谁都能干，从远古时代的黑夜起就一直在发生，并将持续到最后一个白昼之后没有黑夜之时，再也没有时间来容纳它们之时。谋杀是司空见惯、无足轻重、平平常常的事情，是时间问题；世界各地的报纸和电视上都充斥着谋杀事件，干吗这么大呼小叫，这么心惊胆战，这么大惊小怪。是的，谋杀。仅此而已。

“为什么我不能像阿多斯那样或者像拉费尔伯爵——他最初的身份，后来放弃了——那样呢?”我问自己，仍坐在“大使馆”里，四周是讲话飞快的太太们以及某个懒散的外交官嗡嗡的说话声。“为什么我不能同样清楚地看待事情并且行动起来，去找警察或者路易莎，告诉他们我知道的事情，足以让他们去搜寻调查，去找鲁伊韦里斯·德·托雷斯，至少是个开始？为什么我不能反绑我爱的那个男人的双手直接把他吊在树上？既然我很清楚他犯下了可恨的、像《圣经》一样古老的罪行，动机卑鄙，并且采用暗算的方式，利用中间人来保护自己，遮挡自己的面孔，利用一个可怜的倒霉鬼，一个精神病，一个没有判断力、无法保护自己、只能任他摆布的穷鬼。不，轮不到我在这件事上采取极端，因为我在这个世上并没有从上到下的审判权，而且因为亡者不能讲话，而生者可以，他可以解释，说服，争辩，甚至可以吻我，跟我做爱，而亡者既看不见又听不见，在腐烂，不会回应，已经不能影响或者威胁我，不能给我带来一丁点快乐；也不会要求我解释，表现出失望，或者满怀无尽的哀怨和极大的痛苦责怪地看着我，甚至不会触碰我，向我发出气息，和他什么都做不了。”

终于，我下定了决心，或许是因为厌烦，或者是努力要把不时突如其来的恐惧抛之脑后，或者是迫不及待地想看看仍然在爱着的以前的我，因为那个我还没有完全烟消云散，仍凌驾于有污点的、忧郁的“我”之上，像是一位亡者的鲜活的形象，尽管去世已久。我要了账单，付了钱，再次来到大街上，向我非常熟悉的那个家的方向走去，虽然那个家我去的并不多，并且现在已经不存在了——或者说迪亚斯·巴雷拉已经不在那里住了，所以对我来说就不存在了——但是我永远不会忘记。我的脚步仍然很缓慢，并不急着赶到，像散步似的往前走，而不是去一个别人已经等了我很久要问我什么的具体地方，也就是说，要再次问我或者告诉我什么事，或者可能是为了让我告诉他，又或者是为了让我保持沉默。我又想起《三个火枪手》里我父亲没有背诵但是我用西班牙语记住的另一段话，童年时印象深刻的东西就像刻在我们脑海里的百合花一样持久：那个带着烙印被吊在树上的女人，原名叫安娜·布勒伊，做了很短时间的修女后从修道院里逃了出来，之后又做了昙花一现的拉费尔伯爵夫人，再后来又当过夏洛特夫人，克拉瑞克夫人，德温特夫人，夏菲尔德男爵夫人（小时候我很惊讶一个人一生中可以换这么多名字），在文学史中仅仅被定名为“米莱迪”，她没有死，和夏贝尔上校一样。但是巴尔扎克详细解释了夏贝尔上校得以幸存的奇迹以及他是如何离开战役结束后他被抛入的那座鬼魂金字塔的，而大仲马或许更多受到交稿期限以及情节发展的要求所迫，当然他也是个更加恣意或者随意的叙述者，他没有费心讲述——至少我不记得了——那个姑娘在被一位大领主因为愤怒和荣誉受损而在从上到下的审判权的掩饰之下冲动地绞死她之后是怎么鬼使神差地逃脱死亡的（也没有解释一个丈夫怎么可能在床上从未见过那朵悲剧性的百合花。）。凭借自己的美貌、精明和无所顾忌——可以想象还有她的怨恨——她变得有权有势，赢得了红衣主教黎塞留本人的宠信，犯下了累累罪恶却无丝毫内疚。在大仲马的小说中她又犯下了更多的罪恶，可能成了文学史上最邪恶、最歹毒、最无情的女性角色，模仿者趋之若鹜。在讽刺性地以“夫妻相见”为标题的一章中，讲述了阿多斯和她的会面，她在几秒钟后很震惊地认出了自己的前夫、刽子手，她也以为他已经死了，就像他有更多理由认为他深爱的妻子已经死了一样。“您曾经出现在我的人生道路上，”阿多斯对她说，或者类似的话，“我原以为已经毁掉了您，夫人；然而，不是我弄错了，就是地狱使您复活了。”然后针对自己的疑问他又说道：“是的，地狱使您变得富有，地狱让您改名换姓，地狱几乎给您重塑了一张面孔；但是却没有抹去您灵魂上的污点以及您肉体上的污迹。”再往下就是在去找迪亚斯・巴雷拉的路上我最后一次或者是倒数第二次想起的那段引文：“您以为我死了，不是吗？正如我以为您死了一样。我们的处境实在奇怪；我们彼此活到现在，只是因为我们都以为对方死了，只是因为一段回忆比一个活人带来的烦恼要少，尽管这种回忆有时是残酷的！”

如果说这段话留在了我的记忆里，或者说记忆又想起了这段话，那是因为随着我们一天天生活下去阿多斯的那些话越来越像是一个真理：我们可以在虚假的平静中生活或者只是继续活下去，如果我们以为给我们造成巨大伤害或者痛苦的人已经离开人世死去；如果他已经只是一个回忆，不再是一个活人，不再是一个有呼吸、满世界留毒、我们有可能重遇再见的活生生的人；得知他埋伏起来——得知他仍在附近——我们都想不惜代价地逃避，或者更让他受辱的做法是让他为自己的罪恶付出代价。伤害我们或者让我们虽生犹死（已经很常见的夸张说法）的那个人的死亡不能完全治愈我们，也不能让我们遗忘，阿多斯本人在火枪手装扮和新个性之下承受着遥远的痛苦；但是如果我们只剩下一个回忆在萦绕，唯一的感觉是这个唯一的世界的恩怨都已经了结，这会让我们平静下来继续生活，呼吸变得更轻松，无论每次唤起回忆或者它不请自来时它仍然让我们多么痛苦。相反，知道我们仍然和那个撕碎了我们的心或者欺骗、背叛了我们，毁掉了我们的生活，让我们过于看透事实或者以过于残忍的方式让我们认清事实的人生活在同一个时空里则会让人无法忍受；我们会惊呆于那个人仍然活着，没有被杀害或者吊死在树上，他可能会再次出现。这是亡者不该回来的又一个理由，至少是那些其死亡令我们感到宽慰，让我们在埋葬原来的那个“我”之后——如果我们愿意——就像幽灵一样继续生活下去的亡者：无论是阿多斯还是米莱迪，无论是拉费尔伯爵还是安娜·布勒伊，他们之所以可以活下去，是因为他们在那么多年的时间里都各自认为对方只是一个死人，已经连一片树叶都晃动不了，已经不能呼吸了；费洛德夫人也是这么认为的，她毫无牵绊地重新开始了自己的生活，因为对她来说她的丈夫老夏贝尔上校无疑只是一段回忆了，连残酷都算不上。

“要是哈维尔死了该多好，”那个下午在我一步一步地向前走的时候竟突然产生了这种想法，“但愿他现在死掉，但愿我摁门铃的时候他不给我开门，倒在地上永远不动，就不用问我什么了，就不可能同他讲话了。如果他死了，我的怀疑和恐惧就会消除，我就不必听他说话也不用琢磨该怎么做了。我也不会陷入亲吻他或者跟他上床的诱惑，然后用这可能是最后一次的想法来欺骗自己。我就可以永远保持缄默而不必顾忌路易莎，更不必顾忌正义，我会忘记德文内，毕竟我最终也没有认识他，那么多年只是见过他，在早餐时见过他。如果夺去他性命的人丢了性命，也变成了回忆，没有可控告的人了，那么后果就没那么重要了，发生的事情又有什么重要的？有什么必要去说去讲呢？甚至有什么必要去弄清楚呢？保持沉默是最安心的，没有必要用已故者的故事进一步扰乱这个世界，他们值得些许同情，但仅仅因为他们的脚步已经停止，他们的生命已经结束，他们已经不存在了。我们已经不再处于那种对一切都要加以判断或者至少知情的年代；现在永远结不了案、得不到惩处的罪行数不胜数，因为不知道会是谁干的（太多了，没有足够的眼睛向四周看），很少能找到罪有应得坐在被告席上的人。恐怖主义行动，危地马拉或者华雷斯市的谋杀妇女案，走私犯之间的清算报复，非洲不分青红皂白的屠杀，我们那些无人驾驶因此也不要脸的飞机对平民的轰炸……没人过问，甚至连调查都不调查的就更难以计数了，这项工作被认为是不切实际，案件发生以后就被搁置一边了；没有留下线索的，没有登记备案的，没有被发现的，无人知晓的就更多了。毋庸置疑，所有这些种类的犯罪一直都有，在许多个世纪里或许只有那些仆从、穷人和缺乏生计的人所犯的罪行才受到了惩处，而那些权贵们所犯的罪行——除了个别例外——从表面大致来说都逍遥法外。但是以前有一个正义的幌子，至少在公开场合，至少在理论上装模作样地追究所有的罪行，有时真的在努力，而尚未澄清的案件给人的感觉好像是“有待解决”，现在却不是这样了：有太多的事情无法澄清，或许也不想澄清，或许认为不值得费力、费时、冒险。极其庄严地宣读诉状、声音毫不颤栗地宣布判决的时代已经相去遥远，正如阿多斯两次对他的妻子安娜·布勒伊所做的那样，第一次在他年轻时，第二次在他不再年轻时：第二次审判她时他不是孤身一人，和他在一起的还有他授权的其他三个火枪手波尔多斯、达达尼昂、阿拉密斯，以及德温特勋爵和一个身披红斗篷的蒙面人，这个蒙面人原来就是里尔的刽子手，就是数年前——实际上是在另一段生活中，对另外一个人——给米莱迪烙上那朵耻辱的百合花的人。他们每个人都提出了自己的指控，全都用了在今天看来不可思议的开场白："在上帝和所有人面前，我指控这个女人曾经下毒，曾经谋杀，曾经指使谋杀，曾经怂恿我去谋杀，曾经通过一种怪病致人死亡，曾经亵渎神圣，曾经盗窃，曾经贿赂，曾经教唆犯罪……""在上帝和所有人面前。"不，这个时代已经没有了庄严。当时也许是为了假装自欺欺人，为了毫无意义地相信这次不是他在审判她、判决她，阿多斯一个一个地询问其他人要求如何惩处那个女人。他们一个一个地作了回答："死刑，死刑，死刑，死刑。"听到判决之后，阿多斯将转向她，像司仪一样对她说："安娜·布勒伊，拉费尔伯爵夫人，米莱迪·德温特，您的种种罪恶让地上的人和天上的上帝都已无法容忍。倘若您会什么祷告，您就说吧，因为您已被定罪，您就要死了。"任何在童年或者少年时读过这一场景的人都会永远记得，无法忘记，下面这一场景也一样：刽子手捆住了那个仍然"像爱情一样美丽"的女人的手脚，双手提起她把她带到了一艘小船上，横穿邻近的河流来到了对岸。途中米莱迪挣脱了令她双脚无法动弹的绳子，一到陆地拔腿就跑，但是马上滑了一跤，跪在了地上。那时她应该觉得走投无路了，因为她已不再试图站起来，而是保持着那个姿势，低头合掌，我们不知道是在胸前还是在背后，就像很久以前她年轻时第一次被杀时一样。里尔的刽子手手起剑落，就这样结束了一个人的生命，将她彻底变成了回忆，是否残酷已经不重要了。然后他脱下红斗篷铺在地上，先将尸身放在上面，再把脑袋扔上去，在布的四个角上打了结。他将包裹扛在肩上又回到了船上。途中行到河中央最深处时，他把包裹扔到了河里。法官们在岸上看到它沉了下去，看到河水被分开片刻后又重新闭合。不过这是小说，就像我问哈维尔夏贝尔发生了什么事时他对我说的：“发生了什么是次要的，小说里发生的一切无关紧要，小说一看完就忘了。重要的是小说通过虚构事件告诉我们、灌输给我们的可能性和想法比真实事件更清晰地留在了我们的脑海，我们对之更加关注。”这不是真的，或者虽然常常是这样，但是所发生的并不总是被遗忘，在一部几乎所有人都曾熟悉或者仍然熟悉的小说中不会，甚至那些从未读过这部小说的人也不会，在现实中也不会，如果小说里发生的事情发生在我们身上，即将成为我们的经历，其结局可能是这样也可能是那样，由不得任何小说家来决定，也不取决于任何其他人……是的，但愿哈维尔已经死了，也变成了回忆，我再次这么想。“我就会免去良心问题和恐惧，免去怀疑、诱惑、做决定，免去恋爱，免去开口的必要。免去现在等待我的一切，免去我将要见到的一切，这或许有点类似于一次夫妻相见的场景。”

“说吧，什么事这么急，”迪亚斯·巴雷拉刚一给我打开门我就冲他说道，我甚至没有亲他的脸颊，进门时几乎是勉强给他打了个招呼，我尽量避免跟他正面对视，甚至不愿跟他有肢体接触。假如我上来就要求他解释，或许可以抢在他前面，或者说，赢得掌控局面的一定优势，无论情况如何：是他促成了，几乎是强行造成了这种局面，我无法知道。“我没有太多的时间，我已经累了一天了。来吧，告诉我，你想问我什么。”

他的脸刮得很干净，穿戴整齐，不像是在家里等了很久并且毫无把握不会白等——这种情况总会在不知不觉中损害形象——倒像是正要出门。他大概是在忐忑不安、百无聊赖中一遍又一遍地刮着胡须，把头发梳好又弄乱，换了好几次衬衫和裤子，把外套穿上又脱下，估摸着穿与不穿的效果，最后他还是留下了它，似乎这样可能会提醒我此次会面和以往不同，我们最后不一定会去卧室，以前我们每次都假装在无意之中去了那里。最终他比平时多穿了一件衣服；不过所有的衣服都可以脱去，或者根本没有必要。现在我把头抬起来了，视线与他相遇，他那梦幻般的或者类似近视的眼神一如既往，相对于我上次去他家时或者更确切地说是在他家的那最后几分钟时——那时一切都已经变了——已经平和多了，当时他把手放在我的肩上暗示我他只需慢慢加力就可以让我陷下去。时隔这么多天之后我觉得他依然非常迷人，我身体最重要的部分一直在想念他——我们总会想念我们生活中的一切，包括那些还没来得及驻扎心底的；包括那些具有危害性的——我的目光马上投向了我常看的地方，我从来都无法避免。如果我们跟谁发生了这种情况，那可真是名副其实的诅咒。无法移开视线：你觉得自己被牵着鼻子走，服服帖帖的，简直是低三下四。

“你不用这么急。休息一下，喘口气，喝杯酒，坐下。我要跟你谈的事儿站在那里三两句说不完。来，耐心点，大方点。请坐。”

我照做了，坐在了我们在客厅待着时常坐的那个沙发上。但是我没脱外套，并且坐在了沙发边上，好像我到那里仍然是临时性的，是个人情。我发现他很从容，也很专注，就像许多演员在出场前的状态，也就是说，是一种硬装出来的从容，他们必须这样以防自己临阵脱逃回家看电视去。早上往我班上打电话几乎是威胁我来的那种专横和迫切似乎已经荡然无存。他应该感到满意或者放心，因为我已经在他控制范围之内，已经在他那里了，在某种程度上我又把自己置于他的手心了，这不仅仅是比喻。但是现在我并没有那种恐惧，我早就清楚他永远不会对我做什么，不会不通过第三方亲自对我动手，而是借别人的手，他不在现场，而是事后才知道何时发生的，那时已是既成事实，已经无法挽救，他就能像某人听到某某新闻时那样对自己说：“总会有听到这句话的时候，她总会死的。”这倒有可能。

他去厨房给我拿来一杯酒，也给自己拿了一杯。他没有喝过酒的迹象，可能在等我期间他没让自己沾一滴酒，以便保持清醒，或许他把时间用来甄选和整理要对我说的话了，甚至把某些部分背了下来。

“好，我坐下了。你说吧。”

他在我身边坐下，离我太近了，尽管换做其他任何一天我都不会这样想的，我都会觉得很正常，甚至都不会去注意我俩之间距离的大小。

我挪开了一点，仅仅是一丁点，不想给他造成我排斥他的感觉，而且我的身体并没有这种意思，我承认我仍然喜欢他靠近我。他喝了一口酒。拿出一支烟，将打火机打着又熄灭，反复了好几次，似乎有点心不在焉，或者在积蓄力量，最终他点着了烟。他用手摸了摸下巴，这次他的脸刮得非常细致，因而下巴不似往常那样露出黛青色。这就是整个前奏，然后他对我说话了，不时努力挤出来一点微笑——仿佛每隔几分钟他就提醒自己笑一下或者他已经把它编入了程序，但是很晚才想起来启动——但是语气很凝重。

“我知道你听到我们的谈话了，玛丽亚，听到鲁伊韦里斯和我的谈话了。你像上次那样否认或者试图说服我相信你没有听到是没有意义的。那是我的错，在家里那样跟你讲话，在这里跟你那样讲话，一个女人如果关心一个男人，总是对有关他的任何事情都很好奇：他的朋友，他的生意，他的喜好，无论什么。她对一切都感兴趣，只是想要更了解他。”“如我所料，他一直在回味这件事，”我想，“他可能回想了每一个细节，每一句话，然后得出了这个结论。幸好他没说‘一个女人如果爱上了一个男人’，尽管他想表达的正是这个意思，而且这也是事实。或者曾经是事实，现在我不清楚，已经不可能了。但是两个星期以前确是如此，所以他不无道理。”“事情发生了就没法再回去。我接受，不打算自欺欺人：你听了不该听的，你和任何人都不该听的，尤其是你，我们早该干干净净地分手了，不留下任何痕迹。”“他身上现在有一朵百合花。”我想。“根据你所听到的话你应该已经形成了某种想法，对事态的分析。咱们听听你的想法吧，这比逃避它或者假装它不在你的心里、不存在要好。你可能会把我往最坏处想，我不怪你，那件事肯定让你觉得糟透了。很恶心，不是吗？很感谢尽管这样你还是来了，再来见我应该让你很尴尬吧。”

我试图反驳，但却是半心半意；我看到他已下定决心谈论此事，不给我留出路，决心要开诚布公地跟我谈他的委托杀人案。他不可能完全相信我已经知道，即便这样他还是打算向我坦白或者说点什么。或许他是想让我了解情况，告诉我背景原因，想方设法为自己开脱，告诉我可能我宁愿不知道的事情。如果我知道了细节，我会更难做到不予理睬或者无动于衷，直至那个下午之前，虽然不是有意为之，但我在某种程度上一直都保持着这种态度，尽管并不因此排除将来会有其他反应，明天可能会改变我们，带来一个无法辨认的我：我一直按兵不动，让日子一天天过去，这是现实中让事情消散或者瓦解的最好方式，尽管它们会永远留在我们的思想和认识里，在那里腐烂，固化，发出恶臭。但是这可以忍受，我们可以与之一起生活。谁身上没有这种东西呢。

“哈维尔，我们已经谈过这个了。我已经告诉你了我什么都没听见，我对你的兴趣没有你想象的大……”

他的手在半空中划了个弧形阻止了我（“别跟我编故事了，”那只手说，“别跟我装了。”），不让我继续往下说了。现在他略微屈尊地笑了笑，或许是在自嘲，因为看到自己不小心陷入了现在这种本来可以避免的处境。

“别再坚持了。不要把我当傻瓜。虽然我确实一直都很蠢。鲁伊韦里斯露面时我应该把他带到大街上的。你当然听到我们说话了：你进客厅时说你不知道那里还有别人，但是你已经穿上了胸罩，为了在一个陌生人面前有所遮挡，而不是因为冷或者任何矫揉造作的理由，你打开房间门走过来的时候脸早已红了。你不是因为你所看到的而感到害臊，你已经提前为你将要做的事感到害臊了：半裸着身子出现在一个你从未见过的不受欢迎的人面前；但是你早就听见他说话了，而且不是随便什么事情，不是足球或者天气，对吗？”“这么说他发现了我害怕他发现，”我的想法一闪而过，“我提前所做的准备，我那些小花招，那些天真的防备措施丝毫没有起到作用。”“你惊讶的脸色效果不错，但是还不够好。而且，最明显的是：你突然开始害怕我了。我离开时，你躺在床上充满信任，很平静，甚至我觉得你很温柔，很满足。你睡得很安静，等你醒来后重新单独和我在一起时，你突然害怕我了，你以为我觉察不到吗？当我们让别人害怕时，我们总能察觉出来。可能女人觉察不到，或者可能是因为你们很少让人害怕，所以不了解这种感觉，当然跟孩子们在一起时除外：你们会让他们惧怕。我一点都不喜欢这样，尽管许多男人喜欢并且刻意去寻求，这是一种充满力量的感觉，控制一切的感觉，暂时而虚假的无懈可击的感觉。被别人看作是一种威胁让我很不舒服。当然，我说的是身体上的恐惧。你们女人确实会让人产生其他类型的恐惧。你们的苛求让人恐惧。你们的固执让人恐惧，其实常常是糊涂。你们的愤怒让人恐惧，一种突如其来的精神发疯，有时毫无道理可言。从两个星期前开始你大概就对我有这种情绪了。你这样我不怪你。你这样可以理解，你有理由这样。你的理由不完全错误。只错了一半。”他停顿了一下，抬手轻抚下巴，眼神心不在焉（他第一次将目光从我身上离开），似乎确实在沉思，或者在认真地考虑自己接下来要说的话：“我不理解的是你为什么出现，为什么出来，为什么导致现在发生的事发生。如果你安安静静待着，如果你在床上等我，我就会认为你没有听见我们讲话，你什么都不知道，一切都跟之前一样，无论是总体情况还是你我之间。尽管极有可能我同样会察觉到你的恐惧，之前或者之后，那天或者今天。它一经产生就不会改变，也无法躲藏。”

他停下来，又喝了一口酒，又点了一支烟，站起来在客厅里踱了两圈，然后停在了我身后。他起身时我吓了一跳，身子一颤，他感觉到了，当他在那里一动不动地站了几秒钟，双手与我的头部同高时，我马上转过了头去，似乎不愿让视线离开他或者让他站在我身后。于是他摊开手做了个手势，像是在指出一个明显的事实。(“你看到了？”那只手说，“你不喜欢不知道我在哪里。几个星期之前你丝毫不关心我在你周围的举动：你根本就不去注意。”）事实上，我没有理由感到惊吓或者不安，没有真正的理由。迪亚斯·巴雷拉讲话时沉着冷静、温文尔雅，既不生气也不激动，甚至没有责骂我或者要求我对我的轻率行为做出解释。也许这是最引人注目的地方，他居然这样跟我谈一桩重罪，一桩他间接参与或者策划、发生的时间并不久远几乎是刚刚发生的谋杀案，一件通常不会至少很少这样无拘无束地谈论的事情：当这样的事情被发现或者被承认时，不会出现心平气和的解释、论述、谈话和分析，而是恐惧和愤怒、喧哗、叫喊和强烈的指责，或者拿一根绳子将招供的凶手吊在树上，而凶手则试图逃脱，如果有必要会再次行凶。“我们的时代很奇怪，”我想，“什么都可以说，所有的人都可以被倾听，不管他们做过什么，不仅是为了让他们自卫，而且似乎讲述他们的暴行本身很有趣。”我又产生了一个令我自己都吃惊的想法：“这是我们本质上的脆弱。但是违背它并非我能力所及，因为我也属于这个时代，我只是一个无名小卒。”

正如迪亚斯·巴雷拉刚开始所说的，继续否认没有意义。他已经承认得够多了（“那是我的错”，“我应该把鲁伊韦里斯带到大街上的”，“你有理由这样。你的理由不完全错误。只错了一半”），如果我继续保持立场的话，除了问他究竟在跟我说什么我没有别的选择。如果我执意假装我对这一切都一无所知，假装不知道他在说什么，那我还是不能脱身：我应该要求他讲他的故事，应该听他讲下去，只不过是从头开始而已。最好我表示自己已经知道了，省得听他重讲，也可能是瞎编乱造。一切都将变得讨厌起来，本来就很讨厌了。他讲的时间越短越好。或许会成为长篇大论。我想离开，但是我连尝试一下都不敢，我没有动。

“好吧，我听见了。但不是全部，也不是一直在听。但确实足以让我对你感到害怕，这正是你期待的答案吧？好了，你已经很清楚了，此前你并没有绝对的把握，现在有了。你打算怎么做？你让我来就是为了这个，为了确认此事吧？你早就相信了，用你的话说，我们本可以不管它，不让它给我们刻下更多印记的。你也看到了，我什么都没有做，没有告诉任何人，连路易莎都没告诉。我想她会是最后一个知道此事的人。受某事影响最大的人，最亲近的人往往最不想知情：儿女不想知道父母做过的事，父母不想知道儿女做过的事……硬要他们知情的话，”我迟疑了一下，不知该如何结束这句话，然后我快刀斩乱麻，简而言之，“责任太大了。对于像我这样的人来说。”“毕竟我是谨慎的年轻女子，”我想，“对于德思文我没有其他称呼。”“确实你不应该怕我。你早该允许我一边待着了，让我默默地、悄悄地退出你的生活，差不多就像我进入你的生活、留在那里时一样，假如我曾留在你生活中的话。从来没有什么理由让我们必须再见面。对我来说每一次都是最后一次，我从不奢望下一次。直到有新的通知，直到你下达与先前相反的命令，是你一直掌握主动权，提出各种建议。你还有时间打发我走，我甚至不知道我为什么在这里。”

他走了几步，挪开了，不再站在我身后，但是也没有再坐到我身边，而是站在一把扶手椅后面，面对着我。我的视线一刻也没有离开他，这是真的。我盯着他的双手，他的嘴唇，他用那双嘴唇讲话，而且这是我的习惯，那双嘴唇像磁铁般吸引我。然后他像往常一样脱下外套搭在椅背上。之后他将衬衫的袖子慢慢地挽起，虽然这也很常见——在家里他总是挽着袖子，但我却只有那天看到他的袖扣扣着，而且时间很短——但是他这么做却让我更加警惕，这往往是一个人准备工作，准备干体力活的动作，但是那里并没有什么活要做。挽完袖子后，他把双臂抵在椅背上，像是要开始演讲。有那么几秒的时间他用一种我所熟悉的方式专注地看着我，即使是这样，我还是和前一次一样：移开了视线，他那双定睛凝视的眼睛令我心慌意乱，他的眼神既不透彻也不尖锐，也许是朦胧的，笼罩一切的，或者只是难以猜透，不管怎样都因为近视（他戴着隐形眼镜）而变得柔和，那双杏眼仿佛在问我：“为什么你不懂我？”不是焦躁而是遗憾。他的姿势和其他那些下午他给我讲《夏贝尔上校》或者任何突发奇想或者他所注意到的事情时没有两样，那时我什么都听得津津有味。“其他下午或者傍晚，”我想，“正如大多数人一样，那一定是路易莎最糟糕的时刻，两种光线交替的时刻，最难熬的时刻，那些我和他见面的傍晚，”我马上意识到我在回想过去，仿佛我俩已经完成告别，各自都在对方的昨天里了；但是我一如既往，“哈维尔不去她家，不去看她或是分散她的注意力，不去陪她，也不去帮她，他肯定有时也需要——十天或者十二天一次——从他坚忍不拔地爱着、孜孜不倦地等着的那个女人持续不断的悲伤中休息一下；他可能需要从某个地方，从我这里，从其他亲友那里，从其他人那里获取能量，然后再将这种焕然一新的能量带给她。或许我用这种方式给了她一点帮助，既非有意为之，也没有事先料到，而是间接地，我并不生气。如果我离开他身边，他会从谁那里获取能量呢？替代我对他而言并不难，这一点我敢肯定。”想到这里我又回到了现实。

“我不想你留下一个不真实的印记，一个不符合实际或者仅存在于已经发生的事情中，但却并不存在于动机或者意图中，更不存在于策划或者行动中的印记。我们来看看你产生的那个想法，你自己构想的那些情况和故事：我下令杀了米盖尔，自己离得远远的。我设计了一个不乏风险（最大的风险是不成功）但是不让我受到任何怀疑的计划。我没有靠近现场，我不在那里，他的死跟我没有任何关系，不可能将我同一个从未和我说过话的精神失常的收停车费的家伙联系到一起。是其他人干的，他们调查他的不幸，指挥、操控了他脆弱的大脑。米盖尔的死像是一场可怕的事故，一个运气太差的案例。为什么我不去找个杀手呢？看起来更保险更简单。如今可以让他们从任何地方，无论是东欧还是美洲，专程来一趟，而且不是很贵：来回机票，几顿饭再加上三千欧元或者更少，或者再多点，看情况，三千是说你不想找一个毛毛躁躁的或者没什么经验的。他们完成自己的工作就滚蛋了，等警察开始调查时他们已经在机场或者返航途中了。麻烦在于没法保证他们不再干了，没法保证他们不再回西班牙接其他的活儿，甚至喜欢上西班牙在这里定居。一些用过他们的人事后都很放心，有时老想着给朋友或者同事推荐（当然是悄悄地）

为他们做过事的那个家伙或者中间人，而那个中间人因为犯懒会叫来原来用过的那个家伙。任何一个人一旦在这里做过就不会完全清白了。他们来的次数越多，最后被逮住的可能性就越大，也更可能记住你或者替你出面的人，建立起一种可能不容易切断的联系，有的家伙不甘心闲着，时不时地干点别的事。一旦被抓就会招供。甚至是那些受雇于某个黑手党因此算是稳定下来的人，西班牙现在有不少这种人，因为这里逐渐有差事干了。很少或者根本没人恪守沉默原则。同志意识已经不复存在，也没有归属感：如果谁被抓，谁就自行解决，这是那个落网者倒霉，或者说是他的错误，怪他自己。他可有可无，组织不负责任，他们已经采取了措施以免直接受其影响，杀手们越来越盲目，只认识一个人，甚至一个人都不认识：声音出自电话，目标的照片通过手机发送。所以被捕者也会照此回答。现在所有的人都只想着保全性命，减轻指控。要他们招供什么他们就招供什么，然后等着吧，重要的是不要被关押在监狱里太久。在里面待得越久，因为走不了，容易被人找到，被其他黑手党杀死的风险就越大：他们已经没用了，是累赘，被动者。关于黑手党他们能够招供的也没多少，所以他们要在其他方面努力表现：'对了，好多年前我还帮一个大企业家也可能是个政治家或者银行家做过一件事。我觉得我慢慢想起来了。如果我努力去想的话，会想出什么来呢？'不只一个企业家因此锒铛入狱。巴伦西亚某个政治家也是如此，你知道那里的政客都很张扬，不懂得什么叫谨慎。"

"哈维尔怎么知道这些？"我一边听一边心想。我想起了我同路易莎的唯一一次真正意义上的谈话，她也略懂这些做法，曾经跟我提起过，甚至使用了一些和她的热恋者非常类似的说法："他们弄来一个家伙，干完了付钱给他走人，整个过程也就是一两天的时间，永远都找不到他们……”当时我以为她是在报纸上看的或者是听德文内说的，毕竟他是个企业家。也许她是听迪亚斯·巴雷拉说的。不过，关于该方法的效果他们的说法却不同，对于他来说没有作用或者尽是不妥之处，他似乎比她知道得更多。路易莎还说：“如果发生了这样的事，我甚至无法太恨那个抽象的杀手……但是我恨那些唆使者，我可能会怀疑这个怀疑那个，怀疑任何竞争对手或怀恨在心者或受过伤害者，所有企业家都在有意或无意中伤害别人；甚至是亲密的同行，就像某天我在科瓦鲁维亚斯那本书里再次读到的一样。”她拿起那本书，绿色的厚厚的一本，然后给我念了一六一一年莎士比亚和塞万提斯在世时对“嫉妒”的部分定义，距今四百年了，但是这个定义依然有效，有些事情的本质永远不变真是令人难过，尽管有些东西永远存在，纹丝不动，一个单词都不改变，却也让人备感安慰，“最糟糕的是这种怨恨往往在我们最好的朋友心中滋生……”哈维尔正在向我讲述或者坦白那件事情，但是只是作为假设，可以预见是为了否认它；他在描述我想象的事情，我听到他和鲁伊韦里斯的谈话后所得出的结论，我猜是为了随即否认它。“也许他打算用真相来欺骗我，”我第一次产生了这种想法，因为这不是唯一的一次。“也许他现在正在告诉我真相，为的是让它像谎言。似乎很像谎言，似乎就是谎言。”

“你怎么会知道这些？”

“我自己了解的。如果一个人想知道什么，他就会知道的。弄清利弊就知道了。”他回答得很快，然后便沉默了。似乎还要再补充点，比如他是怎么知道的。但是他没有。我感觉我打断他说话惹恼了他，让他一时断了思路，或者没了兴致。也许他比看上去更紧张。他在屋里踱了几步，然后在那把他在椅背上搭外套、倚靠胳膊的扶手椅上坐下。他仍然面对着我，但是现在又和我处于同一高度了。他又往嘴里塞了一支烟，没有点着，再次开口时烟晃来晃去的，不仅没有遮挡嘴巴，反倒更加突出了它。“所以说对于想干掉某人的人来说，雇用杀手的方法原则上听起来不错。但是和杀手接触总是很危险的，即使你再小心，即使是通过第三方。或者第四方、第五方；实际上，链条越长，环节越多，某个环节就越容易脱钩，某个部分就越容易失去控制。在一定意义上，最好就是直接雇人，不用中间人：策划谋杀者直接雇用实施谋杀者。但是当然，任何最终付款人，任何企业家或者政治家都不会露面，否则太容易被敲诈勒索了。事实上没有安全的方法，没有下令或者要求此类事情的恰当方法。而且，事后还有那些不必要的怀疑。如果一个像米盖尔这样的人像是某种报复或者雇凶杀人的受害者，那么警方就会开始检查方方面面：先是调查他的对手和竞争者，然后是他的同事，所有他与之做过生意或者打过交道的人，被他辞退或者提前退休的员工，最后是他的妻子和他的朋友。所以更可取、更干净的做法是绝对不要让事情貌似这种情况。要让不幸清清楚楚到没有必要审问任何人。或者只审问那个凶手。”

尽管可能会令他不快，但是我又一次大胆地打断了他。或者，不是大胆，而是脱口而出，我没能忍住。

“审问那个什么都不知道的凶手，甚至不知道这不是由他决定的，是别人把想法塞给了他，怂恿他去做的。审问那个差点杀错了人的家伙，我从那几天的报纸上看到的；在那之前不久他打了德思文的司机，他本来也有可能把他捅死并因此毁掉你们的计划，我猜你们不得不警告他：‘喂，不是那个，是另外一个开车的人；你打的那个人没有过错，他只是一个奉命行事的人。’那个凶手不会为自己辩解或者羞于告诉警察，或者说，告诉媒体和所有的人他的女儿是妓女，他宁愿什么都不说。你那可怜的疯子拒绝招供，不会指认任何人，直到两个星期前他把你们吓了一大跳。”

迪亚斯·巴雷拉看了看我，带着一丝微笑，热情、亲切，我不知该如何形容。不是厚颜无耻，不是家长式的态度，不是嘲笑，即使是在那样晦暗的境况下也不令人讨厌。似乎仅仅因为他证实了我的反应恰如其分，一切都在按照预先计划好的进行。他又打着了几次打火机，但是没有点烟。而我倒是给自己点了一支烟。他仍然嘴里叼着烟说话，那支烟最终会粘在其中一片嘴唇上，很可能是上嘴唇，我很想摸摸它。他似乎并没有因为我打断他而生气。

“他拒不招供，顽固到底，那是意外之福。我不指望这样，不指望这么多。我只希望他讲述混乱，解释前言不搭后语，希望他神志恍惚，希望警察们唯一能查清的就是他是一时冲动，由一种病态的、荒谬的执念和一些幻想的声音造成的后果。米盖尔和卖淫网、拐卖妇女能有什么关系？但是最好还是他决定不说出来，对吗？最好是没有一丁点他会牵连到第三者的风险，尽管他们像是幻觉；希望他不要提起打给一个不存在的或者无论如何都找不到、从未登记在他名下的手机的奇怪电话，不要提起一个声音在他耳边窃窃私语事情，跟他提米盖尔，说服他相信是米盖尔造成了他女儿们的不幸。根据我的理解，警察找到了她们，但是她们拒绝见他。看来她们已经好多年不跟他来往了，他们的关系非常紧张，她们认为他不可理喻，完全不管他的事；那个所谓的停车收费员一个人生活了很长时间了。看来她们确实在卖淫，但是出于自愿，其实是在需求面前意志无动于衷：也就是说，在几种可能的营生中，她们选择了卖淫，她们的生意还不错，没有怨言。我认为她们即使不是高等娼妓，也是中等层次，她们过得很好，并非穷困潦倒。父亲不想再知道她们的事情，她们也不想再知道他的事，他大概一直都疯疯癫癫的。很可能后来在他孤独时，在他精神越来越失常时，他对她们记得更多的是孩童时代，而不是青年时代，是希冀，而不是失望，他坚信她们是被迫从娼。他没有抹去事实，但却可能抹去了原因和客观情况，而代之以对他来说更容易接受却更令人气愤的其他理由，但是愤怒给人力量和活力。我怎么知道：为了在想象中更好地保护那两个小女孩，她们应该是他仅剩的可以挽救的东西，那些形象，最美时光中的最美回忆。我不知道他在落魄之前是谁，做什么；为什么要去弄清呢？所有的这类故事都很凄惨，想想其中某个男人，或者更糟，其中某个女人，在无法预见自己苦难的未来时的样子，瞥一眼任何人的无知过去都会令人痛心。我只知道他多年前丧偶，可能他就是从那时开始走下坡路的。我知道些什么也没有意义，我没有让鲁伊韦里斯告诉我，假如他知道的话，利用他当工具已经让我良心不安了，但一想到他现在待在那个被关押的地方可能好于他待在以前睡的那个破烂汽车里，我的良心又稍感安宁。他可能得到了更好的关心和照顾，而且实际上他显然也是个危险分子。他最好不要待在大街上。”“那让他良心不安，”我想，“真是讽刺，在他正在给我讲述的事情当中，在我大致已经知道的事情当中，他试图不让自己显得厚颜无耻，而是有所顾忌。这应该很正常，我想大多数凶手都有同样的企图，尤其是被人发现之后；至少那些非职业杀手，那些只做一次就住手或者希望住手的人是这样，他们把它当作是一次例外，几乎如同一次可怕的事故，自己极不情愿地被卷入了其中（在某种意义上就像是一段插曲，之后一切可以继续）：‘不，我不想它发生的。当时我糊里糊涂，很恐慌，实际上是亡者逼我的。倘若他没有施加那么多压力，让事情偏离这么远，倘若他多一点谅解，倘若他没有逼我或者让我如此黯然失色，倘若他消失了的话……这让我很难过，你知道的。’确实，意识到了自己所做的事情肯定难以忍受，因此会有些不知所措。是的，他说得对，瞥一眼任何人的无知过去都会令人痛心，比如可怜的德思文的过去，在他生日的那天早上他运气不佳，可怜的人，他当时正和路易莎一起吃早餐，而我在远远地、开心地看着他们，就像任何一个普通的早上一样。我觉得真是讽刺。”我重复着这一想法，察觉到自己的脸红了。但是我没开口，什么都没说，我将我的愤怒，他所害怕的女人的愤怒，埋在了心底，而且我及时发现了在他长篇大论的某段时间（是哪段时间?）里我不再认为他给我讲的内容仍然还是假设，或者说是对我根据我所听到的而做出的推断——按照他的说法肯定就是虚构——的一个注释。他的讲述或者说回顾就是这样开始的，仅仅像是解释了我的推测，把我的怀疑用语言表达出来，于我而言却在不知不觉中染上了一种真实的气氛或者语气，我已经开始把它当作一次正规的招供，把它当作真的来听了。按照他的说法，仍然存在并非真实的可能性，一直都是这样（我永远只知道他告诉我的那些，因此我对任何事情都没有绝对的把握；是的，说来可笑，在这么多个世纪的实践以及不可思议的进步和发明之后，我们仍然没有办法知道某人什么时候在撒谎；当然这对我们所有的人都是利弊参半，可能这是留给我们的唯一的自由之地了）。我心想他为什么允许这种情况发生，为什么竭力让可以预见之后要被否认的事情听起来那么逼真。他说完最后几句话之后，我很难等到那个可能的、已经预告过的否认了（“我不想你留下一个不真实的印记。”他一开始是这么说的）；但是，这件事偏偏被我赶上了，现在我不能离开了：我得听可怕的事，继续等着，耐着性子。所有这些想法在我脑中都是一闪而过，因为他没有停止讲话，仅仅稍稍停顿了一下。“因此他意外的沉默就像是一次降福，像是证明我的冒险计划是对的，这些计划风险很大，你明白的：那个卡内亚很可能不受我的阴谋影响，或者他可能相信米盖尔是他女儿堕落的罪魁祸首，但是仅此而已，可能什么后果都没有。”

我的嘴巴又管不住了，我刚刚才克制住它，但是效果真是微乎其微。我尽量让自己的话听起来像是提示（我这样做以免他太生气），而不像控告或者指责，尽管毫无疑问就是控告和指责。

“但是，你们给了他一把刀，不是吗？而且恰恰不是普通的那种，而是一种特别危险、杀伤力极大的刀具，是违禁品。这产生了后果，不是吗？”

迪亚斯·巴雷拉吃惊地看了我一会儿，我第一次看到他不知所措。他沉默了，也许是在飞快地回忆在我偷听的时候他是否同鲁伊韦里斯提起过那把刀。在那之后的两个星期里他肯定不漏任何细节地重现了他们两个那次的谈话，肯定精确地盘算过我知道了什么，知道了多少——肯定是在他朋友的协助下，他可能已经告诉了他那个意外；鉴于他的朋友那天看我的方式，想到他会知道我的窃听行为突然让我觉得很讨厌，就像他那么看我给我的感觉一样——尽管他并不知道我是很晚才开始偷听的，并且有时只听到了一些片段。他大概作了最坏的设想以防万一，认定我什么都听到了，因此他才决定叫我来，用事实或者事实的表象或者一部分事实来抵消我的想法。即便如此，他可能不记得他们曾经提到过凶器，更不记得是他们买了以后提供给那个收停车费的家伙的事实了。我自己并不肯定，认为不可能，我是在发现他对自己的回忆和细心回顾感到困惑或者突然产生了怀疑时意识到这一点的。那很可能是我推测出来的，然后就信以为真了。他产生了怀疑，肯定在迅速地想我所知道的是否比我应该知道的要多，是怎么知道的。而这也让我有时间注意到我使用了好几次第二人称复数，把鲁伊韦里斯和不具名的他都包含在内了（我刚才说“你们给了他”），他则一直在用第一人称单数讲话（他刚才说“我的冒险计划是对的”），好像是他一个人犯的罪，好像只是他一个人的事情，尽管是执行者操作的，并且至少有两个同谋帮忙，他们替他把事情做了，无需他参与或者卷入。他远离肮脏和血腥，远离那个收停车费的家伙和他拿刀伤人的行为，远离手机和柏油马路，远离躺在血泊中的他最好朋友的身体。他什么都没有碰；很奇怪在讲述的时候他没有利用这些，而是恰恰相反。他不把责任分摊给参与此事者。这样总会减轻自己的罪责，尽管很明显是谁操纵、策划、下令的。那些阴谋家们自古以来就懂得这个，那些被别人的头脑——不露面，分辨不清是谁——唆使、自发而起、群龙无首的乌合之众也知道：没有什么比分摊责任更容易脱身了。

他的不知所措没有持续多久，很快就恢复了。在努力回想但没有明确的发现之后他肯定认为我所知道的和我所猜想的在基本上都无所谓，毕竟这两个方面现在都取决于他，就像一切总是取决于告诉我们事情的人一样，他决定从哪里开始，什么时候停止，透露什么，暗示什么，隐瞒什么，什么时候说真话，什么时候说假话，或者是否将二者合二为一，让人无法分辨，或者是否用真话来欺骗，我刚刚突然想到他可能正在这么做；不，没有这么复杂，只要说得令人不信，或者令人难以相信，听的人最终就会拒绝相信了。那些不太可信的真话就是干这个用的，在生活中比比皆是，远远多于劣质小说中的数量，大概没有哪部小说敢于在其中把无数可能发生的偶然和巧合纳入一个人的生命中，且不说那些已经发生的和仍在发生的。现实不设界限真是可耻。

“对，”他回答道，“这产生了后果，但是也可能不产生后果的。卡内亚可以拒绝折刀，或者拿了它然后扔掉或者卖掉。或者留着它不用。把它弄丢了或者提前被偷了也不是不可能，在穷鬼那里它是非常宝贵的物件，因为所有的人都感觉受到威胁，无法自卫。总之，向某人提供一个动机、一件工具并不保证他会加以利用，绝对不会。我的计划即便在实现之后风险也非常大。那个家伙确实差点弄错了人。大约在一个月前。没错，当然必须教训他，对他反复强调，给他说清楚，这样一个失误正是我们所需要的。这种事情不会发生在一个职业杀手身上，但是我已告诉过你他们可能带来的不利了，即使短期之内不会，长期来看也会。我宁愿冒失败的危险，冒不成功的危险，也不愿最终被发现。”他停了下来，似乎对最后一句话感到后悔，或者也许是后悔在那个时候说了出来，可能时机还没到；一个人在讲述他事先准备好的、构思好的东西时，往往提前决定好先说什么再说什么，会注意不要违反或者改变顺序。他喝了口酒，时不时机械性地往上挽一挽已经挽上去的袖子，终于点着了他的烟，他吸利是美公司生产的一种非常柔和的德国香烟，该公司的老板曾被绑架，不得不支付了该国历史上数额最大的赎金，巨大一笔钱，之后写了一本有关自己经历的书，我曾在出版社看了一眼它的英文版，我们想在西班牙出版，但是最终欧赫尼觉得它太压抑了不愿出版。我猜他会继续抽这种烟，除非他已戒烟，但我不相信他会戒烟，他不是那种接受社会约束的人，和他的朋友里克一样，表面看来，无论在什么地方他都说自己想说的，做自己想做的，毫不在乎后果（有时我会想里克是否知道迪亚斯·巴雷拉的所作所为，是否察觉到些什么：这不大可能，我感觉他对近现代的事情不太感兴趣，也不了解）。迪亚斯·巴雷拉似乎在犹豫是否继续沿着那个思路说下去。他很快便这么做了，或许不想因为过于突然地转换话题而凸显他的悔意。“即使你觉得很奇怪，但是在这样一桩命案里，杀死米盖尔比不被发现、不受牵连要次要得多。我的意思是，如果能让我暴露或者受到怀疑的风险最低，没有必要一定要他那时、那天或者附近哪一天死，即使从现在起等三十年也行。我无论如何不能让自己发生那种情况，与其有这种可能，还不如让他继续活着，放弃任何计划，不让他死。顺便说一下，那个日子当然不是我选的，是那个收停车费的家伙定的。我的任务完成之后，一切都在他的手中了。如果是我偏偏选了他生日那天那就太没品位了。那是一个巧合，谁知道那个家伙什么时候会下定决心，或者他是否永远都不会行动。不过所有这些我以后再给你解释。我们继续听你的想法，你对事态的分析，在这两个星期里你应该有时间下定论。”

我想克制住自己，让他一直说到疲倦、把话说完为止，但是我又做不到了，因为我的大脑已经飞快地领会了几件事情，它们在那里汹涌澎湃，我当时无法把它们都憋在心里。“故事讲到这里，他说的是杀人，不是谋杀，既然他已经不再隐瞒，怎么会这样？”我想。“从那个收停车费的家伙的角度来看可能是第一种，从路易莎、警察、目击者以及报纸读者的角度来看也是如此，读者们某天早晨看到了那条消息，看到那种事情可能在马德里最安全的地区之一发生在任何人身上之后都毛骨悚然，但是他们随后就忘了，因为没有下文了，而且不幸一旦在他们的想象中淡化，就促使他们产生幸免于难的感觉。‘不是我，’他们心想，‘这种事情不会发生两次。’但是这不是哈维尔的角度，从他的角度来说是谋杀，他的计划有很大缺陷，有冒险成分，他的推测可能不会实现，这些对他来说都无所谓，他很聪明，不至于弄错这些事情。那他为什么说‘那时’并且一再重复呢？‘一定要他那时死’，‘那时他的死亡’，似乎死亡本来可以推迟或者留至将来发生的，也就是说，‘今后’，确定它总会发生的。他还说‘那就太低俗了’，好像下令谋杀一个朋友还不够低俗似的。”我留下了最后这个想法，事情总是这样，尽管这不是最引人注目的；但却可能是最伤人的。

“太没品位了，”我重复道，“可是，你在说什么呢，哈维尔？你认为那个细节会对主要部分有所改变吗？你正在跟我说一桩谋杀。”我趁机给出了它的名称。“你以为指定某一天或者另外一天就可以增加或者减轻事件的严重性吗？就可以提升它的品位或者稍稍减轻它的低俗吗？我听不懂你的话。好吧，我也不想听懂什么，我甚至都不知道为什么在听你讲话。”现在我点着了第二支烟，喝了点酒，思绪纷乱；我喝得很急，喝的时候第一口烟还没有吐出，差点呛着。

“你当然听得懂，玛丽亚，”他迅速答道，“所以你在听我说，好让自己相信它，好证实它。这两个星期的每个日日夜夜你一遍又一遍地不停地告诉自己。你的理解是：对于我来说，我的愿望凌驾于一切考虑、一切约束、一切顾忌之上。还有一切忠诚之上，你想想看。一段时间以来，我很清楚我想和路易莎一起共度余生。我很清楚我只爱一个女人，就是路易莎，我很清楚不能依靠运气，不能指望事情自己发生，不能指望障碍和阻力会神奇地消失。你得自己去努力。这个世界上到处都是懒人和悲观者，他们一无所获，因为他们不勤奋，然后他们便大肆抱怨，觉得很挫败，对外界怀恨在心：大多数人都是这样，都是游手好闲的白痴，提前被自己的生活定位和自己击溃了。这么多年我一直单身；是的，我在等待，期间有一些愉快的风流韵事让我暂时忘掉痛苦。最初我在等待一位让我钟情，我对之情有独钟的人出现。后来……对我来说这是我承认那个词语的唯一方式，所有的人都在随随便便地使用这个词，但是它不应该如此简单，因为许多语言中都没有它，据我所知，除了我们西班牙语只有意大利语有，当然我懂的语言很少……可能德语也有，我真的不知道：爱恋。我指的是这个名词，这个概念；它的形容词，即它所指的状态大家确实更为熟悉，至少法语中有，英语中没有，但是有些词在努力表达它，意思很接近……很多人令我们很有好感，让我们开心，令我们着迷，激发我们的感情，甚至打动我们，或者让我们喜欢，吸引着我们，甚至让我们一时疯狂，我们享受她的身体或者陪伴或者两者兼而有之，就像现在我和你在一起的感受，以前也有过这样的感受，但是很少。有的甚至让我们离不开她们，习惯的力量非常之大，最终会代替几乎一切，甚至完全取代。可以取代比如爱情；但是取代不了爱恋，应该分清这两者，尽管很容易混淆，但它们不是一回事……非常奇怪的是对某人情有独钟，真正钟情于某人，某人让我们产生这种感情，令我们钟情。这是决定性的，它让我们无法客观，它永久地解除了我们的武装，让我们在所有的争吵中都低头认输，就像夏贝尔上校再次单独见到妻子时最终在她面前认输一样，我跟你提过那个故事，你读过的。据说儿女们做到了，我非常相信，但是应该是不同性质的，他们从出生，从一开始就缺乏保护，我们对他们的偏爱应该是他们的无依无靠迫使我们产生的，似乎永远存在……通常人们不会对一个成年人产生这种感觉，实际上也不会刻意寻求。他们不去等待，没有耐心，平庸乏味，或许甚至不想要那种感觉，因为他们心中也没有那种感觉，因此他们和第一个走近他们的人在一起或者结婚，这不算奇怪，这一直是人们一辈子的标准，有人认为爱恋是从小说中产生的一个现代发明。无论如何，我们已经有了它，有了这个发明，这个词汇，这种感情的能力。”迪亚斯·巴雷拉有某句话没说完或者只说了一半便不说了，他曾犹豫了一下，想要从他岔开的话题中再岔开话题，但他控制住了；他不想长篇大论，尽管他常常这样，只想告诉我一些事情。他的身体一直在向前倾，现在他坐在扶手椅的边沿，胳膊肘抵在膝盖上，双手合拢；他在长篇大论时常用的那种冷漠的、解释性的或者几乎是说教式的语气已经变得冲动起来。而我，就像每次他长篇大论时一样，无法让目光离开他的脸以及他讲话时快速翕动的嘴唇。我对他说的话并非不感兴趣，我对他的话一直都兴致盎然，现在更是如此，因为他在向我坦白他做过的事，为什么这么做，如何做的，或者是他认为我认为的事，他猜的没错。但是，即使我没有兴趣，我也会一直听他讲下去的，并且一边听一边看着他。他又打开一盏灯，他旁边的那盏（他有时坐在那把扶手椅上看书），天已经完全黑了，原来的灯光不够用了。我看他看得更清楚了，我看到了他长长的睫毛，有些梦幻的神情，那时也依然如梦幻一般。他的脸色并没有因为他正在讲述的事情而显出不安或者尴尬。他暂时并不费力。我必须提醒自己在那种情况下他那种盛气凌人的镇定自若该有多么讨厌，因为事实上我并不觉得讨厌。“你知道你对那个人是无条件的，”他继续说道，“任何事情你都会帮她，支持她，即使是非常可怕的愿望（比如杀掉某人，你会认为她有理由这么做或者别无他法了），你会为她做任何事。他们不是那种一般意义上的让你喜欢；而是让你着迷，这是不同的，比前者更强烈，更持久。我们都知道，那种无条件几乎没有道理，甚至没有原因。确实很奇怪，其影响巨大，却没有原因，往往没有原因或者无法形容其原因。我个人觉得决心发挥了不小的作用，一种武断的决心……不过，那是另外一个故事了。”他又想高谈阔论了，但他竭力不让自己那么做。不管怎样，他在尽力说得直截了当，我感觉如果说他说话还是这样不慌不忙的话，这并不是他违心而为，也不是他无法避免，而是以此寻求什么，也许是为了拉我进去，让我更适应那些事实。我不时地停下来想：“我们在谈这种事情，一桩谋杀，很少见的事情；我在专心听他说而不是将他吊在树上。”我马上想起了达达尼昂惊呼是谋杀时阿多斯对他的回答：“对，谋杀，仅此而已。”我对此想得越来越少了。“几乎没有人能回答其他人提出的有关自己，有关任何人的那个问题：‘他为什么爱上了她？他在她身上看到了什么？’尤其是如果她是一个被认为让人无法忍受的人，我认为路易莎不是这样；不过，我没资格这么说，原因正是我刚才所说的那些话。但是就说眼前的，就连你，玛丽亚，可能也回答不出你这段时间为什么迷恋上了我，不顾我所有的缺点，明知从一开始我真正的兴趣就在别的地方，明知很久以来我一直有一个无法放弃的目标，明知你我之间不可能比现在走得更远。我的意思是，你回答不出来，只能支支吾吾地说一点含糊不清、不太巧妙，既疑点重重又无可争辩的主观想法：无可争辩是对你而言（谁敢反驳你?），疑点重重是对别人而言。”“这是真的，我回答不出来，”我想，“我就像个傻瓜一样。我说什么呢？说我喜欢看他，吻他，喜欢和他上床，喜欢那种不知道是否会上床的惴惴不安，喜欢听他说话？没错，都是些愚蠢的理由，说服不了任何人，或者对于那些没有相同感觉或从未有过类似体验的人来说是这样。甚至正如哈维尔所言，这些甚至都算不上是理由，很可能更像是在表明信念，而不是其他的什么，尽管或许确实是原因。其影响是巨大的，这一点是真的。不可抗拒。”我的脸应该微微红了，也可能我在沙发上不自在地、不好意思地动了一下。我不喜欢他那样直白地提到我，不喜欢他提到我对他的感情，因为我一直是个谨慎寡言的人，从未用要求或表白来纠缠他，也不曾用委婉巧妙的话来让他向我表达爱意，我一直不让他感觉到有回报我的责任、义务或者必要，丝毫没有；我对处境的改变也从未抱任何希望，或者只有在身处卧室的孤独中凝望着树木、远离他时才会偷偷地希望，就像一个人在睡意来袭时的幻想，所有的人都有这种权利，至少有权利在清醒终于开始退去、一天结束时想象不可能的事情。他把我卷入这一切令我很烦恼，他本可以不这么做的；他这么做的目的可能并不单纯，可能隐藏着某种企图，他可能没有透露。我又想起身离开了，彻底离开那个我既爱又怕的公寓不再回去；但是现在我知道直到他说完我才会走，直到他全部讲完他的真话或者谎言，或者真话和谎言兼而有之，现在还不能走。迪亚斯·巴雷拉察觉到了我的红晕或者是不安，不管是什么，因为他像是息事宁人似的赶紧补充道：“对了，我不是在暗示你爱上了我，或者你对我是无条件的，或者我让你着迷，都不是。我没有这么自负。我很清楚不至于此，你远没有这些感觉，你这么短的时间内对我产生的感觉无法同我这么多年来对路易莎的感觉相比。我知道我只是一种消遣，只是让你开心。就像你对于我，几乎没有区别，我说错了吗？我提到这个是为了证明就连那些最短暂、最轻微的迷恋都是缺乏原因的。更何况是那种更深层次的，远远超出于此的爱恋。”

我沉默了，时间比我希望的还要长。我不确定该如何回答，这一次他停下来像是在催促我说点什么。迪亚斯·巴雷拉用寥寥几句话贬低了我的感情，并且告诉了我他的感情，多此一举地刺痛了我，因为我早已知道了，虽然我从没有听过他如此明确地说过这方面的事，或者说从没有听他说过像刚刚所说的那般伤人的话。不管我的感情再愚蠢，就像实际上所有的感情在被描述、被解释或者仅仅是被表达出来时都很愚蠢一样，他把我的感情视为远远低于他对别人的感情，它们如何进行比较呢？他对向来如此寡言慎行的我了解什么呢？我就如此未战先败，如此缺乏志向，如此不愿竞争、斗争，或者什么都不愿意？当然我没有能力策划、雇佣实施一起谋杀，但是谁知道以后呢？如果我们现在这种关系停滞数年的话，或者应该说是直到两周之前所存在的那种关系，他同鲁伊韦里斯的谈话，更确切地说是因为我听到了他们的谈话而搅乱了一切。若不是我偷听了他们的谈话，迪亚斯·巴雷拉可能还在继续无限期地等待路易莎慢慢恢复并且如他预期地爱上他，在此期间他可能不会替换我，不会舍弃我，而我也不会离开他，而是继续像以前那样跟他见面。那么，随着一成不变的岁月的流逝，仅凭着时间的不断积累，谁不会开始要求更多，开始失去耐心，开始不知足，不会认为自己获得了权利呢？就像如岁月更替这般没有意义、保持中立的事情对于经历者抑或是默默忍受、不放弃不屈服者而言意味着功绩一样。原本什么都不期待的人最终变得苛求，原本虔诚、谦卑地走近的人变得专横、桀骜，原本乞求心上人的微笑、垂青或者亲吻的人现在摆起架子傲慢起来，对已经被时间的毛毛细雨征服的那同一个人吝啬起来。时间的流逝能加剧、增强任何暴风骤雨，即使起初天边没有一丝云彩。我们不知道时间在其层层叠叠难以分辨的温柔的外衣之下会让我们成为什么，能把我们变成什么。它无声无息地前行，一天又一天，一小时又一小时，一步又一步，不怀好意，不让人觉察到它鬼鬼祟祟的工作，它那么恭恭敬敬、小心谨慎，从不会催促或者惊吓我们。每天早晨它带着令人安心、始终如一的面孔出现，向我们保证与正在发生的事情相反的事情：一切都很好，什么都没有改变，一切都和昨天一样——力量的平衡——什么都没获得，什么都没失去，我们的面孔以及我们的头发、我们的轮廓都和原来一样，原来恨我们的人仍然恨着我们，原来爱我们的人仍然爱着我们。实际上一切都相反，只不过时间利用它那阴险的分钟和狡黠的秒钟不让我们发现而已，直到奇怪的一天不可思议地到来，到那时一切都和从前不同：那时两个受惠于父亲的女儿将身无分文的父亲抛弃于谷仓等死，烧掉让生者无利可图的遗嘱；那时母亲夺去儿女的财产，丈夫抢走妻子的财产，或者妻子为了和情人安心地生活在一起，利用丈夫对自己的爱让丈夫变得疯狂或者愚笨害死他们；那时还有些女人为了另一个儿子——她与现在所爱的人生的私生子——富贵而给婚生子服下致命的药剂，却不知道这种爱情还能持续多久；那时一个曾从她于极度酷寒中阵亡于埃劳战役的军人丈夫那里继承了地位和财富的寡妇，在数年后丈夫历经艰难困苦爬出死人堆归来时，却拒不相认，说他是假冒者；那时路易莎会恳求她这么久之后才向其转身的迪亚斯·巴雷拉不要离开他，留在她身边，会发誓放弃她曾经对德文内的爱，它会被贬低得一文不值，无法同她现在对他这个没有恒心、扬言要抛弃她的第二任丈夫的感情相提并论；那时迪亚斯·巴雷拉会央求我不要离开，待在他身边，永远和他同床共枕，他会嘲笑自己长期以来对路易莎执着、天真的爱情，这种爱情导致他杀了一位朋友，他会对自己、对我说："我那时真是瞎了眼，在我尚有时间的时候怎么没有看到你?"奇怪的、不可思议的某一天，那一天我会设计谋杀路易莎，因为她夹在了我们之间，虽然她甚至都不知道有个"我们"，而我和她也并无过节，也许我会付诸实施，那一天一切皆有可能。没错，一切都是令人恼火的时间的问题，但是我俩的时间已经中断了，对于我俩来说那个巩固、延长一切同时又让一切腐烂、毁灭、扭转的时间已经结束了，无论如何都感觉不到了。我的那一天不会到来，对我来说没有"以后"或者"今后"，就像对于麦克白夫人来说不存在一样，我与那个有益的或者说有害的延期无关，这既是我的不幸也是我的幸运。

"谁告诉你我没有爱上你的?你知道什么?既然我从来没有对你说过。既然你从来没有问过我。"

"好，好，你不要夸张。"他毫不吃惊地答道。他最后几句话是在演戏，他很清楚我的感受，或者说我直到两个星期之前的感受。或许现在我也有同样的感受，但却沾染、掺杂了不应该沾染、掺杂的东西，至少在恋爱中不可以。他很清楚我的感受，被爱的人总能感觉得到，如果他精神正常，并不渴望被爱的话，因为渴望被爱的人无法分辨，会错误地理解那些暗示。但是他不是这样，他不希望我爱他，很少鼓励我，这恰恰等于他自己承认了。"如果是这样的话，"他又说道，"你就不会因为发现的事情而害怕了，也不会这么快地得出结论。你会不安地等待一个可以接受的解释。你会认为也许没有其他办法了，因为某个你不知道的理由。你会愿意、希望欺骗你自己。"

我不去理会这些想要把我引至他预先准备好的困境的居心叵测的评

论。我只就第一句话做出了回答。

“也许我不是在夸张。也许我根本不是在夸张，你知道的。问题是你不喜欢那种责任，虽然我知道这个词并不合适：任何人都不必为别人爱上自己负责。放心，我不要你为我愚蠢的感情负责，那只是我自己的事情。不过，你不免会把它看成小小的负担。假如路易莎知道你的感情有多强烈（可能在她沉浸于自我的时候只看到了表面现象，只看到了你的殷勤，你对你最好朋友的遗孀的关爱）；姑且不论她是否知道这种感情所导致的结果，她会觉得这是一个难以承受的负担。在承受不了的时候她甚至可能会自杀。因此，这是我不打算告诉她的原因之一。你不必为此担心，我不是一个无情的人。”我还没有对此做出最终决定，在听着他说话，我感到气愤或者不太气愤的同时，我的想法摇摆不定（“我以后一个人的时候再沉着冷静地考虑这件事吧。”我想），但是不管怎样我最好让他安心，以便让我能离开那里，不会感受到威胁，无论是当前还是将来，尽管我猜在我有生之年威胁绝不会完全消失。我又略带嘲讽地大胆说道，嘲讽对我也有利：“当然了，这大概是除掉她，做你对德思文做过的那种事的最佳方法了，只不过我的双手要干净得多。”

他压根没有听出其中的幽默——确实是个阴森的幽默——这句评语让他变得严肃起来，似乎进入了戒备状态。现在他真的又往上撸了撸袖子，每个动作都强劲有力，像是在准备战斗或者向我展示他的力量，他把袖子一直撸到了肱二头肌上方，像是五十年代的热带美男子，比如里卡多·蒙塔尔班，吉尔伯特·罗兰，那些几乎已经被所有人忘记的有魅力的男人。他当然不是要战斗，也不是要打我，这不符合他的性格。我知道有些话令他大为恼火，他要驳斥我了。

“我没有玷污我的手，你不要忘了。我是极其谨慎的。你不懂什么是真正地玷污双手。不懂委托别人做事能让人在多大程度上逃脱干系，你根本不知道利用中间人有多大的帮助。你认为为什么，如果有可能，人们在稍有一点不顺心或者不高兴的时候就会委托别人解决？你认为为什么律师要参与纠纷和离婚？其实不仅仅是由于他们精明有手段。你认为为什么男女演员都有经纪人，作家有经纪人，斗牛士有经纪人，在有拳击运动的时代拳击手有经理？你认为为什么企业家会让别人出面，有钱的罪犯会派打手或者雇佣杀手？并不仅仅是为了字面意义上的不弄脏双手，也不是因为怯懦，而是为了不承担责任，不冒受伤的危险。大多数经常利用那种人的家伙（作为例外做这种事的人是另一回事，比如我本人）刚开始时都是亲自行动，可能他们已是这方面的行家里手了：他们已经习惯于打人或者甚至让某人吃枪子，不大可能在某次这种遭遇中受伤。你认为为什么政客们派军队参加他们宣布的战争，既然他们还要费心宣战？和其他人不同，他们无法完成士兵所做的工作，但是不仅仅是因为这个原因。在任何情况下，对所发生事件的调停，与之相隔的距离以及无需亲眼目睹的特权都给予了一个强烈的自我暗示。看似不可思议，但是就是这样，我已经亲自证实了。他们最终会深信自己跟地面上所发生的一切或者肉搏战毫无关系，即使是他们引起、激发、出钱令其发生的。离婚者最终相信其卑劣要求和残忍不是自己而是律师的主意。那些名演员、名作家、斗牛士、拳击手为其经纪人的经济要求或者设置的障碍道歉，好像这些经纪人不是遵从他们的命令不是按照他们的指使工作似的。政客在电视上或者报纸上看到他发起的轰炸所造成的后果，或者得知他的军队正在当地犯下的种种暴行；他会摇头否认，表示责备和憎恶，他心想他的将军们怎会如此粗鲁、愚笨，怎么不能在战斗开始时控制一下自己的人，怎么不看好他们，但是他从不认为自己对数千公里外发生的事情负有责任，自己既没参加也没有亲眼目睹：很快他就已经忘了一切都是由他决定的，是他下了‘前进’的命令。就像是犯罪头目放出自己的打手一样：他读到或者被告知他们做过了头，不是仅仅按照他的指示杀几个人，而是还割下了他们的头和睾丸，并把睾丸塞到他们的嘴里；一想到那种场景他有片刻的颤栗，认为他的打手确实是施虐狂，却已经不记得是自己给了他们想象和行动的自由，他对他们说：‘要让事情震惊全世界。要杀一儆百。要通过此事让恐惧蔓延。’”

迪亚斯·巴雷拉停顿下来，仿佛这一通列举让他一时精疲力竭。他又倒了一杯酒，口干舌燥地喝了一大口。又点了一支烟。他开始出神地看着地板。在那几秒钟的时间里我看到一个垂头丧气、茫然无措，或许还满怀内疚，或许感到后悔的男人的形象。但是直到此刻，无论是在他的正常讲述中还是在他的题外话中这些都不存在。更确切地说完全相反。“他为什么把自己同这些人联系起来？”我想，“他为什么让我想起他们，而不是把他们从我的脑海中驱除？让我以这些令人厌恶的事例为参照看待他的举动对他有什么好处呢？总能找到某种事例可以美化最丑陋的罪行，最低限度地替他开脱，总能找到某种不完全阴险的理由，至少让别人在理解的同时不感到恶心。”“就是这样，我已经亲自证实了。”他说这番话时把自己也列入了名单。列举离婚者和斗牛士尚可理解，而列举厚颜无耻的政客和职业罪犯就让人难以理解了。他似乎不是在寻找开脱的理由，而是不时地想让我更加恐惧。或许他是为了预先让我准备接受任何借口，接下来出现的借口，它们迟早会出现，他不可能直截了当地向我承认他的自私和卑劣，他的背叛，他的肆无忌惮，甚至没有特别强调他对路易莎的爱恋，对她炽热的需求，他从未放低姿态说些虽然好笑但有时却打动人心的话，比如“没有她我活不下去，你懂吗？我受不了了，她对我来说就像空气，我原来因为没有任何希望而感到窒息，但是现在我有了一线希望。我不希望米盖尔发生任何不测，完全相反，因为他是我最好的朋友；但是他横亘在我唯一的生活，我唯一想要过的生活中间，他的运气太差，妨碍我们生活的必须被除掉”。恋爱中人的过分行为是可以接受的，当然不是所有的行为，但是有时只需说某人爱得很深或者曾经爱得很深就不必理会其他理由了。“因为我曾经太爱她了。”有人说，“不知道自己在做什么。”人们就会表示赞同理解，似乎他跟他们说的是众所周知的事情。“她因为他活着，为了他活着，世上其他人都不存在，她会为他牺牲一切，其他都不重要”，如此便可以理解为什么有这么多卑鄙无耻的行为，甚至有些可以得到原谅。为什么哈维尔不强调他认为所有人都会遭受的他那种病态？为什么他不继续以之为借口？他认为其理所当然，但是并不强调它，并不把它放在前面，却背道而驰，把自己同那些卑鄙无情的人联系在一起。是的，也许原因在此：他越让我吃惊，越让我恐惧，我越晕头转向，我就越容易紧紧抓住任何一个可以减轻其罪行的因素。如果这是他的目的的话，那么可能不无道理。我在期待出现能让我稍微轻松一点的某种理由，某种解释或者可以减轻其罪行的因素。我已经承受不了这些事实了，无论是真正的事实还是自从我在那扇门后听到它们的该死的那一天起我一直在想象的事实。那天我在那扇门的另一边，那个地方我再也不会去了，现在可以肯定了。即使哈维尔走到我身边，从后面抱住我，用手指和嘴唇爱抚我。即使他在我耳边轻声耳语他从未说过的话。即使他对我说：“我真是瞎了眼，以前怎么会看不见你，不过我还来得及。”即使他把我拉向那扇门，求我。

那些事情无论如何都不会发生了。即使我要挟他，以把他的事情说出去相威胁或者恳求他也不会发生了。他仍然沉浸在自己的思绪中，出奇地冷漠，目光继续盯着地板。我没有趁机离开，而是打断了他的沉思，已经很晚了：在听过他的话之后，我原本想保留我那些阴暗的猜测，不想明确知道什么；但是现在我希望他说完，好看看他的故事是否没有听起来那么糟糕，那么悲伤。

“你呢，你当时怎么想的？你最终让自己相信了什么？相信你和你最好的朋友被谋杀毫无干系？很难相信，对吗？即使你进行再多的自我暗示。”

他抬眼望去，重新把袖子拉回前臂，像是觉得冷。但是那种似乎是突如其来的垂头丧气或者是疲惫不堪并没有完全从他身上消失。他的语速慢了下来，少了些自信和魄力，他的目光落在我的脸上，有些迷离，仿佛我离得很远。

“我不知道，”他说，“是的，他确实知道，在内心深处知道真相，怎么能不知道，怎么能忽视它呢？他知道自己启动了一整套过程，并且他可以让它停止的，直到事情发生之前，直到我们所有人都拥有的那个‘以后’对于某人来言不再存在之前，没有什么是不可避免的。但是委托别人做事有其诡秘之处，我已经跟你说过了。我委托了鲁伊韦里斯，从那时起我就认为这起策划已经不像是我自己的事了，至少有人和我一起承担。鲁伊韦里斯下令另一个人给那个收停车费的家伙弄个手机，给他打电话，他们两个轮流给他打，两个人的声音比一个人的声音更有说服力，让他头晕脑涨；甚至我都不清楚那个人是怎么给他手机的，我猜是把它放在他住的汽车里，然后手机像是奇迹般地出现在他眼前，然后又以同样的方式给了他折刀，以免自己被他看见，这一切的后果是无法提前预知的。无论如何另外那个人，那个第三方，不知道我的名字，也没见过我的脸，我对他也是这样，他的匿名参与让一切都离我更远了，与我的干系更小了，我的参与变得模糊，这已经不完全由我掌控了，而是参与者越来越多。一个人一旦启动了某件事然后把它交出去，就好像是松开了它，摆脱掉了它，我不知道你是否能理解，或许不能，你从来没有必要筹划准备一场死亡。”我注意到他的用词，“必要”；这个想法很荒谬，他不曾有“必要”做任何事，没有人曾强迫他。他说的是“一场死亡”，可能是最中立的说法了，不是“一次杀人”、“一次谋杀”或者“一次犯罪”。“他接到有关事情进展的简短汇报，他监督，但是不直接出面。是的，出现了一个错误，卡内亚弄错了人，消息传到我这里，甚至米盖尔也跟我提起了可怜的巴勃罗遭遇的那次意外，但他没有怀疑此事和他的请求有关，没有将一件事同另一件事联系起来，没有想到我在幕后，或者是他掩饰得很好，我怎么知道。”我发现自己听糊涂了（什么请求？什么联系？掩饰什么?），但是他继续往下说，好像他已经突然起跑了，不容许我打断。“鲁伊韦里斯那个白痴在那之后就不相信另一个人了，我付了他很多钱，他欠我人情，于是他亲自出马，小心地、偷偷地出现在那个收停车费的家伙面前，那条街晚上没有人是真的，但是他被他看到穿着皮大衣，希望他已经把它们都给扔了，他想确保他别再弄错了人，最终捅死那个可怜的司机巴勃罗，把一切都搞砸了。没错，虽然说我知道那次意外，但是对我来说那只是在我家里给我讲的一个故事，我没有离开这里，从未出现在那个地方，也没有沾染血腥，因此我不觉得那件事完全是我的责任或者行为，只是遥远的事实。你不用惊讶，还有更遥远的事实呢：有的人在下令干掉某人之后甚至都不愿意再了解其过程、步骤和方法。他们相信最后会有一个属下前来告诉他们那个人已经死了。他们被告知那人死于一场意外，或者一起严重的医疗事故，或者是从阳台上跳了下去，或者被车撞了，或者某晚遭到了抢劫，他进行抵抗结果运气太差被杀害了。然后，即使看似奇怪，那个提出杀他但没有具体指明方式和时间的人，可能会比较真诚或者略带惊讶地感慨：'天哪，太不幸了'，似乎跟他毫不相关，是命运替他实现了愿望。这是我试图达到的，让自己尽可能地置身事外，尽管我在某种程度上策划了行动方式：鲁伊韦里斯查出了那个穷鬼生活中有什么不幸，什么事情最让他生气，他的耻辱是什么，不管他是不是偶然查到的，我不清楚，反正一天他来告诉我那个穷鬼的女儿们被迫或者受骗成了妓女的事情，鲁伊韦里斯什么事都做，他在方方面面都有关系，因此，计划是我的，或者说，是两个人的，是我俩的。但即便如此，我也是离得很远，躲在了一边：中间隔着鲁伊韦里斯本人，以及他的朋友，那个第三方，更何况还有卡内亚，他不仅决定时间，而且还能决定不做这件事，事实上没有什么掌握在我手中。既然有了这层层委托关系，这么依靠其他人的行动，这么依靠运气，相隔这么远，一旦事情发生，你就很可能会想：'我和这件事有什么关系？我和一个神经病在一个安全的时间、一个安全的地区在大街上做的事有什么关系？早就看出他对公众很危险，是个暴力分子，他早就不该自由活动，特别是在他对巴勃罗动手之后。这是没有采取措施的当局者的过错，也是依旧存在的厄运的过错。'"

迪亚斯·巴雷拉站起身来，在客厅里走了一圈，重新站到了我身后，将双手放在我的肩上，轻轻地捏了捏，与两星期前他放在我身上的手完全不同，那是在我离开之前，他和我都站在那里，那只手扣着我，像一块墓碑。此刻我并不惧怕，觉得那像是一个爱的表示，而且他的语气也变了。面对无法挽回的一切透出了一种痛苦或者是轻微的绝望——轻微是因为已经成为过去——他不再那么厚颜无耻，似乎以前这种腔调是刻意装出来的。而且他开始混用动词时态了，陈述式现在时，简单过去时和过去未完成时，就像有时某人在回忆一段不愉快的经历或者复述一个只是自己认为自己已经脱离了但其实并没脱离的过程时会出现的情况。他的语气不是突然而是渐渐真实起来，这就让他更加可信了。但是也许那是假装出来的。不知道这 点很是讨厌，之前的一切也曾让我觉得很真实，他用了同一种语气，或者不是同一种而是另一种不同的语气，但是无论如何都同样真实。现在他沉默了，我可以问他我不理解的地方了，问他无意中说漏的部分了。或许他根本就不是无意中说出，而是故意说出来的，等待我的反应，他相信我已经注意到了。

“你刚才提到德文内的一个请求，以及他可能在掩饰。是什么请求？他要掩饰什么？我没听懂。”话一出口我就想：“我究竟在做什么，我怎么可以礼貌客气地谈及这一切，我怎么可以向他询问一桩谋杀的细节？为什么我们在谈论此事？这个话题不适合谈论，或者只能在许多年过去之后谈论，就像被阿多斯在成为阿多斯之前杀死的安娜·布勒伊的故事中那样。但是哈维尔仍然是哈维尔，他还没来得及变成另外一个人。”

他又轻柔地捏了捏我的肩膀，几乎是一种爱抚。我说话时并没有回头，此刻我不需要看着他，那种触摸对我而言既不陌生也不令人担心。我突然有了一种不真实的感觉，仿佛那是另外一天，我偷听他们谈话之前的某一天，那时我什么都没有发现，也没有任何恐惧，只有暂时的快乐和对爱情无奈的等待，等待当路易莎爱上他或者至少允许他每天在她床上入睡、醒来时，我从他身边被开除或者赶走。现在我突然想到距此已经不太远了，我已经好久没有见到她了，哪怕是远远地看见她。谁知道她有什么进展，是否已经从打击中恢复过来，迪亚斯·巴雷拉在多大程度上向她灌输了自己的存在，在多大程度上让她在时而因为孩子而感觉苦恼的孤单的遗孀生活中想一个人躲起来哭泣、什么都不想做的时候离不开他。我也曾试图在他孤独的单身生活中扮演这样的角色，只不过我做得胆怯，既没有信心也没有恒心，从一开始就是失败的。

换作另外一天，迪亚斯·巴雷拉的手很可能会从我的肩膀滑落到我的乳房上，而我不仅仅是容许，还会在心里鼓励他："解开几粒扣子，把手伸到我的毛衣或者衬衫下面。"我心里这么命令或者恳求，"来，赶紧做吧，还等什么呢?"一阵想要他这样做的冲动悄悄地传遍了我的全身，那是希望的力量，欲望非理性的坚持，常常让我们忘记周围的境况，谁是谁，模糊我们对引发我们欲望的那个人的看法，那一刻我的心中全是鄙视。但是今天他并不打算向我的请求让步，他比我更加清楚地意识到我们不是在另外一天，而是他选择告诉我他的阴谋、他的行动，然后跟我永远说再见的一天，在那场谈话之后我们不会再继续见面了，不可能的，我们两人都心知肚明。因此他没有将手慢慢往下移，而是抬了起来，好像是因为太过随便甚至是逾越而遭到了责备似的——不过我什么都没说，我的态度也没有任何表示——然后回到了扶手椅那里，重新面向我坐下，用那双雾蒙蒙的或者是难以猜透的、从来不会真正凝视的眼睛凝视着我，带着不久之前出现在他声音里的因为回顾过去而产生的痛苦或者是绝望，它们肯定不会再从他的语气和目光中消失了，他似乎又在对我说："为什么你不懂我?"不是急躁而是遗憾。

"我告诉你的一切都是真的，有关事实的方面，"他回答道，"只是我还没有告诉你最重要的部分。最重要的部分谁也不知道，或者只有鲁伊韦里斯知道一半，幸好他已经不再多问了；只是听命，出力，奉令行事，拿钱。他学乖了。生活的困难把他变成了一个为了酬金什么都愿意做的人，尤其是如果付他钱的是一位不会让他背黑锅、不会背叛他、不会牺牲他的老朋友，他甚至学会了谨慎行事。我们确实是这么做的，我们并没有把握计划一定会成功，就像是抛到空中的硬币，但是我不想借助职业杀手，我已经给你解释过了。你得出了你的结论，我不怪你；或者有点怪你，但是我对你表示一定的理解：如果我们不知道原因的话，事情看起来怎样便是怎样。我也不想否认我爱路易莎，想留在她身边，在她触手可及的地方，万一哪天她忘了米盖尔，向我这边迈几步的话：我会离得很近，非常近，让她在途中没有时间考虑，没有时间后悔。我认为这种情况迟早或者不如说很快就会发生；她会像所有人一样恢复过来，我曾告诉过你，当人们发现自己接下来的生活处于危险之中，亡者是一个沉重的包袱时，即使再恋恋不舍，最终也会让他们离开；而亡者所能做的最可怕的事情就是赖着不走，紧紧抓住活着的人，围着他们转，阻止他们向前，姑且不说他们回来的情况，如果可能的话，就像小说里的夏贝尔上校所做的那样，他让妻子的生活痛苦，给她造成的伤害比他在那场遥远的战役中死亡给她造成的伤害还要大。”

“她对他的伤害更大，”我答道，“她不认他，千方百计地让他保持死亡身份，剥夺他合法的存在，想要再次活埋他，只是这次并非过失。他经历了很多磨难，他的经历就是他的经历，继续活在世上不是他的错，记得自己是谁更不是他的错。那个可怜的人，他甚至说出了你给我念的那段话：‘如果我的疾病能消除有关我的过去的全部回忆，那会让我很幸福。’”

但是迪亚斯·巴雷拉已经不想再讨论巴尔扎克了，他想接着把他的故事讲完。“发生了什么是次要的，”在跟我谈起《夏贝尔上校》时他曾经对我说，“那是一部小说，其中发生的一切无关紧要，小说一看完就忘了。”或许他认为现实的事情，我们生活中的事情不是这样。很可能对于经历过它们的人来说是真实的，但是对于其他人来说则不然。一切都变成了故事，最终漂浮在同一个层面，几乎无法区分什么是真实发生的，什么是凭空捏造的。一切最终都成了故事，因此听起来都一样，即便是真的也像是虚构。于是他继续往下说，好像我什么都没有说似的。

“没错，路易莎会走出她的深渊，你不用怀疑。事实上她已经在往外走了，每一天走出去一点，我感觉到了，告别的过程一旦开始就不会回头了，这是第二次也是最后的告别，是精神上的告别，它让我们感到不安，因为似乎我们放下了亡者，看似如此，确实如此。可能会有临时的反复，这要看生者的生活状况或者某种偶然因素，但是仅此而已。亡者的力量完全是生者给予的，如果生者把力量撤走……路易莎会放下米盖尔的，并且会比现在她所能想象的程度还要大，这一点他很清楚。而且，他已决定尽己所能让路易莎更容易做到，而他向我提出请求也有一部分是出于这个原因。只是一部分。当然，还有更重要的原因。”

“你现在再次跟我提起的是什么请求？什么请求？”我不禁着急起来，感觉他想用好奇心把我卷进此事。

“我马上就说到了，那就是原因。”他说，“听好了。在他去世前的几个月，米盖尔感到全身有些乏力，但是并不严重，没到需要看医生的程度，他没有在意，他的身体很好。不久之后他出现了轻微的症状，一只眼睛的视力有点模糊，他以为是暂时性的，迟迟没有去看眼科医生。最后视力并没有自己恢复，他才去看医生，医生给他做了详细检查之后对他下了一个非常糟糕的诊断：眼睛里有一个很大的黑素瘤，然后把他交给了一位内科医生做全面检查。内科医生把他从头到脚查了一遍，给他全身做了CT和核磁共振，以及大量的其他检查。诊断结果更糟，是最坏的结果：癌细胞已经扩散至全身，或者就像他告诉我的，医生用冷漠的行话告诉他，'黑素瘤扩散晚期'，尽管当时米盖尔几乎没有任何症状，从来没有感觉到任何其他不适。"

"所以德思文没法像我某次想象的那样对哈维尔说：'不，我没预感到会发生什么事，无论是眼前还是接下来，不是什么具体的事情，我身体很好。'而是完全相反，"我想，"至少这会儿哈维尔是这么说的。"那天下午我仍然这样称呼他，但是很快就会改变，我当时还没有决定以后记起他提起他时用姓来称呼，让自己远离我们曾经的亲密或者说给自己造成那种错觉。

"这样啊，那么这一切除了非常糟糕之外，究竟意味着什么呢?"我问道，尽力让自己的语气透着怀疑或者不信："说啊，说啊，继续说，我不会轻易相信你在最后时刻讲的这个故事的，我猜得出你想干什么。"但是同时我已经对他刚刚开始讲的事情产生了兴趣，无论是真是假。迪亚斯·巴雷拉常常能逗我开心，总能吊起我的兴趣。所以我又补充了几句，现在我的语气中含着真正的担忧，还有轻信："那种事情可能发生吗？得了这么严重的病却几乎没有任何症状？好吧，我已经知道会发生了，但是有这么严重吗？这么毫无迹象？并且到了晚期？真是让人不寒而栗，不是吗?"

"是的，可能发生，而且发生在了米盖尔身上。但是你不要惊慌，幸运的是那种黑素瘤很少发生，非常罕见。你不会发生这种事的。路易莎，我，里克教授都不会，那是极其偶然的。"他已经察觉到了我瞬间的疑惧。他期待自己毫无根据的预测产生效果，然后他像对待一个小女孩似的让我安心，他等了几秒后才继续往下说。"米盖尔在拿到所有的材料之后才告诉我，而对路易莎他连最初的情况都没有告诉她，那时还没有什么可担心的：没告诉她去看眼科医生，没告诉她看东西有点模糊，他最不希望的就是因为什么事让她担心，因为她很容易这样。后来就更不能告诉她了。实际上他没有再告诉任何人，只告诉了我。在内科医生诊断之后他知道他的病是致命的，但是医生并没有告诉他全部的信息，或者说没有详细告诉他，或者也许说得比较委婉，或者他没有问，我不知道，他宁肯去问一个他问起来不会对他有任何隐瞒的医生朋友：一位老同学，定期给他做检查的心脏病专家，他对他绝对信任。他拿着最后诊断去找他，对他说：'告诉我等待我的是什么，坦率告诉我。告诉我病情的经过。告诉我会怎么样。'他的朋友给他描述的情况令他无法承受。"

"这样啊。"我又说道，像是在努力怀疑，不相信。但是这一次我什么都没表现出来。我试过，努力过，最终只说出了这句实际上没有任何倾向性的话："那些可怕的经过又是什么？"即使这些是谎言，对整个过程，对这个发现的讲述也让我感到害怕。

"不仅仅是无法治愈，因为已经扩散到全身了。而且几乎没有什么缓解疗法，或者说即使有，也比疾病本身更糟。根据预后，如果不进行那种治疗，他还有四到六个月的生命，如果治疗，也不会活得更久。他不会赢得多少时间，而且糟糕的是还要为此接受大剂量的化疗，副作用极大。但是不仅如此：眼睛里的黑素瘤会让他的这只眼睛变形，痛得厉害，疼痛似乎难以忍受，这是他的心脏病专家朋友告诉他的，这位朋友满足了他的愿望，把他想知道的一切都告诉了他。唯一的解决方法就是切除那只眼球，也就是说把它摘除，医生们称之为'摘除术'，米盖尔这么说的，因为那个肿瘤太大了。你明白吗，玛丽亚？眼睛里面有一个大瘤子，我猜它同时向外向内挤压；一只眼睛凸出，前额和脸颊越来越肿；然后是一个洞，一个空空的眼窝，而且这还不是最后的变化，这是最好的情况了，却也起不了多大的作用。”这一简短生动的描述让我更加怀疑了，这是他第一次向恐怖和想象让步，在此之前他一直很有分寸。“病人的样子越来越可怕，病情的逐步恶化惨不忍睹，当然不仅仅是在脸上，全身都损坏得越来越快，摘除眼球和大量化疗仅仅能让他多活几个月而已。而且是这样活着，如死一般或者奄奄一息，病痛缠身，身体走样，不再是他自己而是一个只能出入医院的痛苦的幽灵。唯一让人安慰的是外貌不可能马上发生变化，不会的：要过一个半月或者两个月脸上的症状才会出现或者清晰可见，其他人才会发现，他有这么些时间向所有人隐瞒、掩饰。”迪亚斯·巴雷拉的声音听起来确实很伤感，但是或许他是在假装难过。当他用痛苦或者说是不幸的语调又补充了一句“一个半月或者两个月，这是他给我的期限”时，我得承认我觉得他不是在假装。

我大致知道他的回答，但是即使这样我还是问了他，有些故事如果中间没有修辞性的提问就很难继续讲下去。这个故事无论如何都会继续讲下去的，我只是让它稍稍加快了点而已，我希望它尽早结束，尽管我很感兴趣。我想听完后回自己的家，然后就不用听了。

“给你？为什么？”不过我没能忍住告诉他他下面要说的都在我意料之中，“现在你要告诉我他求你做你对他所做的事情，算是帮他：让一个疯狂的人在大街上向他扎上许多刀，对吗？既然有药片以及许多其他东西可以使用，却用这样一种迂回的、难看的自杀方式。而且对你们来说很麻烦，是吗？”

迪亚斯·巴雷拉生气地、责备地看了我一眼，觉得我的评论很不恰当。

“你要明白一件事，玛丽亚，好好听我说。我现在给你讲发生的事不是为了让你相信我，我不在乎你相不相信我，但是路易莎就是另一回事了，我希望永远不要同她发生这样的谈话，这部分取决于你。我是因为情势所迫才告诉你的，仅此而已。我不喜欢这样做，你可能也猜到了。无论如何，我和鲁伊韦里斯所做的并不是什么让人高兴的事，而是等同于谋杀的犯罪。而且，从技术角度讲就是谋杀，法官或者陪审员丝毫不看重促使我们犯罪的真正原因，我们也无法证明确实是出于那种原因。他们评判的是事实，而事实就是事实，所以当卡内亚开始提到那些手机来电以及其他情况时我俩惊慌起来。我们运气很差，那天让你听到了我俩的谈话，或者更确切地说，是我太大意了才让你听到的。由此你得出了一个错误的、不准确的结论。理所当然，我不喜欢这个结论，也不想你错过具有决定意义的信息，我怎么会愿意这样呢？因此我告诉你了，以个人的名义，因为你不是法官，你能理解背后的事情。然后，你看着办吧。你应该知道如何处理信息，这件事也一样。但是如果你不想听我就不说了，我也不打算勉强你。你相不相信我并不取决于我，所以你来决定我们是否现在就结束这次谈话。门在那里，如果你认为你已经知道了一切不想再听下去的话。”

但是我确实还想听下去。正如我所说的，一直听到结尾，然后结束一切。

“不，不，你接着说。对不起，”我纠正道，“请继续说，谁都有被倾听的权利，当然了。”我尽力让最后这几句话里带上点嘲讽的味道，“当然了”。“他给你那个期限做什么？”

面对迪亚斯·巴雷拉那种受辱的、不悦的语气，我发觉自己产生了轻微的怀疑，尽管这种语气是最容易假装或者模仿的语气之一，几乎所有犯有某种过失的人都会立即求助于它。当然无辜者也会这么做。我发现他告诉我的越多我的疑问就越多，我不可能不带任何疑问地离开那里了，这正是任由别人讲话、解释的弊端，因此我们总是试图阻止他们说下去，以便保留肯定，不给怀疑留下空间，也就是说，不给谎言留下空间。又或者，不给真相留下空间。过了一会儿他才回答或者说继续往下说，他再次开口时，又恢复了之前的语气，那种回顾过去而产生的痛苦或是绝望，实际上他根本就没有完全放下那种语气，只不过暂时增加了点受伤者的语气而已。

“米盖尔对于死亡并没有太多的顾虑，如果我们可以这样说一个人的话，请你理解我的意思，他年近五十，生活顺心，儿女尚小，有一个他爱着的妻子，或者说，他深爱着她，没错。这当然是一种不幸，对于任何人都一样。但是他一直非常清楚我们在这里是因为一些偶然因素不可思议地结合在了一起，在其结束时我们不能抱怨。人们认为自己有生命的权利。而且，宗教和几乎各国的法律甚至宪法都收录了这一条，但是他却不这么看。一个人怎么能有权拥有既非自己创建又非自己赢得的东西？他常常这么说。谁都不能抱怨自己不曾出生，抱怨没有早点来到世上，或者没有永远活在世上，因此为什么要抱怨死亡，抱怨以后不再活在世上，或者不能永远活在世上？二者都让他觉得荒唐。没有人对自己的出生日期提出异议，所以也不能对自己的死亡日期有任何异议，它们都是出于偶然。甚至暴力死亡、自杀都是出于偶然。既然已经经历过虚无，或者是不存在，那么再回到那种状态就没有那么奇怪或者严重了，即使现在有了可以与之比较的东西，即使我们有了怀念的能力。当他知道了自己的事情，知道自己的生命该结束了，他和任何人一样咒骂自己的命运，感到悲痛欲绝，但是他又想到有那么多人死的时候年纪比他还小得多；想到人生的第二次偶然几乎没有给他们任何时间、任何机会去了解任何事物就让他们消失了：青年，儿童，甚至连名字都没有的初生儿……因此他是从始而终的，没有破碎。但是，他承受不了的、击垮他的、令他失去自控的是死亡的方式，可恶的过程，快速中的缓慢，每况愈下，痛苦和畸形，他的医生朋友告知他的一切。因此他不打算经历，更不愿让他的儿女和路易莎亲眼目睹。事实上他不想任何人看到。他接受生命停止的概念，但无法接受毫无意义地受苦，经受数月没有意义没有回报的折磨，并且在死后留下一个扭曲变形、只有一只眼睛、完全无助的形象。他觉得没有那种必要，他应该抗拒，反对，改变命运。他决定不了能否留在世上，但是可以决定以一种比既定方式更干净利落的方式离开这个世界，只需提前一点离开就足够了。”“那么这就是一个例子，”我想，“一个不适合说‘他应该以后死的’的例子，因为那个‘以后’可能更糟，意味着更多的痛苦和屈辱，让亲友更不镇静，更加恐惧，因此我们并不总是期望一切都更持久一些，再多一年，几个月，几个星期，几个小时，我们并不总是觉得事情结束得太早或者人去世得太早，也不是认为永远没有合适的时候，可能会有那么一刻我们自己会说：‘好了。已经可以。够了，这样更好。今后的事情会更糟，一种侮辱，一种诋毁，一个污点。’那时我们会大胆承认：‘这段时间已经过去了，即使是属于我们的。’即使一切的结局都掌握在我们手中，一切也不会永远无限地持续下去，被污染，被玷污，任何生者都不会永远不死。不仅应该让那些拖延不走或者被我们留住的亡者离开；而且有时也应该对生者放手。”我发现在违心地想这些的时候，我暂时相信了迪亚斯·巴雷拉此刻正在给我讲的故事。当你在听什么或者读什么时你往往会相信它。之后等合上书或者声音不再讲话时则是另一回事了。

“他为什么不自杀呢？”

迪亚斯·巴雷拉再次像看一个孩子，像看一个天真的小姑娘似的看了看我。

“怎么问这种问题，”他毫不客气地说道，“和大多数人一样，他做不到。他不敢，他决定不了时间：为什么是今天而不是明天，既然今天我还没有看出自己的变化，感觉也不是太差。如果必须自己决定的话，几乎没有谁能找准时机。他希望在疾病造成严重损伤之前死去，但是他根本无法确定那个‘之前’的时间：他有一个半月或者两个月的时间，我已经告诉过你了，谁知道是否会更长些。并且他也和大多数人一样，不想预先确切知道此事，不想某天起床时心知肚明，对自己说：‘这是最后一天了。今天我看不到日落了。’假如他知道了自己的结局，自己所同意的事情，假如他事先知道的话，就算别人替他来做也没有用。他的朋友跟他提过在瑞士的一个地方有一家由医生管理的严肃的机构，名为‘尊严’，当然完全合法（在那里是合法的），在那里任何国家的人如果理由充分都可以申请协助自杀，然后由机构工作人员而不是申请者做出决定。申请者必须提交符合要求的病例，之后机构来证实其准确性和真实性；他们似乎有一个详细的准备流程，除非情况极其紧急，他们首先努力说服患者采用姑息疗法继续活下去，如果有这种方法，而此前因为某种原因一直未曾使用的话；然后证实患者的精神完全正常，不处于暂时抑郁状态，那是一个严肃的地方，米盖尔告诉我说。尽管有这么多的要求，但是他的朋友认为像他这种情况不会被拒绝的。他跟他提起那个地方作为可能的解决办法，伤害更小，但是米盖尔还是觉得做不到，他不敢。他想死，但是在自己不知情的情况下。他不想知道怎么死、何时死，至少不想知道得很确切。”

“那个医生朋友是谁？”我突然冒出了这个问题，强迫自己暂时停止那种几乎总是一点一点地侵袭倾听者的轻信。

迪亚斯·巴雷拉没有太过吃惊，可能有一点儿。但却毫不犹豫地答道：

“你是说他叫什么名字吗？毕达尔大夫。”

“毕达尔？哪个毕达尔？等于什么都没说。姓毕达尔的很多。”

“怎么了？你想去证实吗？你想去找他谈谈向他证实我的说法吗？去证实好了，他是一个很亲切很热心的人，我遇到过他几次。毕达尔·塞加内尔大夫。何塞·马努埃尔·毕达尔·塞加内尔，你很容易找到他的，只要查医生协会的名单或者他的名字就行了，网上肯定有。”

“那位眼科医生呢？那位内科医生呢？”

“这个我就不知道了。米盖尔从来没有提过他们的名字，或者他说过但我没记住。毕达尔我倒是认识，因为他是米盖尔的发小，我跟你说过。但是其他人我不知道。不过，我猜要查出谁是他的眼科医生对你来说不会太难，如果你想查的话，你打算去查吗？这也对，比你直接去问路易莎好，除非你打算把一切都告诉她，把其他事情都告诉她。她对此一直毫不知情，无论是黑素瘤还是别的，这是米盖尔的愿望。”

“这相当奇怪，不是吗？按理说，得知他的病情比看到他被折刀捅得遍体鳞伤、躺在地上流血对她造成的伤害要小。从一场如此暴力、野蛮的死亡中恢复过来，或者像眼下人们所说的那样，与它和解，难度更大。不是吗？”

“也许吧，”迪亚斯·巴雷拉答道，“但是，虽然这个考虑很重要，但已经是次要的了。让米盖尔感到恐怖的是经历毕达尔向他描述的那些阶段；以及被路易莎看到这个过程，但是这已经是更远一层的事了，无奈之中相比之下这是次要的担心。当某人意识到自己该走了，就会深深地沉浸于自我，很少考虑到别人，包括最亲近的人，最爱的人，尽管他努力让陷入痛苦的自己不那么漠然，时时想着他们。他知道自己将孤身离开，而他们会留下，这其中总会有一种令人讨厌的因素让他觉得他们遥远又陌生，几乎对他们怀有怨恨。因此，他不想让路易莎看到他临死前的痛苦，但是更重要的是他不想让自己经历。而且，你要考虑到他不知道自己会以哪种方式突然死去。他把这个问题留给了我。他甚至不知道自己是否会突然死去，或者是否只能忍受，忍受病情发展到最后，或者等到病情恶化、身体开始走样、感觉非常疼痛时期待自己鼓足勇气从窗户跳下去。我从未向他保证过什么，从未答应过他。”

“答应他什么？你从未答应过他什么？”

迪亚斯·巴雷拉又用他那种坚定的眼神看着我，我从不觉得那是坚定，顶多算是咄咄逼人。这会儿我似乎看到他的眼睛里闪过一丝恼怒。但是和所有的闪光一样转瞬即逝，因为他马上回答了我，而在他回答时，那种表情消失了。

“能是什么呢？是他的请求。‘杀了我吧，’他求我，‘别告诉我用什么方法，在什么时间，什么地点，让我措手不及，我们有一个半月或者两个月，你找个办法然后付诸行动。我不管是什么办法。越快越好。受罪越少、伤害越小越好。让我等的时间越短越好。你爱怎么办就怎么办吧，雇个人给我一枪，让人在我过马路时撞死我，让一堵墙倒塌在我身上或者让我汽车的刹车或者前灯失灵，我不知道，我不想知道不想考虑，你来考虑吧，无论什么方法，只要是你能做到的，你能想到的。你必须帮我这个忙，必须让我摆脱已经在等待我的一切。我知道这个要求很过分，但是我不敢自杀，也不敢明知自己去那里只是为了死在陌生人中间而去瑞士的某个地方，谁能进行这样凄惨的、通往死刑的旅行？好比在途中不停地死好多次。我宁愿每天早晨在这里醒来，至少表面正常，继续活着，尽管可能伴随着恐惧，希望那是最后一天。特别是有不确定性，而不确定性是唯一能帮助我的；也是我知道我能忍受的。我不能忍受的是知道一切取决于我。必须由我决定。在为时已晚之前杀了我，你必须帮我这个忙。’这大概就是他对我说的话。他感到绝望，也怕得要命。但是他并没有失去理智。他已经考虑了很久。甚至可以说是冷静地考虑。他看不出其他办法了。他真的看不出其他办法了。”

“那你怎么回答他的？”我问道，问题一出口我就再次意识到我正对他的故事产生些许信任，尽管这种信任是假设的、暂时的，尽管我告诉自己实际上我的问题是：“假设所有这些都是真的，我们暂且假设是这种情况，你是怎么回答他的?”但是事实上我的问题不是这样提出来的，当然不是。

“一开始我断然拒绝了，没有给他坚持下去的机会。我告诉他那不可能，确实是非分之求，他不能托付任何人做一件只能他自己做的事情。告诉他鼓起勇气自杀或者自己雇个职业杀手，这不是第一次有人花钱委托别人杀死自己。他说他很清楚自己缺乏那种勇气，也不可能自己雇人，那就等于提前知道了，知道方法甚至是时间了：一旦联系上了，杀手就会开始行动，他们办事都很利索，不会拖延，做完自己该做的事情，然后又去干别的。他说，这和去瑞士没有太大区别，仍然是他自己的决定，等于确定一个具体的日期，放弃不确定性带来的小小安慰，他感觉无法做到的就是决定今天、明天还是后天。他会把事情从一天拖到另一天，日子一天天过去他却没有胆量去做，他永远都找不到合适的时机，最终疾病的毒性会要了他的命，这正是他需要不惜代价避免的……是的，我理解他，在那种情况下很容易对自己说：‘还不可以，还不可以。也许明天。对，不超过明天。但是今晚我仍要睡在家里，睡在我的床上，我还要和路易莎睡在一起。就再多一天。’”“我应该以后再死，应该面色苍白地再拖延一下，”我想，“毕竟，以后我就不能回来了。即使可以，但是亡者回来是错误的。”“米盖尔有很多优点，但是他意志薄弱，优柔寡断。可能几乎我们所有人在这种情况下都会这样。我想我也一样。”

迪亚斯·巴雷拉沉默下来，目光迷离，似乎在设想朋友的处境或者在回忆他那么做的时刻。我不得不让他摆脱神思恍惚，不管这是否他演戏的一部分。

“那是一开始，你说过。之后呢？是什么让你改变了主意？”

他继续沉思了一会儿，用手摸了好几次脸，像是在证实刮过的脸是否还光滑或者胡子是否已经开始长出来了。当他再次开口时，声音很疲倦，可能是厌倦了自己的解释以及他担负着所有压力的那场谈话。他的眼神依然恍惚，像是自言自语地低声说道：

“我没有改变想法。我从未改变想法。从一开始我就知道我没有别的选择。知道无论再难我也应该满足他的请求。我对他说的话是一回事。我该做的则是另一回事。必须杀了他，像他说的那样，因为他永远都不会有这个胆量，无论是主动地还是被动地，等待他的确实很残忍。他坚持要我做，恳求我，他主动提出给我签署一份文件自己承担责任，甚至提议去做公证。我没接受。如果这么做，他会觉得自己还签了别的东西，一种合同或者协议，他会将此作为一种同意，而我想避免这样，我宁愿他认为我不同意。但是最终我也没有把他的路完全堵死。我对他说我再考虑一下，尽管我很肯定我不会改变主意的。我让他不要指望我会这么做。让他不要再跟我提那件事，也不要再问我任何与之有关的问题。最好我俩暂时不要见面也不要打电话。他不可能不再跟我提此事，即使不通过语言，也会通过眼神、语气或者期待的态度请求我，对此我毫无招架之力：那种有关死亡的委托，那种阴森的谈话，一次就够了。我告诉他我会跟他保持联系，了解他的状况，我不会扔下他不管的。在此期间他要自寻活路，也就是说，自寻死路，不要指望我的介入。他不可以把一个朋友牵连到这种事情中，他应该自己去解决。但是我让他感到疑惑。我既没有给他希望又给了他希望：足以让他能够在可以挽救他的不确定性中安下心来，让他不完全排除我的帮助，却也并不因此感觉到即将来临的真正的威胁，并不感到杀他的事情已经在进行了。只有以这种方式他才能至少在表面上正常地继续他余下的‘健康’生活，就像他所说的以及他徒劳地试图实现的那样。但是谁知道呢，也许他在可能的范围内实现了一点点。因此他甚至都没有把那个收停车费的家伙对巴勃罗的攻击以及他的谩骂和指责同他向我提出的请求联系起来，我无法知道，我不清楚。实际上我最终所做的是不时给他打个电话，问他怎么样了，是否已经出现了疼痛和症状。我们甚至还见过两三次面，他严格遵守了我对他的要求，没有再向我提起那件事，也没有反复请求我，我们假装那次谈话不曾发生过。但是他似乎很信赖我，我注意到了；他似乎仍在期待我让他脱离困境，在为时太晚之前的某一天，突然给他慈悲的一击，他仍然觉得我能拯救他，如果可以将他的暴力死亡称作是拯救的话。我从未以任何方式答应过他，但是从根本上说他是对的：从一开始，从他告诉我他的处境开始，我的大脑就开始考虑了。我告诉了鲁伊韦里斯，好让他帮我，让他负责开展行动，其余的你已经知道了。我的大脑不得不开始运转，像一个罪犯的大脑那样进行策划。我得考虑怎样及时杀了他，怎样在一个期限内杀死一个朋友却又不让它看起来像是谋杀，不让别人怀疑到我。当然，我陆续用了些中间人，避免玷污自己的双手，中间夹杂了其他人的想法，我陆续委托别人，将事情交予命运，让事件远离我，远离我的范围，甚至给自己造成我和这件事毫不相关或者只在源头与之有关的错觉。但是我一直很清楚一开始我必须像一个凶手一样思考、行动。因此实际上你现在对我有那样的看法并不奇怪。但是，玛丽亚，你怎么认为并不像你想象的那么重要。”

然后他站起身来，好像已经说完了，或者不想再继续说了，似乎认为这场谈话结束了。我从未见过他的嘴唇如此苍白，尽管我曾经凝视过它们无数次。刚才出现在他脸上的疲惫、沮丧和因回忆而产生的绝望变得格外明显。他现在看起来的确筋疲力尽，好像他不仅仅是费了一番口舌而已，而是完成了一件很重的体力活，他那挽起的袖子几乎从一开始就预示了这一点。也许和一个刚刚捅了一个男人九刀，或许十刀，或许十六刀的人一样筋疲力尽吧。

“对，谋杀，”我想，“仅此而已。”

第 四 部

正如我所料，那是我最后一次单独见迪亚斯·巴雷拉，很久之后我才再次遇见他，纯属偶然，他当时身边有同伴。但是几乎整个那段时间他无论白天还是黑夜都萦绕在我脑海，一开始来势汹汹，后来就变得迟缓无力了，就像济慈的半句诗中所说的那样，“无力地徘徊”。我猜他认为我们已经再也没有什么可说的了，他肯定觉得自己已经绰绰有余地完成了向我做出解释这个意料之外的任务，因为毫无疑问他事先认为自己不必向任何人解释的。他在这个“谨慎的年轻女子”(而且，我无论是现在还是当时都已经不年轻了）面前太不谨慎了，他没有其他办法了，只能告诉我他那个阴险的或者是凄惨——取决于他怎么讲——的故事。之后他就没有必要和我保持联系，忍受我的猜疑，我的目光，我的托辞，我无声的审判了，我也不想他这样，那样会让我们笼罩在一种沉默不安的氛围中。他没有找我，我也没有找他。我们已经不言自明地分手了，我们的关系已经走到了尽头，任何身体的相互吸引抑或是单方面的感情都无法拖延了。

第二天，尽管很疲惫，但是他应该觉得自己卸下了一个重负，或者换上了另外一种负担——我听了他的坦白，现在知道得更多了——不过这个负担小多了。我甚至比之前更不可能告诉任何人我知道的那些永远无法证实的事情了。不管怎么说，他把一个负担转嫁给了我：比严重怀疑和也许太仓促、不公正的推测更糟的是知道了两种说法而不知道该信哪一个，或者更确切地说是知道自己不得不相信这两种说法，它们都将化为我的记忆，直到记忆厌倦了它们的重复而将它们赶走。别人告诉你的任何事情都会进入你的大脑成为你意识的一部分，即使你不相信或者很清楚此事从未发生过，只是杜撰而已，就像小说、电影一样，就像我们的夏贝尔上校那个遥远的故事一样。尽管迪亚斯·巴雷拉遵循了那条古老的规则：最后再讲看似真实的内容，先讲会被认为不真实的内容，但事实上这条规则并不足以抹去开始的或者前面的内容。这部分也被听到了，即使暂时被后半部分所否定，即使后半部分反驳它、揭穿它，但是它会永远被记住，特别是我们在聆听时产生的轻信会被永远记住，那时我们还不知道它将遭到驳斥，将它信以为真了。所有说过的话即使不在清醒时也会在小憩和酣睡时再现、回响，那里不讲究顺序，那些话一直在那里摇曳、跳动，就像一个被埋的活人或者重新出现的死人，因为实际上他并没有死，既没有死在埃劳，也没有死在回来的路上，也没有被吊死在树上，没有死在任何地方。说过的话就像幽灵一样暗中窥探我们，有时再次造访我们，于是我们总是觉得意犹未尽，觉得再长的谈话也极其短暂，再完整的解释也有疏漏；觉得我们当时应该提出更多的问题，听得更仔细，关注那些言外之意，它们比话语的欺骗性略小一些。

我相信我的脑子里闪过了去找、去见那个毕达尔医生的可能性，毕达尔·塞加内尔，有第二个姓不会找不到。我甚至在网上查到了他在一个名为“英美联合医院”的地方工作，机构的名字很奇怪，地址在萨拉曼卡区阿兰达伯爵大街，我应该很容易和他约个时间请他给我听诊，做个心电图，谁不关心自己的心脏呢？但是我并没有侦探精神，或者说侦探的态度，更主要的是我觉得这是一个既冒险又无益的行动：既然迪亚斯·巴雷拉痛痛快快地把他的资料提供给了我，那么那个医生肯定会证实他的说法，无论其真实与否。也许那个毕达尔医生是他的而不是德思文的老同学，也许他已经事先被告知如果我去问他的话他应该怎么答复我；他总有办法拒绝给我看一个也许从来都不存在的病例，这类事情是有保密要求的，毕竟我有什么权利呢？我应该和路易莎一起去向他要求看病历，但她什么都不知道，丝毫没有怀疑，我怎么能突然让她知道真相呢？这意味着要做出好几个决定，要担负重大的责任，即向某人揭露或许她不愿知道的事情，而直到向她透露之后你才能知道她不想知道什么，但此时可能造成的伤害已经无法挽回，把话收回抛之脑后已经来不及了。那个毕达尔可能是另一个同伙，他可能欠迪亚斯·巴雷拉很大的人情，所以参与了这个阴谋。或者根本没有必要。我偷听他和鲁伊韦里斯的谈话已经过去两个星期了；可以这么说，迪亚斯·巴雷拉有很多天的时间来构思、准备一种让我保持中立或者平静下来的说法；他可能已经随便找了个借口（出版社的那些小说家们，我脑子里出现了卡拉伊·丰蒂纳，总是不停地向各种专家进行这类咨询）问过那个心脏病专家了，哪种痛苦的、讨厌的、致命的疾病足以让一个男人宁愿自杀或者如果自己没有胆量的话，请求一位朋友杀死自己。那个毕达尔可能诚实又天真，善意地告诉了他；迪亚斯·巴雷拉可能认为我即使很想这么做，也绝不会去找那位医生，事实果然如此（我很想去，但是我没去）。我想他比我以为的还要了解我，在我们在一起的时间里他没有看上去那么心不在焉，而是对我进行了认真的研究，这种想法让我的自尊心小小地愚蠢地满足了一下，或者那是我爱恋的余温；它们不会戛然而止，也不会瞬间变为仇恨、蔑视、耻辱或者单纯的惊愕，而是要经过很长时间才会产生这些可能取代前者的情感，会有一个干预、混合、混杂、传染的坎坷期，不经历冷淡，或者不如说是厌恶，没有如下的想法，恋爱就不会彻底结束：“回到过去真是多此一举，我懒得再见哈维尔。甚至懒得想起他。让那段时光从我的脑海消失，一切都难以言表，噩梦一般。这其实并不难，因为我已经不是以前的那个我了。唯一的问题是虽然我已经不是以前的那个我了，但是很多时候我无法忘记我的过去，于是就连我的名字都让我感到厌恶，我希望我不是我。无论如何，一段回忆比一个活人带来的烦恼要少，尽管这种回忆有时是残酷的。但是这段回忆已经不残酷了，不残酷了。”

很久之后我才有了类似的想法，这是意料之中、自然而然的。我不可避免地从上千个角度（或者只有十个角度来回重复）思量迪亚斯·巴雷拉告诉我的一切，他的两种说法，如果是两种的话，琢磨两种说法均没有澄清的细节，没有任何故事没有盲点、矛盾、疑点或者缺陷，无论是真实的还是编造的故事，从这个意义上——围绕、笼罩着任何故事的模糊性——来说，是真实还是虚构并不重要。

我重新查阅了我曾在网上看过的有关德文内之死的消息，在其中的一则消息中我找到了在我的记忆里经常出现的几句话：“企业家的尸检显示受害者被凶手捅了十六刀。每一刀都伤及重要器官，而且根据法医的推断，其中有五刀是致命的。”我不太清楚致命伤和伤及重要器官之间存在什么区别。对于一个外行来说，乍看起来两者似乎是一回事。不过，这是令我不安的次要原因：如果法医介入了此事，出具了报告；如果做了尸检，就像出现任何暴力死亡或者至少是发生凶杀时应该遵循的程序那样，那么怎么可能在尸检中没有发现迪亚斯·巴雷拉提到的那位内科医生对德思文所下的诊断“癌细胞已经扩散至全身”呢？那天下午我没想到问迪亚斯·巴雷拉这个问题，当时我还没有注意到，但是现在我已经不想或者不能给他打电话了，更不用说是为了此事，他可能已经产生了怀疑，已经有了戒备或者已经厌烦了，也许在证实了他的解释或者说演戏并没有让我平静下来后，他已经想出了让我保持中立的其他方法。我可以理解为报纸没有报道此事或者这件事根本就没有告诉他们，因为和事件无关，但是这样的情况没有告诉路易莎让我觉得很奇怪。我和她聊天时很明显她对德文内的病情一无所知，和他希望的一样，他的朋友和间接刽子手或者说“始作俑者”一直都是这么说的。我也想象得出假使我有机会问他的话他会怎么回答：“你认为一个给被捅了十六刀的人做尸检的法医会费心多看几眼，探究受害者之前的健康状况吗？很可能他们甚至不会剖开他的身体，因此不会知道；甚至连真正意义上的尸体解剖都没做就闭着眼睛填了报告：米盖尔的死亡原因显而易见。”也许他说得对：毕竟两个世纪以前两个马马虎虎的外科医生就是这种态度，尽管吩咐他们做事的是拿破仑本人：他们根据自己的经验，甚至懒得摸一下倒在地上被踩踏的夏贝尔的脉搏。而且，在西班牙几乎所有的人做事都是最低限度地应付一下，不愿深究或者在不必要的事情上浪费时间。

然后就是从迪亚斯·巴雷拉嘴里说出的那些过于专业的术语了。仅仅是以前听德思文说过后他就记住了是不大可能的，而且德思文在讲述自己的不幸时也不大可能会重复这些词汇，即使他的眼科、内科和心脏科的医生们使用得再多。一个绝望且恐惧的人不会采用那类冷漠的词汇告诉朋友自己的痛苦，这不正常。“眼内黑素瘤”，“黑素瘤扩散晚期”，形容词“毫无症状的”，“切除眼球”，“摘除”，所有这些词在我听来都像是新学的，像是刚刚从毕达尔大夫那里听来的。但是也许我的怀疑毫无根据：毕竟我也没有忘记，尽管从我听到他说那些词到现在的时间间隔更长，而且我也只听过那一次。也许患者确实会重复使用它们，似乎这样能够把病情解释得更好。

而对其故事或者其最终说法的真实性有利的事实是迪亚斯·巴雷拉

没有过分渲染自己因为被迫以暴力手段突然杀死——任何突然杀死某人的方法几乎都是暴力的，不幸的——自己将最为想念的、最好的朋友而做出的牺牲，承受的煎熬、令人心碎的矛盾、莫大的痛苦。并且时间在无情地流逝，他必须在一定期限内完成，而且他明知恰恰在这种情况下比任何时候都更应该说“总会有听到这句话的时候”，就像麦克白在得知妻子不合时宜的死亡时所说的那样。他明知无疑“总会有听到这句话的时候，其他时候”，也就是说听到“这样的话”或者“消息”或者“信息”：对于迪亚斯·巴雷拉而言，本来什么都不用做就可以了，只需拒绝委托，拒绝请求，让另外一个没有被他带来、提前或者破坏的时间到来；他只需让事情按照其事先宣告的，和所有其他过程一样自然、无情、悲伤的轨道发展就可以了。没错，他可能对他的不幸或命运做了大量的粉饰，可能给自己的任务赋予了那些名义，可能强调了他的忠诚，突出了他的自我牺牲，甚至试图唤起我的同情。倘若他捶胸顿足地向我描述他的痛苦，描述他如何必须隐藏自己的情感，强忍不快帮德文内和路易莎摆脱一个更大的、缓慢的、残忍的痛苦，摆脱病情恶化、身体走样，不让他们看到这些，那么我会更加怀疑他，对他的虚伪也就没有多少疑问了。但是他很有分寸，略掉了那些；仅仅向我说明了情况，坦承了该说的部分。他说过，这是他从一开始就知道自己必须做的事情。

最终一切都会淡化，有时缓慢而艰难，按照我们的意愿；有时意想不到地迅速，违背我们的意愿，我们徒劳地努力不让那些面孔变得苍白，渐渐消失，不让事实和话语变得模糊，飘浮在我们的记忆里，就像在小说中读到的、在电影中看到和听到的那些东西一样没有意义：其中发生的一切都无关紧要，一看完就忘了，尽管它们能向我们展示我们不了解的、没有发生的事情，就像迪亚斯·巴雷拉在跟我谈起《夏贝尔上校》时所说的那样。别人告诉我们的一切都像小说和电影，因为我们并非直接知道它们，也不确定是否发生过，无论别人如何保证故事是真实的，不是任何人杜撰的而是真实发生过的。不管怎样，它们都是飘忽不定的故事世界的一部分，有其盲点、矛盾、疑点和缺陷，所有的故事都被阴影或者黑暗环绕、笼罩，即使它们再力求详尽清楚也没有用，因为无论清楚还是详尽都不是它能控制的。

是的，一切都会淡化，但是同样可以肯定的是什么都不会消失，也不会完全离开，总会留下微弱的余音和躲闪的回忆，它们随时都会出现，就像无人参观的博物馆展厅里的石碑碎片，如刻着凹凸不平的铭文的断垣残壁一般苍白，陈旧的东西，无声的东西，几乎无法辨认，几乎毫无意义，没有目的地加以保存的荒唐的遗迹而已，因为它们将永远无法重组，它们发出的光明少于黑暗，引起的回忆远远少于遗忘。然而它们就在那里，没有人毁坏，或者把它们同散落的碎片或者数个世纪之前遗失的碎片拼接起来：它们被保存在那里，像是小小的珍宝和迷信，作为某人曾经活着、去世、有名有姓的宝贵证据，即使我们看不到他的全部，无法将他复原，即使那个现在什么都不是的人对任何人都无关紧要。米盖尔·德思文的名字没有完全消失，尽管我从来都不认识他，只是每天早晨他和妻子共进早餐时远远地、愉快地看着他。正如夏贝尔上校、费洛德夫人、拉费尔伯爵、米莱迪·德温特或者她年轻时的名字安娜·布勒伊等等虚构的名字也不会完全消失一样，安娜·布勒伊被反绑双手吊在一棵树上，却不可思议地没有死，又回来了，她像爱情或者恋爱一样美。是的，亡者回来是错误的，即便如此，几乎所有的亡者都会这么做，绝不放弃，竭力变成生者的累赘，直到生者甩掉他们继续向前。我们从不清除所有的残余，不过我们也无法让过去的事情永远真正地缄默，有时我们能听到一丝几乎难以觉察的呼吸，像是一个赤身裸体、和阵亡的同伴一起被扔到墓穴中的奄奄一息的士兵的呼吸，又像是想象中这些阵亡者的呻吟，像是某些夜晚那个幸存者认为自己仍然听到的窒息的叹息，或许是因为他曾长时间地和他们紧挨在一起，境况相似，因为他曾经差点成为或者也许就是他们中的一员，于是他后来的坎坷，在巴黎的奔波，再次的恋爱，艰难困苦，恢复一切的渴望也只不过成了博物馆展厅里一块石碑碎片上的字迹，成了铭文已经模糊难辨、凹凸不平的断垣残壁上的文字，成了一个痕迹的影子，一个回声的回声，一条小小的曲线，一粒灰烬，拒绝流逝和沉默的陈旧而无声的东西。对于德文内我可能曾有类似的意义，但是现在我就连这个也无法做到。也许是因为我不想让他有一丝哀叹通过我渗入这个世界。

那个淡化的过程应该是从我最后一次去见迪亚斯·巴雷拉、和他分手的第二天开始的，正如所有的淡化都是从某事结束时开始，正如路易莎的痛苦肯定是从丈夫去世的第二天开始淡化一样，尽管她只是把它当作永恒的痛苦的第一天。

我从迪亚斯·巴雷拉家出来时夜已经深了，那一次我走得很决绝。以前我从来不确定会有下一次，不确定我会再去那里，再次触摸他的唇，当然还有和他上床，我们之间的一切永远都不确定，似乎每次我们见面都必须重新从头开始，似乎什么都不会积累或者沉淀，似乎以前没有走过一段路程，某天下午发生的事似乎并不能保证——甚至连预告和可能性都不是——在将来的另一个下午会发生同样的事，不管是近期还是遥远的未来；只有到事后才会发现是这样，但是这对下一次毫无作用：永远都存在一个未知数，总有一个不会发生的可能性潜伏在那里，尽管也存在发生的可能性，这是很自然的，否则最终要发生的事情就不会真的发生了。

但是那一次，我确信那扇门不会再向我敞开了，确信我一旦在身后关上门向电梯走去，那个公寓就会对我关闭了，就像它的主人已经搬家了、被流放了或者死了似的，那类大门，自从我们被排斥之后，我们就尽量不从它们前面经过了，如果因为不小心或者因为绕路太远没有别的办法而路过，我们会斜睨着它，痛苦地颤栗着——或者是以前的情感留下的错觉——加快脚步，以免陷入对已经不复存在的往事的回忆。夜晚，我躺在我房间的床上，在闭上眼睛准备睡觉或者失眠之前，面对那些摇摆不停的、阴暗的大树，我把事情想清楚了，这样对自己说：“现在我知道我不会再见哈维尔了，这样最好，尽管我已经开始怀念曾经的美好，怀念我去那里时令我喜欢的一切。那一切都结束了，在今天之前就已经结束了。明天我就要开始他不再是一个活生生的人而是变成一种回忆的任务，尽管在一段时间内会是残酷的回忆。要有耐心，因为总会有一天不再如此。”

但是一个星期之后，或者还不到一个星期，当我还在努力忘记时，一件事情打断了那个进程。当时我和我的上司欧赫尼还有同事贝阿特里丝正要下班，已经有点晚了，因为我尽量在单位多待几个小时，那里有人陪伴，脑子被无关紧要的事情所占据，就像所有的人在致力于这种缓慢的任务、努力不去想难免会去想的事情时所做的那样。接着，就在我跟他们说再见时，我看见一个高高的身影双手插在大衣的口袋里，正在对面的人行道上来回踱步，好像因为在那儿待久了觉得冷似的，他在位于贝尔加拉王子区高处的那个咖啡馆附近，我每天早上仍在那里吃早餐，某些时刻总会想起我那对已经消失的完美夫妇，他像是在等一个约好的人，但是对方却迟迟不来。虽然他穿的不是皮大衣，而是一件老式的驼色大衣，甚至材质可能也是骆驼皮的，但是我立马就认出了他。这不可能是巧遇，他肯定是在等我。“他在这里做什么，”我想，“是哈维尔派他来的。”这个想法中混杂着——又牵涉到最后一刻的那个哈维尔，也可以说是那个有着两副面孔或者露出真面目的哈维尔——无端的恐惧和愚蠢的幻想。“他派他来证实我采取了中立态度，已经平静下来了，或者只是出于兴趣，想知道我的情况，想知道在听完他的真相和故事后我现在处于什么状态，他还没能将我驱除出他的脑海，无论是出于何种原因。或许这是一种威胁，一种警告，鲁伊韦里斯想要提醒我如果我不沉默到底或者如果我去调查去见毕达尔医生那么我会发生什么事，哈维尔是那种事后会反复思量的人，在我听到他们的谈话之后他就是这么做的。”想着这些，我犹豫着是躲开他和贝阿特里丝一起离开，陪她到她要去的地方，还是像我一开始打算做的那样单独留下来，允许他过来跟我说话。我选择了后一种，我又一次产生了好奇；我跟他们告别之后，向我要乘坐的公交车车站走了七八步，没有看他。我只走了七八步，因为他马上就绕开车流穿过马路拦住了我，他轻轻地碰了下我的胳膊肘以免吓着我，我一回头便看见了他闪亮的牙齿，他咧开大嘴笑着，上唇上翻，就像我第一次见到的那样把嘴唇内侧暴露无遗，这一点很惹眼，像是嘴唇被装反了似的。他仍然带着那种男性的、审视的目光，尽管这次我穿得很严实，不是皱巴巴的、被拉上去的短裙和胸罩。都一样，毋庸置疑他是一个具有综合或者全面观察力的家伙：在一个女人察觉之前，他已经把她打量遍了。我对此不太受用，我觉得他是那种随着年龄增长审美水平下降的男人，他们不需要多少刺激，总会去追逐略有魅力的一切事物。

“太好了，玛丽亚，真巧啊，”他对我说，一只手举至眉前模仿脱帽的动作，就像上次他在进入电梯前和我们告别时所做的那样。“我希望你还记得我。我们是在哈维尔家认识的，哈维尔·迪亚斯·巴雷拉。我因为你不知道我在那里而大饱眼福，你还记得吗？你大吃一惊，而我则神魂颠倒，可惜太短暂了。”

我心想他在玩什么把戏，竟然假装与我巧遇，我已经看见他在等人了，而他肯定也看见我看见他了，他踱步的时候眼睛从没离开过出版社的大门，谁知道他从什么时候开始在那里等的，也许是从我们理论上的下班时间开始的，可能他打电话问的，和实际下班时间没有关系。我决定顺着他的话说，至少在一开始这样。

“啊，记得，”我回答道，并且礼貌性地笑了笑，算是回礼。“当时我觉得有点尴尬。鲁伊韦里斯，对吗？这个姓不太常见。”

“鲁伊韦里斯·德·托雷斯，是复姓。很少见。一个出身军人、高级神职人员、医生、律师和公证员的家庭。不妨让我给你说说。我可以很肯定地告诉你，我在他们的黑名单上，我是只黑羊（意为不肖之子），尽管今天我穿的是浅色衣服。”他用手背碰了碰大衣领子，一副不屑一顾的样子，似乎还不习惯这件大衣，似乎看到自己没穿盖世太保式的黑皮衣就不自在似的。他无来由地自嘲了一下自己的小玩笑。要么是他自己觉得好笑，要么是他想感染他的交谈者。他具备一个无赖的所有特征，但是给人的第一印象却是一个热情的、更确切地说是无害的无赖，很难相信他会参与制造一起凶杀案。和迪亚斯·巴雷拉一样，他看似正常人，他俩各有各的风格。如果他确实参与了那件事（并且发挥了非常积极的作用，这是肯定的，无论因为什么原因，模糊不清的衷心或者无可争议的卑鄙），似乎也不会再犯。但是，我想也许大多数罪犯在不犯罪的时候都是这样和蔼可亲。“我请你喝点什么庆祝我们见面，你有空吗？如果你愿意，就在这里吧。”他指了指我吃早餐的那家咖啡馆。“虽然我知道几百个更有意思、更有气氛的地方，你都无法想象马德里会有的地方。然后你要是有兴趣，我们可以一起去其中某个地方看看。或者去一家好餐馆吃晚饭，你饿不饿？我们也可以去跳舞，如果你愿意的话。”

我觉得最后这个提议很可笑，去跳舞，听起来像是在另外一个年代。我怎么会一下班就和一个陌生人在一个荒唐的时间去跳舞呢，好像我才十六岁似的。因为觉得好笑，我笑出了声。

“你说什么呢，我怎么会在这个时候穿着这身衣服去跳舞呢。我从早上九点就来上班了。”我用头指了指出版社的大门。

“好吧，我是说之后，晚饭以后。不过随你，要是你想去，我们就去一下你家，你冲个澡，换身衣服，然后我们再去玩。你大概不知道，真的有任何时间都能跳舞的地方。甚至是中午。”他大笑起来。笑得很放荡。“你需要多久我就等多久，或者你说个地方我去接你。”

他咄咄逼人，紧追不放。按照他的表现，不像是迪亚斯·巴雷拉派他来的，尽管肯定是他派来的。不然的话，他怎么知道我在哪里上班？但是他确实表现得像是自己要来的，他像是只记住了几个星期前我衣不蔽体的形象，于是决定光明正大地冒险，直冲过来，情急之下的一时冲动，这是一些男人的策略，如果他们性格开朗，结果往往不坏。我记得当时我的感觉是他不仅马上将我的存在收录在脑海，而且把我们被介绍给对方这一事实当作是往前迈了一步甚至当作了一种投资，虽然这种介绍只是个形式；可以这么说，他把我记在了大脑记事本上，好似在等待很快再在其他地方单独遇到我，或者甚至想之后大胆地向迪亚斯·巴雷拉要我的电话。或许迪亚斯·巴雷拉在提到我时用“一个娘们”是因为这是鲁伊韦里斯·德·托雷斯能理解的唯一说法：对他来说我当然不过如此，只是“一个娘们”。我并不生气，对我来说有些男人也只是“爷们”而已。他属于那种极为放肆、没有底限的人，以至于有时会让人无言以对。我曾经把这种态度与他俩之间相互缺乏尊重联系在一起，因为他俩都知道自己是同谋，都了解对方的最大弱点，两人曾经是犯罪同伙。鲁伊韦里斯似乎并不在乎我与迪亚斯·巴雷拉是什么关系。我突然想到或许迪亚斯·巴雷拉已经告诉他我俩已经没有任何关系了。这个想法真的令我很恼火，他可能毫不难过地给他开了绿灯，一丁点哪怕是模糊的占有欲意识——如果愿意的话，也可以说是发现意识——都没有，一丁点嫉妒都没有，这促使我摆出更加严肃的态度，我不动声色地阻止那个无耻的家伙，我仍在好奇他怎么会出现。我同意去咖啡馆喝一杯，就一小会儿；仅此而已，我告诉他。我们在紧靠落地窗的那张桌子坐下，就是那对完美夫妇还在时常常坐的那张桌子，我想“落差真大啊”。他几乎像高空杂技演员那样果断地脱掉了大衣，刚一脱完便挺起了自己的胸膛，他肯定对自己的胸部颇感自豪，把它当成了自己的一种资本。他没有摘围巾，大概是认为很适合自己，和他那条紧身裤很般配，都是米黄色：很高雅的颜色，但是更适合春季，他大概不怎么注意季节的搭配。

他说了些鸡毛蒜皮的事情，同时一直向我说着恭维话。他的恭维很直接，是厚颜无耻的奉承，但是并不低俗，他想勾搭我，让自己显得很风趣——他不装的时候倒是更风趣，他的玩笑可以想见，很是拙劣，有点天真——仅此而已。我开始不耐烦了，刚开始的那种友好慢慢减退了，我已经很难笑起来，工作了一整天后的疲倦突然袭来，而且自从和迪亚斯·巴雷拉分手之后我的睡眠一直不好，总被噩梦和醒来时的不安所纠缠。虽然我知道了那些事，但我对鲁伊韦里斯的印象并不坏——算了，也许他只是还一个朋友人情或者帮助他，这个朋友不得不忍痛帮助另外一个朋友快速死去，他应该昨天死的，应该提前或者在他的自然时间或者既定时间之前（在他人生的第二个偶然之前，都是一个意思）死的——不过我对他毫无兴趣，他太过殷勤了，我甚至无法欣赏他的恭维之辞。他没有意识到自己已经上了岁数，他应该更接近六十岁而不是五十岁，但是举止却像一个三十岁的男人。也许一部分原因是他的身体保养得太好，这一点不可否认，第一眼看上去他像是四十多岁。

“哈维尔派你来干吗？”我突然问道，趁着沉默或者说谈话冷下来时：要么他没有意识到他的殷勤失去了动力和任何成功的可能，要么一且投人，他的毅力便所向无敌。

“哈维尔?”他的惊讶似乎是真的。“不是哈维尔派我来的，是我自己想来的，我刚才在旁边办事。即使不是这样：你也不要看轻自己，你知道我来找你不需要任何人怂恿。”他不放过任何一个恭维我的机会，并且非常直接。正如我说过的，情急之下的一时冲动，同时也急切地想弄清我是否能满足他。如果可以，太好了。如果不可以，就转向其他事情。我看不出他是会尝试两次的人，也不会长期地追求一个人。如果首次出击不成功，他就会放弃，不会有失败感，也不会再去想它。那是他的首次出击可能也是唯一一次，他也不会改天再浪费时间，他那么饥不择食，有的是选择。

“啊，不是吗?那你是怎么知道我在哪儿上班的?不要跟我说你是碰巧路过这里。我已经看见你在那里等人了。你从几点在那儿的?这种天气在大街上等人很冷的，你来这里很麻烦，而我也没那么重要。哈维尔为我俩做介绍时连我的姓都没说。你快告诉我如果不是他派你来的话，你是怎么这么准确地找到我的。既然我已经相信了他那个关于友谊和牺牲的故事，他还想知道什么?”

鲁伊韦里斯的一个笑容缓缓地停住了；确切地说是他全部的笑容，事实上他一直都在笑，他肯定认为他那和加斯曼一样白得耀眼的牙齿也是一种资本，他与那位演员有着明显的相似之处，这让他给人好感。或者他的笑容不是缓缓停住，而是上翻的嘴唇钩住或者说粘在了牙龈上——嘴里缺乏唾液时会发生这种情况——他花了很长时间才让上唇恢复自由。应该就是这样，因为他做了一些奇奇怪怪的啃咬动作。

“对，当时他没说你姓什么，”他答道，对我的反应露出讶异的表情，“但是后来我们在电话里说起过你，他无意中流露的信息足以让我不到十分钟就能找到你。你不要小看我。调查事情对我来说并不难，我不缺关系，如今有了互联网、脸谱等手段，一旦某个细节被人知道谁都溜不掉。你没想到我从一见到你就非常喜欢你吧？好吧，是特别喜欢，玛丽亚，你看得出来的。今天也一样，虽然今天的情景、你穿的衣服和第一次见面时很不一样，谁也不会总那么走运。那次真是眼前一闪、昙花一现。如果你想听最真的真话，那就是几个星期以来我脑子里都无法摆脱那个形象。”他又若无其事地笑了起来。他满不在乎地一次又一次提起那次我半裸的情景，并不担心自己显得无礼，毕竟他认为他的到来打断了我和迪亚斯·巴雷拉做爱或者类似的事情。事实并非如此，但是只差一点。他用的“特别”和“眼前一闪”都是很过时的说法了；“溜掉”也都不用了：他的词汇比他的外貌更加透露了他的年龄，保留了一点优雅。

“说起过我？为什么？我俩的关系准确地说并没有公开。完全相反。他当时很不高兴你看见了我，很不高兴咱俩遇上了，你没注意到这一点，没注意到他很生气吗？所以我很奇怪他后来跟你提起我，他应该很想忘记那次见面的……”我戛然而止，因为我突然想起了我曾经想过的事情，迪亚斯·巴雷拉大概曾试图和鲁伊韦里斯一起复原我在门后偷听时他俩之间的对话，以便推算我听到的数量和内容，推算我知道了多少；在仔细回顾了他们的谈话之后，他大概得出了这样的结论：最好面对我，向我做出解释，编造一个故事或者向我坦白所发生的一切，总之要给我讲一个比我所想象的更好的故事，所以他在两周后给我打电话让我过去。这样就对了，他们很可能提起过我，哈维尔随口告诉他的信息足以让鲁伊韦里斯自己来找我，更确切地说是擅自来找我。毫无疑问，他不是那种征求任何人同意去接近一个女人的人。他属于那种甚至对哥们儿的妻子或者女友都不尊重、不设禁的人，这种人多得超出我们的想象，他们无所顾忌。或许迪亚斯·巴雷拉并不知道那天下午他来接近我、突袭我。“算了，好吧，等一下，”我马上说道，“他确实把我视为麻烦跟你提起过我，是吗？他说的时候很担心，他告诉你我听到你们说话了，如果我执意把这件事告诉别人，告诉路易莎或者警察的话，会让你俩陷于困境。他是因为这个才跟你提起我，不是吗？你俩一起编了黑素瘤的故事还是毕达尔帮了你们？也可能是你这个足智多谋的人自己想出来的？还是他想出来的？现在我明白了，我不了解你，但是他是读过很多小说，所以他的故事手到擒来。”

鲁伊韦里斯的微笑再次消失了，这次没有过渡，就像被人用布擦去了似的。他变得严肃起来，我看到他的眼里有了些许惊慌，他的态度马上不再殷勤、轻浮，甚至把椅子搬离了我身边，他原本企图再靠近我一点的。

“你知道生病的事了？你还知道些什么？”

“嗯，他把整个事件都告诉我了。包括你们对那个可怜的收停车费的家伙所做的事，手机的事，折刀的事。他可能对你很感激吧，你做了最坏的那部分事情，而他却是待在家里，对不对？他指挥行动，就像隆美尔将军那样。”我忍不住讽刺道，对于迪亚斯·巴雷拉我充满了蔑视。

“你知道我们做的事？”这句话与其说是提问不如说是证实。他等了几秒之后才接着说道，像是需要消化一下这个发现，这对他而言似乎是个新发现。他飞快地、悄悄地用手指将上唇完全摁了下去：他的上唇这次并没有被勾住，但是确实有点翘。也许他想确保自己的表情不再带着微笑。他刚刚知道的事情令他不安，或者让他很不高兴，如果他不是在假装的话。终于他声调沮丧地说道：“我以为最终他打算什么都不告诉你，他是这么对我说的。他觉得让事情顺其自然更明智，希望你没有听到太多，或者你不会把所有的信息都联系起来，或者只希望你保持沉默。和你结束关系，他确实说了。他告诉我，你们的关系并不稳固，肯定可以自行结束。只要他不再找你，不回你可能打给他的电话或者敷衍你就行了。尽管他不认为你会纠缠下去，‘她非常谨慎，’他告诉我，‘从不期待什么。’你们之间也不存在责任。希望你忘记从我们的谈话中所听到的一切。他说最好不要提供证据，时间会让她逐渐对所听到的内容产生怀疑。‘最终会让她觉得不真实，她会认为那些都是她自己的想象。是幻听。’他说得不无道理。因此我认为自己畅通无阻了，我指的是跟你。”他再次沉默了。他在回忆或者思考，以至于他后面所说的话像是自言自语，而不是说给我听的：“我不喜欢，不喜欢他不告诉我，不喜欢他竟然不告诉我跟我直接有关的事情。他不应该把那件事告诉任何人，那不仅仅是他的事，实际上更是我的事。我冒了更多的风险，暴露得更多。没有人见过他。我一点也不高兴他改了主意，告诉了你，你知道吗？而且没有通知我。我在这里跟你见面肯定很可笑。”

他看上去很恼怒，目光出神，或者说是专注。他对我的热情已经减退。我等了一会儿才回答。

“嗯，坦白几个人合干的谋杀确实……”我说，“应该事先征求其他人的意见，不是吗？这是最起码的。”我忍不住嘲讽了一下。

他愤怒地像弹簧一样跳了起来。

“哎，喂，喂。不是这样的，你别想多了。根本不是什么谋杀。就是让一个朋友死的方式更好些，少受点罪。好吧，好吧，没有什么死亡是好的，那个收停车费的家伙用刀残忍地捅他，这是我们无法预见的，我们甚至并没有把握他一定会用那把刀。但是原本等待他的死亡却是很恐怖，很恐怖，哈维尔向我描述了整个过程。实际上至少他死得很快，一下子的事儿，没有经历多个阶段。那些阶段很痛苦，每况愈下，他的妻儿会看到他变成一个怪物。这不能被称为谋杀，你别跟我开这种玩笑，是另外一回事。是一种怜悯之举，哈维尔就是这么说的。一次出于怜悯的杀人。”

听起来他对此深信不疑，说得很真诚。于是我想：“三者之一：要么黑素瘤是真的，不是杜撰；要么哈维尔也拿生病的事欺骗了这个家伙；要么这个家伙在按照付他钱的人的授意演戏。若是最后这种情况，那么应该承认他是个很好的演员。”我想起了刊登在报纸上的德思文的照片，我在网上看得很模糊：没穿外套，没系领带，可能连衬衫都没有——他的链扣去哪里了呢——浑身插满了管子，周围是正在实施抢救的医疗人员，伤口暴露在外，躺在街道中间的血泊之中，吸引着行人和驾驶者的注意，他神志昏迷，虚弱无力，奄奄一息。看到自己或者知道自己这样暴露在外他应该感到恐怖吧。那个收停车费的家伙的确是泄愤了，但是谁能预见到呢，那是一次出于怜悯的杀人行为，也许确实是这样，也许一切都是真的，鲁伊韦里斯和迪亚斯·巴雷拉的行动是出于善意，是在错综复杂的情况下做了自己能力范围之内的事。也可能是轻率之举。刚刚承认那三种可能，想起那个形象，我便突然感到了沮丧，或者说是厌倦。当你不知道该相信什么，也不打算去当业余侦探时，你会觉得厌倦，要把一切抛得远远的，放弃它，不再去想，也不再去管真相或者那团乱麻，反正都一样。真相从来都不清晰，永远都是一团乱麻。甚至追究到底亦是如此。但是在现实生活中，几乎没有谁需要弄清真相，也没有人花精力去调查，这种事情只发生在不切实际的小说中。尽管如此，虽然我很不情愿，我还是作了最后的尝试，虽然我想象得出他的回答。

“好吧。那么德文内的妻子路易莎呢？哈维尔安慰她也是一种怜悯之举喽?”

鲁伊韦里斯·德·托雷斯再次感到惊讶，或者说他假装得好极了。

“他的妻子？她怎么了？你说的是哪种安慰？他当然会帮她，尽可能地安慰她和孩子们。那可是他朋友的遗孀和遗孤。”

“哈维尔很久以来一直爱着她。或者说执意爱着她，一个意思。对他来说，除掉丈夫真是天意。那对夫妇非常恩爱。只要德文内活着，他是没有任何机会的。现在他有机会了。耐心点，慢慢来。待在她身边。”

鲁伊韦里斯轻而易举地恢复了片刻的笑容。那是一种带有同情的似笑非笑，似乎我的误入歧途，我的天真单纯，我对自己曾经的情人那么不理解令他感到难过。

“你说什么呢，”他轻蔑地答道，“他从未对我说过这样的话，我也从没看出来。你别自欺欺人或者安慰自己认为他跟你结束是因为他爱另外一个女人。想到这一层真是太荒唐了。哈维尔不是那种会爱上谁的人，绝对不是，我认识他很多年了。你以为他为什么从未结过婚呢?”他挤出了一声大笑，尽量让其带上嘲讽的意味。“耐心点，你说。在对待女人方面，他根本就不知道什么是耐心。所以他才一直单身，这是原因之一。”他做了一个不屑的手势。“胡说八道，你一点儿都不懂。”不过他又陷入了沉思，或者是在努力回忆。引人怀疑真是易如反掌啊。

确实，很可能迪亚斯·巴雷拉从未告诉过他什么，特别是如果他骗了他的话。我想起来在我偷听到的谈话中，在提到路易莎时，他并没有提她的名字。在鲁伊韦里斯面前我是“一个娘们”，而她却是“女人”，毫无疑问是妻子的意思，他没有提及其他称呼。似乎她跟他关系并不亲近。似乎她注定只有那一个身份，他朋友的妻子。鲁伊韦里斯也从未撞见他俩在一起，因此从一开始，从那天下午在路易莎家就让我觉得再明显不过的事情他却不明就里。我猜里克教授大概也觉察到了，不过谁知道呢，他仿佛过于关注自己的事业了，不会考虑外面的事情，是个心不在焉的人。我不想再说什么。鲁伊韦里斯的目光又走神或者专注起来。没有什么可说的了。他已经放弃了对我的追求，不管怎样他肯定是真心的，他已经大失所望。我并不想去弄清什么，而且我也不在乎了。我刚刚决定不再过问此事，至少要坚持到另一天，或者另外一个世纪。

“你在墨西哥发生了什么事?”我突然问他，想让他不再恍惚，打起精神来。我发现让他产生好感并不难。我不会有机会，也不想再见到他，还有迪亚斯·巴雷拉，还有路易莎·阿尔黛，他们所有人。我希望出版社不要跟里克签书约。

“在墨西哥？你怎么知道我在墨西哥发生了事情?”这次确实令他大感惊讶，不可能还有人记得此事。“连哈维尔都不十分清楚。”

“我在他家门后听你们谈话时听你说的。你说很久以前你在那里有过麻烦。那边在通缉你，或者说你已经被备案了，你大致是这么说的。”

“哎呀，这么说你还真是听到了。”然后他马上像是急于澄清我还不知道的事情似的又说道，“那次也不是凶杀，绝对不是。纯粹是自卫，不管是他还是我。而且，那时我才二十二岁……”他突然不说了，因为意识到自己说得太多了，意识到自己实际上仍在努力回忆或者自言自语，只不过是当着证人的面大声说了出来。我那番德思文之死应该被称为谋杀的评论已经对他产生了影响。

我大吃一惊。从未想过他还背负着另一桩命案，不管事实如何。在我看来他像是一个普通的骗子，不可能犯下血案。我把德文内的事情看成了一个例外，像是他不得已而为之，毕竟他并没有亲自行凶，他也是派人干的，比迪亚斯·巴雷拉的程度要小一些。

“我什么都没说，”我马上答道，“我只是问问你，我不懂你在说什么。不过，如果中间还有人死了的话，我宁愿不知道。咱们不说这个了。可见永远都不该问问题的。”我看了看表。我突然感到很不自在，因为我正坐在德思文常坐的地方和间接杀害他的人聊天。“而且，我该走了，已经很晚了。”

他没有理会我最后几句话，还在沉思。我已经令他产生了疑问，我希望他不要现在去质问迪亚斯·巴雷拉关于路易莎的事，要求他作出解释，因为这会导致他再次给我打电话斥责我，谁知道呢。或许鲁伊韦里斯正在回忆很久以前在墨西哥发生的事，这件事显然仍令他感到沉重。

“是埃尔维斯·普雷斯利的错，你明白吗?”几秒钟后他开口道，他的语气变了，仿佛突然发现可以打动我、不至于完全空手而归的最后一招。他的语气一本正经。

我情不自禁地笑了一下。

“你是说埃尔维斯·普雷斯利本人吗?”

“是的，他在墨西哥拍电影时我曾经为他工作了十来天。”

这次我真的大笑起来，尽管整个故事背景是阴暗的。

“好吧，”我说，一边仍在笑着，“你也跟他的那些歌迷们一样知道他住在哪个小岛吧?他最后和谁一起隐居了，是玛丽莲·梦露还是迈克尔·杰克逊?”

他生气了，向我射来锐利的目光。他真的生气了，因为他对我说：

“你是个白痴，娘们。你不相信?我为他工作过，他让我卷入了一个大麻烦。”

他变得空前严肃。他生气了，发怒了。那不可能是真的，听起来像吹牛，像胡说八道；但是显然他是认真的。我尽力往后退了退。

“好了，好了，请您原谅，我无意冒犯您。只是这听起来有点不可思议，不是吗？你明白我的意思。”为了让话题转换得不那么突然，不收回让他以为我觉得不可能或者他精神失常的话，我又说道：“嘿，如果你为猫王本人工作过的话，那你现在多大了？他死了好多年了，不是吗？有五十年了？”我的笑容仍在往外冒，幸好我忍住了。

我立马察觉到他又开始有调情的意思了。但是他还是先责备了我。

“别那么夸张，到八月十六号就三十四年了，我想。我觉得不会更长了。”他记得非常准确，应该是个十足的歌迷。“来，你觉得我多少岁了？”

我想说点好话让他消消气。但不能太夸张，以免有奉承之嫌。

“我看不出来。五十五？”

他满意地笑了，仿佛已经忘记了我之前的冒犯。他笑得上嘴唇再次突然上翻，露出白色的、矩形的、健康的牙齿和牙龈。

“至少再加上十岁，”他得意地答道，“你觉得呢？”

那么他确实保养得很好。他有点孩子气，所以很容易让人产生好感。他很可能是迪亚斯·巴雷拉的另一个牺牲品，我已经慢慢习惯于想起他的时候不再直呼其名，那个在他耳边说过多次、呢喃过多次的名字，而只是以姓相称。这种做法也很孩子气，但是有助于疏远那些曾经爱过的人。

淡化的过程就是从那个时候真正开始的，从我第一次不过问他的事情之后，从我第一次产生这样的想法之后（我甚至都没有去想，也许这和想法无关，而是关乎情绪或者仅仅关乎勇气）："实际上这一切跟我有什么关系，关我什么事。"任何人面对任何事情都可以这样想，无论事情与自己关系多大、多么严重，而那些不能摆脱事实的人则是因为他们打心底里不愿意，因为他们以此为生，发现它们给自己的生活赋予了一定的意义，那些心甘情愿地背负着亡者这个卸不掉的包袱的人也是这样，只要稍加挽留，所有的亡者都打算游荡徘徊，他们都想成为夏贝尔，尽管一旦他们敢于全身而归的话，迎接他们的是苦恼、拒绝和难看的脸色。

这个过程当然是缓慢的，艰难的，必须付出毅力和努力，不能任由自己被回忆诱惑，回忆会不时地回来，并且常常假扮成庇护所，当你从某条街道走过，或者闻到某种香水的味道，听到某个旋律，或者看到电视上在放某部曾经和他一起看过的电影时。我从未和迪亚斯·巴雷拉一起看过电影。

而在我们确实有共同经历的文学方面，我采用承认并且面对的方法马上避免了这种危险：尽管常令读者和我感到不幸的是我们出版社一般只出版当代作家的作品，但我还是说服了欧赫尼赶快推出一版《夏贝尔上校》，采用全新的优秀翻译（最新的那个版本确实糟透了），并且再加上巴尔扎克的另外三部短篇小说好做成一本厚书，因为那部作品太短了，法语里称之为“nouvelle”。没过几个月这本书就出现在书店里了，我用我的母语以最佳质量出版了它，从而摆脱了它的阴影。在编辑过程中在必要的时候我会想起它，出版之后我就忘掉它了。最起码我确信它永远都不会对我背信弃义或者攻我于不备。

忙完这件事之后我马上就要离开出版社了，以免再去那家咖啡馆，甚至再从我的办公室看到它，即使那些树木将它遮挡了一部分；以免再有什么勾起我的回忆。我也厌倦了同那些在世的作家斗智斗勇，像已经过世的巴尔扎克那样既不会胡搅蛮缠又不想精心策划未来的作家该有多好；厌倦了那个讨厌的科尔特索那些黏人的电话，厌倦了自以为是、吝啬的卡拉伊·丰蒂纳的苛刻，厌倦了虚假的年轻人们在控制论方面的狂妄，他们争相集无知、愚蠢、卖弄学识于一身。然而竞争对手提供的工作机会尽管薪水更高却打动不了我：无论在哪里我都得与和我呼吸着同一空气的野心勃勃的作家打交道。而且，有点懒散、心不在焉的欧赫尼，对我越来越委以重任，坚持要我作决定，我都照做了：希望很快有那么一天我甚至不需要征得他的同意就能摆脱某个自以为是的家伙，尤其是摆脱那位卡洛斯·古斯塔夫国王即将来临的折磨，他总是用蹩脚的瑞典语（听过他排练的人都认为他的口音糟透了）孜孜不倦地雕琢自己的演讲。但是，我知道，无论如何我都不应该逃避那个环境，而是应该用我自己的方法来掌控它，就像路易莎对待自己的家那样，她强迫自己继续生活其中，不要仓促地搬家；将其从自己最伤感、最悲痛的情感联想中剥离，赋予它新的日常生活，重建它。是的，我发现我对那个地方已经有了感情，而感情是无法被欺骗或者忽略的，即使这种感情多半是臆想的。最终只能与它和平共处，安抚它。

将近两年过去了。我又认识了一个让我很有好感、非常有趣的男人雅各布（感谢老天，他也不是作家），在他的要求下我和他订了婚，我们制定了从容的结婚计划，我不断地推迟但并没有取消婚约，我从来都不喜欢婚姻，说服我结婚的是我的年龄——三十多岁了——而不是每天有人一起起床的愿望，我不觉得这是多么美好的事，但是我想也不是什么坏事，如果你爱那个和你一起上床睡在你身边的人的话，就像，当然就像我现在的情况。对于迪亚斯·巴雷拉我依然有所想念，那是另外一回事了。这并没有给我带来良心上的不安，在回忆中没有什么是水火不相容的。

我正在帕拉斯酒店的中餐馆和一群人一起吃晚饭时，我看到了他们，和我们隔着三四张桌子。我可以清楚地看见他俩，他们侧面朝我，就像我坐在台下，而他们在舞台上，只不过我们处于同一高度。事实上我的视线一直没有离开他们——他俩如同一块磁石——除了一起吃饭的某人跟我讲话时，而这种情况并不多：我们刚刚参加完一本小说的发布会，有几个人是那个得意扬扬的作者的朋友，我根本就不认识；他们自己说笑，几乎烦扰不到我，我是作为出版社的代表坐在那里的，当然是为了买单；奇怪的是，他们中的大多数都像是吉卜赛人，所以我最害怕的就是他们从某个奇特的隐蔽之处拿出一把吉他，然后一边吃饭一边起劲地唱起来。那样不仅不好意思，而且会让路易莎和迪亚斯·巴雷拉转头看向我们这一桌，他俩那时正密切关注着对方，根本就没有注意到我正现身于一场安达卢西亚民歌大会中。尽管我想也许她都认不出我了。没过多久小说家的女朋友发现我不停地向一个地方看。于是她毫不掩饰地转过身子看向他们，哈维尔和路易莎。我担心她毫无顾忌的眼神会惊动他们，所以不得不向她解释道：

“不好意思，那一对我认识，好久没有见到他们了。那时他们还不是一对。你别误会，求你了。看到他们这样我很好奇，你明白我的意思了吧。”

“没事，姐们，没事，”她又肆无忌惮地瞥了一眼之后表示理解地回答道。她马上就明白是怎么回事了，有时我大概让人一眼就看透了。“他很帅哦，那我就不奇怪了。没事，姑娘，你做你的事，你看你的。跟我没关系。”

没错，我相信他们是一对了，这种关系即使是完全陌生的人也往往一眼就看出来了，何况我对他十分了解，我对她并不了解，仅仅和她长谈了一次——或者说是她一个人在说，那天我只是一个倾听者，换成谁大概都可以——实际上谈的内容很少。但是她这样的神态我已经看了好几年，我是说，和她当时的丈夫在一起的时候，而他去世的时间之久已经足以让她不会首先把自己定义为：“我成了遗孀”或者“我是遗孀”，因为她大概已经完全不是遗孀了，那个事实、那个信息尽管还和以前一模一样，但是可能已经变了。因此她应该会想：“我失去了第一个丈夫，他离我越来越远。我已经太久没有见到他了，但是另外一个男人正在我的身边，而且一直都在。我也称呼他丈夫，这很奇怪。但是他已经占据了第一个丈夫在我床上的位置，他和我同榻而眠时，便模糊、抹去了第一个丈夫的身影。每天抹去一点，每夜抹去一点。”我曾见过他俩在一起，虽然只有一次，但却足以看出他的爱恋和殷勤，以及她的无视或者无动于衷。现在一切都不同了。他俩的视线都在对方身上，他们谈笑风生，时而一句话也不说凝视着对方的眼睛，手指隔桌而握。他的无名指上戴着婚戒，他们大概已经举行了世俗婚礼，谁知道是在什么时候，也许就在最近，也许是前天或者就在昨天。她看上去好多了，而他，风采依旧，迪亚斯·巴雷拉坐在那里，他的嘴唇还和以前一样，我远远地看着它们翕动，有些习惯是丢不掉的或者会马上恢复，像是一种下意识。我不由自主地做了个手势，像是要远远地触摸它们。小说家的女朋友，唯一一个不时看我一眼的人，注意到了这个动作，好意问道：

“不好意思，你想要点什么吗？”也许她以为我向她打了个手势。

“不，不，放心好了。”我摆了摆手像是在说：“是我自己的事。”

她大概察觉到了我的慌乱，还没到失措的程度。幸好一起吃饭的其他人不停地举杯祝酒，吵吵嚷嚷，丝毫没有注意我。令人担心的是，我似乎听到其中一人开始哼起歌来（我听到了“啊，我的宝贝，我的宝贝，普埃尔多圣母”），我不知道他们为什么呈现出那种舞台画面，那位小说家可不是这种风格，他穿着菱形花纹毛衣，戴着强奸犯或者躁狂症者戴的那种眼镜，看上去心理压抑，却令人费解地有一个讨人喜欢的漂亮女朋友，他的书销量很好——一种高调的欺骗，每一本都是——所以我们带他去了一个稍微贵些的餐馆。我祈求——向普埃尔多圣母说了一句简短热诚的祷词，尽管我并不认识她——歌声别再继续下去了，我不想被干扰。我的眼睛无法离开那张像舞台一样的桌子，突然，旧报纸——那些报纸曾经在那悲惨的两天里刊登了那条消息，之后便永远不再提此事了——上的一句话开始在我的大脑里反复出现：“在死亡线上挣扎了大约五个小时之后，受害者于当日傍晚去世，期间其意识再也没有恢复，医生们已经回天乏术了。”

“在手术室里待了五个小时，”我想，“他们不可能在五个小时后都没发现癌细胞已经扩散至全身，就像哈维尔所说的德斯文告诉他的那样。”于是我相信我已经很清楚了——或者说更清楚了——那场病从来都没有存在过，除非五个小时的数据是假的或者是错误的，因为各家报纸的新闻连奄奄一息者被送往的医院都是各执一词。当然，没有什么是最终结论，无论如何，鲁伊韦里斯的话并没有否认迪亚斯·巴雷拉所说的话的真实性。这也没有太多的意义，取决于迪亚斯·巴雷拉委托他做这件血腥的事时向他透露了多少真话。我猜是怒气让我产生了那种瞬间的想法——或者不只是瞬间，而是在中餐馆逗留期间——认为自己此刻看得更清楚了（之后回到家里，雅各布正在等我，当那一对已经不在眼前，我又看不清楚了）。我认为我是在证实了哈维尔已经和他所爱的人成双入对，发现他已经如他所料达到了目的之后愤怒起来的。毕竟我对他有些怨念，就算我从不抱希望，也无法责怪他曾经给了我虚假的希望。我的感觉既不是道德层面的愤怒，也不是想要主持正义，而是某种更初级的、或许很狭隘的东西。我并不在乎什么正义、非正义。毫无疑问，我是回顾过去感到了嫉妒，或者说是怨恨，我想没有人能幸免。“瞧瞧他俩，”我心想，“到达了耐心和时间的终点：她已经基本恢复了，非常开心，而他满面喜色，他们结婚了，把德文内和我抛在了脑后。我连障碍都算不上。我能马上毁掉这桩婚姻，毁掉他刚刚建立的生活，他就像个篡位者，这个词再恰当不过了。我只需要起身走到他们的桌边对他说：‘好啊，你终于得逞了，除去了中间的障碍，并且没有让她怀疑。’我不必再说其他的了，不必给出任何解释，不必把事情和盘托出，而是转身离开。这就足够了，那些说了一半的话足以让路易莎产生困惑，然后她会要他做出艰难的解释。没错，让一个人产生怀疑就是这么简单。”

一想到这些——不过我考虑了很长时间，就像一首萦绕脑海的歌曲让我反复回味，我默默地爆发了，眼睛定定地看着他们，我不知道他们为什么没有察觉到我的眼神，没有被灼伤或者被穿透的感觉，我的眼神应该如炭火或者钢针一般的；一想完这些，就像我刚才不由自主地用手做出触摸他嘴唇的动作一样，我又不由自主地或者说不加思考地连餐巾都没放下就站起身来，对那个被宴请的骗子的女朋友（唯一一个让我还有存在感的人，如果我长时间不在，她会发现的）说：

“抱歉，我马上回来。”

实际上我不知道是什么意图在引导着我，或者说那个意图在我从我的桌子走向他们的桌子——一步，两步，三步——的过程中，飞速地改变了好几次。我知道这个想法在我的脑海里一闪而逝，它需要更加缓慢的速度才能表达出来，我一边走并没有注意到——四步，五步——手里还拿着那个皱巴巴的、脏兮兮的餐巾：“隔了这么久之后，她几乎都不认识我了，她没有理由认出我来，除非我走过去告诉她我是谁，我对她而言可能就是一个正在走过去的陌生人。而他很熟悉我，会马上认出我来，但这是理论上的，在路易莎看来，他更没有理由想起我来。理论上他和我只见过一次面，就是两年多前的一个下午我们两个在她家里做客时，我俩几乎都没交谈过。他应该会假装不知道我是谁，否则以他的情况来说会很奇怪。因此我也能在这件事上揭穿他，我们女人往往马上就能察觉到走过来和我们身边的男人打招呼的另一个女人是否和他交往过。除非两个人都掩饰得极好，没有暴露出来。或者除非我们自己弄错了，因为确实我们有些女人往往会认为自己的男友以前有过许多情人，但是我们不见得总能猜对。”

越往前走——六步，七步，八步，必须绕过某张桌子，避开迅猛的中国服务生，路线不是笔直的——我看得越清楚，我看到他们愉快地、平静地沉浸在他们的谈话中，更确切地说是无视周围的一切。走到某一步时我为路易莎产生了某种类似快乐，或者是满足，又或者是安慰的感觉。很久以前我最后一次见到她时，她曾让我极度同情。她曾告诉我她无法恨那个收停车费的家伙："不，恨他是没有用的，既不会减少痛苦也不会增加力量。"她是这么说的。她还说如果受雇杀害德文内的是一个雇佣杀手的话，她也无法仇恨一个新到的抽象的杀手。"但是我恨那些教唆者，"她又说，并且她还给我念了科瓦鲁维亚斯一六一一年对于"嫉妒"的一部分定义，很痛心她丈夫的死连嫉妒都归咎不上。"最糟糕的是这种恶毒的情感往往在我们最好的朋友心中滋生，而我们却把他们当作最好的朋友信任他们；他们比公开的敌人危害更大。"紧接着她对我坦言："我不停地想他，你知道吗？我醒来时想他，入睡前想他，做梦时想他，整个白天都在想他，好像我一直随身带着他似的，好像他成了我身体的一部分，或者说，他在我的身体里。"于是在我已经离得很近的时候——九步，十步——我突然想："她大概已经不再这样了，她可能已经摆脱了他的尸体，他的亡身，他的鬼魂，他做得很好，因为他没有回来。现在她的对面有人了，两个人可以相互掩饰着各自的命运，就像我记得不太清楚的一句诗里的恋人所做的那样，我年少时读过的那句古诗里大概就是这么说的。她的床将不再痛苦，也不再悲伤，一个鲜活的身体每晚将会来到床上，它的重量我已熟悉，那种感觉曾让我欢喜。"

我看到在我走到最后几步时，他们察觉到了我的身形或者影子——十一步，十二步，十三步——他们转过了头，他很惊恐，仿佛在想："这个女人在这里做什么？她从哪里冒出来的？来干什么，揭发我吗？"但是她没有看到他的这种表情，因为她已经在亲切地看着我了，带着坦诚的、盛开的、热情的笑容，像是马上认出了我。确实如此，因为她喊道：

"谨慎的年轻女子！"我的名字她肯定是不记得了。

她马上站起来亲了我两下，几乎是拥抱了我，她的友好让任何想对迪亚斯·巴雷拉说点什么好让路易莎与他对立，或者让她用不信任、目瞪口呆或者恶心的目光看着他，或者让她像对我说过的那样去憎恨唆使者的企图戛然而止；让我无法说出任何话来毁掉他的生活因而也再次毁掉她的生活，毁掉两人的婚姻，虽然刚才我是想这么做的。“我有什么资格来扰乱这个世界呢？”我想。“即使其他人这么做，比如前面的这个男人，他假装不认识我，尽管我一直深爱着他，从未伤害过他。但是其他人以最恶劣的手段破坏、蹂躏、虐待这个世界并不能迫使我效仿他们，即使以我和他们相反，我是在纠正一个歪曲的事实，惩治一个可能的罪人，伸张正义为借口也不可以。”我已经说过我不在乎什么正义、非正义。为什么非得是我的事情，既然迪亚斯·巴雷拉有一定的道理，德维尔律师在他那个虚构的世界和那个静止不动的时间里也有一定的道理，他曾就此对我说过：“逍遥法外的罪行数量远远超出了被绳之以法的罪行；那些不为人所知的、被掩盖的罪行有多少我们就不说了，肯定远远多于那些已知的、登记在案的罪行。”或许另一个观点也对：“最恶劣的是这么多不同时代、不同国家的人，各人承担自己的风险，他们相隔数公里或者数年甚至数世纪，原则上不会相互传染，他们各人有自己的想法和特定的目的，却不约而同地做出了相同的事情：偷盗，诈骗，谋杀或者背叛自己的朋友、同伴、兄弟姐妹、父母、子女、丈夫、妻子或者早就想要摆脱的情人。背叛那些也许他们曾经最爱的人。平常生活中的罪行有一定的比率，并且很分散，这儿一桩，那儿一桩；它们的点滴发生让人觉得没有那么令人发指，即使接连不断地发生，也没有掀起抗议的浪潮：怎么可能呢？因为人类社会自古以来就与它们朝夕共处，渗透了它们的特性。”我为什么非要去干预，或者说反其道而行之呢？这种做法又能对世界的秩序起到什么补救作用？我为什么一定要揭发一个我连确凿证据都没有的个体？没有什么是肯定无疑的，真相永远都是一团乱麻。如果这是一桩真正有预谋的蓄意犯罪，唯一的目的就是占据已经被占据的位置，肇事者至少还负责安慰受害者，我的意思是仍然活着的受害者，企业家米盖尔·德思文的遗孀，她对他已经不再那么怀念了：无论是醒来时，上床时，做梦时还是整个白天期间。可悲的是，或者说幸运的是，亡者就像绘画一样定格了，他们一动也不动，什么也不补充，什么也不说，永远也不回答。能够回来的人回来是错的。德文内无法回来了，这样对他更好。

我在他们桌前逗留的时间很短，我们只说了寥寥几句话，路易莎邀请我和他们一起坐一会儿，我借口我那桌还在等我推辞了，当然是假话，不过要去买单却是真的。她向我介绍了她的新丈夫，她不记得理论上我和他曾经在她家里见过面，对她来说那时他还在暗处。我俩都没有再唤起她的记忆，那又能怎样，有何必要？迪亚斯·巴雷拉几乎和她同时站起身来，我俩互吻了两下面颊，就像在西班牙陌生男女被介绍认识时习惯上所做的那样。看到我很谨慎，主动在演戏，他惊恐的表情已经消失了。于是他也亲切地、静静地看着我，那双杏仁状的眼睛蒙眬地笼罩着我，难以猜透。他们亲切地看着我，但是并没有任何念想。我不否认当时我曾想不顾一切地多待一会儿，不让他消失在视线中，想苍白无力地在那里逗留一会儿。但是我不该那么做，不能那么做，我在他们身边待得越久，路易莎就越可能发现某种痕迹，某种残余，我眼神里残留的爱意：我的视线总是会投向它常看的地方，这是不可避免的，当然也是不由自主的，我不想伤害他们中的任何一位。

“咱们哪天必须见个面，给我打电话啊，我还住在老地方。”她对我说，带着真诚的热情，毋庸置疑。这是人们告别时常说的一句话，告别后便忘了。我不会再回到她的记忆中，我只是她在另一段生活中感到面熟的一个谨慎的年轻女子，没别的了。我甚至已经不年轻了。

对于他我不想再靠近第二次。再次和她礼节性地亲了两下之后，我一边扭头回答（“好啊，当然了，改天我给你打电话。你不知道我对这一切有多高兴。”），一边马上向我桌子的方向走了两步，为了保持一点距离，然后用手跟他道了别。在路易莎看来我是跟他们两个道别的，但是我是在和哈维尔道别，现在是真的道别了，彻底地真正地道别了，因为他的女人已经在他的身边了。在我回愚蠢的出版世界的路上（我刚刚离开不过几分钟，但是我突然觉得这几分钟很漫长），我像是在为自己开脱似的想：“没错，我不愿成为他肩上可憎的百合花，连最久远的罪行都要揭发、指明、不许消失的百合花；就让过去沉默，让事情淡化或者隐藏起来，让它们默不作声，不要说出，不要带来其他的不幸。我也不愿像我生活中的那些该死的书那样，它们的时间是停滞的，永远在封闭中等待，请求被打开以便重新来过，再讲述一遍它们那老掉牙的故事。我不愿像那些写在纸上的声音那样，它们常常像是压抑的叹息，像是我们所有人长眠其中的死尸世界趁我们不注意而发出的呜咽。如果不是大多数，只是一部分民事案件没有备案，不为人知，也没关系，这很正常。然而人们却往往追求相反的结果，即使他们失败了这么多次：用火烙上那朵百合花，让它永不消失，揭示着罪行，宣示着判决，可能引发更多的罪行。倘若我没有在很久之前愚蠢地、悄悄地爱上了他，倘若我现在不再爱他一分的话——我想我还有几分爱他，虽然发生了那一切，发生了那么多事——我本来肯定也想对其他人这么做，或者说想对他这么做的。一切都会过去的，一切已经开始成为过去了，因此我不介意承认它。我刚刚在意想不到的时候见到了他，他帅气而开心，这就是对我最好的辩解了。”我继续想着，一边转身背向他，我的脚步，我的身形，我的影子正在永远地离开他："是的，我承认它没有关系。毕竟没有人会来评判我，我的思想也没有目击者。确实，当我们被爱情的蜘蛛网捕获时——在人生的第一次偶然和第二次偶然之间——我们会有无限的幻想，同时我们会因为任何一点小事而感到满足：听到他的声音——如同两次偶然之间的时间，毫无二致——闻到他的味道，看到他的身影，预感到他的存在，他还在我们的视野之内，还没有完全消失，还没有远远看见他双脚迅速逃离时扬起的尘埃。"

完稿于二〇一一年一月